美國大學創意寫作課堂
人手一本的40年長銷經典，
從下筆、修改，到寫出自己的風格！

長篇小說的技藝

珍妮·伯羅薇 Janet Burroway
伊利莎白·斯特基—弗蘭奇 Elizabeth Stuckey-French
內德·斯特基—弗蘭奇 Ned Stuckey-French — 著

吳煒聲 — 譯

目次

兹以本書紀念導師兼益友

大衛・戴切斯（David Daiches）

學習寫作的最好時代

對我而言，本書純屬偶然。我曾在薩塞克斯大學（Sussex University）任教多年，教授中世紀英國詩人喬叟的作品、浪漫詩（Romantic Poetry[1]）和悲劇（Tragedy[2]）。然而，我在一九七二年辭去教職，離開英國，轉任佛羅里達州立大學（Florida State）。我是新聘教師且身兼小說家，便在剛成立的創意寫作課程教授「敘事／敘述技巧」，而這是小說創作的入門課。

我不知道該如何授課。我以前在巴納德女子學院（Barnard）讀書時，習慣參加研討會去學習創作，但這門課是初級課程，要講課與討論寫作概念。先前教課的是美國作家麥可・夏亞拉（Michael Shaara）。他顯然得心應手，但只留下兩頁晦澀難懂的筆記供我參考，而且當時幾乎沒有教科書（如今很難想像這種情況）。威廉・史

---

1 「浪漫」（romantic）源於中世紀歐洲「羅曼」（roman）一詞，浪漫主義崛起，是要抗衡啟蒙時期的貴族專制政治與強調理性和節制的新古典主義（Neoclassicism）。

2 陰鬱嚴肅的戲劇，常以英雄人物為主角，講述其受命運擺佈，即便頑強抗爭，最終仍難逃劫數。

壯克和艾爾文・布魯克斯・懷特合著的《風格的要素》[3]是主流用書，但正如懷特所言，該書只是在嚴厲指正新手作家的用字遣詞。因此，我重讀了英國小說家愛德華・摩根・佛斯特的迷人著作《小說面面觀》，可惜多數內容過於抽象且艱澀難懂，不適合用來指導佛羅里達的十八歲大學生。我也瀏覽美國劇作家艾利克・本特利（Eric Bentley）的《戲劇的生命力》（*The Life of the Drama*），從中思索如何鋪陳情節。我還瀏覽了另一本寫作指南，但忘了書名和作者姓名。我記得那本書信誓旦旦，指出要替女人說的話附上驚嘆號，男人講的話則不應該加。

　　多年以來，我不斷思考如何讓課程內容連貫一致，某天卻突然發現，諸如角色、情節、視角／觀點，和故事背景之類在文學課探討的概念都是必要的創作元素。如果倒過來探索作家如何創作（比如形塑角色、鋪陳情節、設定視角與營造氛圍，透過這種有機變化來烘托整體作品而非單純描述劇情），我應該能誘導學生參與討論，使其輕易理解內容而從中獲益。這門課逐漸步上了軌道。到了一九七〇年代末期，學生便開始詢問寫作技巧、相互批判風格和結構，並且將精緻詞彙納為己用。

　　在那段時期，美國的利特爾布朗出版社（Little, Brown）出版了我的小說。我的編輯認識另一位在教科書部門任職的編輯，那個人名叫克里斯・克里斯滕森（Chris Christensen）。他當時要來佛羅里達州

3　《風格的要素》（*The Elements of Style*），也譯為《英文寫作聖經》或《英文寫作風格的要素》，與後文的《小說面面觀》皆為經典寫作書。

首府塔拉哈西舉辦銷售講座。我的編輯便請克里斯與我共進午餐，而他果真照辦。我一邊吃蝦和油炸玉米球，一邊講述我遇到的困境和解決方法。我問克里斯，既然創意寫作課程在美國已行之多年且非常完備，出版小說寫作的大學用書是否有市場？他回答：「我不知道，你怎麼看？」我回他：「我不知道，你怎麼看？」克里斯用餐結束時說道：「我們不妨試試吧！」就只有這個口頭約定。隔年，我在愛荷華作家工作坊擔任客座教授時，彙整了這本大學教科書的草稿，起初命名為《敘事技巧》（*Narrative Techniques*）。

　　一九八二年，本書的第一版正式出版，第二版又在一九八七年出版。與此同時，利特爾布朗出版社將其教科書部門轉賣給斯科特・福斯曼出版社（Scott Foresman），爾後轉手到哈潑柯林斯（HarperCollins）。哈潑柯林斯日後被艾迪生・維斯理・朗文（Addison Wesley Longman）收購時，本書已出到第四版，成為全國創意寫作課程的主要用書。等到第六版時，艾迪生・維斯理・朗文改名為朗文（Longman），到了第七版，朗文又改名為培生（Pearson）。我與只合作一次的蘇珊・溫伯格（Susan Weinberg）聯手改寫第六版，後來又與同事伊利莎白・斯特基—弗蘭奇（Elizabeth Stuckey-French）共同修訂第七版，我倆特別替該書的「選集」章節挑選新故事，過程艱辛繁瑣。爾後，伊利莎白和丈夫內德・斯特基—弗蘭奇（Ned Stuckey-French）聯手修訂第八版和第九版，第九版於二〇一四年出版。

　　每次改版和更換出版社，本書售價都不斷攀升。伊利莎白、內德和我一直擔心是否會賣得太貴。此外，透過網路發表的故事愈來愈

多，但授權轉載費用卻日漸增高，更難以壓低成本。據我們所知，有些老師會彙整喜歡的例子，將其分成單元來上課；有些則用選集授課，但學生得花更多錢來買書；有些老師告訴我們，他們不能昧於良心，要學生花大錢買我們的書。我們擔心，沒有參加寫作課程卻想自學小說創作的新手作家會礙於價格而無法參考本書。我們始終希望這本著作能更低廉實惠。

因此，《長篇小說的技藝》第十版的每章結尾沒有刊載各方作家的選集，而是列出十則短篇故事的篇目，每篇皆可作為講述該章內容的典範。有些故事屬於公共版權，可從網路免費取得，某些可從文學雜誌的檔案找到，還有一些則要到圖書館方能搜尋到（耗時費工，但學生或許該學習如何查找資料）。當然，列出的故事都能展示本書討論的各項技巧，如同老師能用自己挑選的故事來展示寫作技巧。有些老師可能不會使用列出的故事，或者乾脆完全不用，而是直接開研討會讓學生創作，在這種情況下，本書列舉的故事便可供讀者參照。

第十版如同先前版本，試圖引領新手作家，從起初的寫作衝動一路走到最終的修改稿子，使其汲取研究文學時熟悉的小說元素，轉而改變視角，將其運用於寫作練習。無論學生有多少寫作經驗，我依舊將他們視為同行，替他們解答疑惑，而他們所關心的既令人瞠目結舌，又經常屬於理解和磨練技巧的問題。我知道許多教授初級與進階寫作課程的老師會使用《長篇小說的技藝》，教導理解能力良莠不齊的學生。因此，我盡量讓本書內容實用詳盡且靈活多樣，並且著眼於如何指導學生寫作，以及將重點擺在寫作過程。

新版包含第九版全文，但刪除了選集，增添了條列故事，內文更

插入許多更新的範例，同時納入新的練習題和從先前版本挑選的練習題、引述知名作家的寫作建議、增加討論注意力渙散問題、盜用、文類、青年文學小說、少年文學小說和處理「空白空間」的新章節。

經驗豐富的老師都心知肚明，撰寫指導小說創作的教材，這種構想本身就有問題。講授數學和歷史等學科時，必須統整和傳遞定量的資訊，小說創作則不同，經常必須錯誤嘗試，不斷學習摸索，但矛盾的是，作家卻需要立即掌握一切，馬上便得上手。多年以來，我和審稿人不斷改寫本書章節，試圖梳理出完善的編排順序，可惜徒勞無功。我處理這個最新版本時依舊如此，因此偶爾會沿用先前版本的順序。此外，我盡量讓各章彼此獨立，老師可自由挑選章節來授課，作家也能隨心所欲參考相關章節。

學校礙於體制，必須將寫作教學分門別類，將其畫分為小說、非小說、詩歌和戲劇。然而，如此一來，學生若選修了寫作課程，便不得不（至少是被說服）在尚未磨練好文筆之前便過早專攻某種文類。我一直鼓勵學生早點嘗試各種創作形式。因此，老師和讀者偶爾會發現本書在鼓勵人突破文類創作、混合寫作和創作極短篇。

創意寫作課程如雨後春筍般興起，早已登堂入室，正式成為一門大學學科，但近來卻湧現不少反對聲浪。無論文學雜誌或名流時尚雜誌都曾刊載負面觀點，某些書籍也提出反對意見，例如美國文學評論家馬克・麥格爾（Mark McGurl）的《體系時代》（*The Program Era*）；洛倫・格拉斯（Loren Glass）編纂的回應和進一步分析文獻集《後體系時代》（*After the Program Era*）；以及美國作家查德・哈爾巴赫（Chad Harbach）編纂的《藝術創作碩士 vs 紐約出版界》（*MFA vs*

NYC)。表達反對意見的人士來自各方,有不同意大學授予創意寫作學分的學者、鄙視學術界的作家、認為唯有聲名遠播才算功成名就的知名作家,以及不屑於「學位」而認為其妨礙創作的自命清高者。這類高談闊論之士可能會指出,只有小說家才會讀小說,只有詩人才會讀詩,只有替前衛而非商業路線的小眾雜誌和文學雜誌撰稿的作家才會讀那類雜誌,因此認為這類封閉的小眾團體根本毫無意義。他們就像我以前學生的父母,可能會說如果無法靠寫作來謀生或賺大錢,踏上這行便是死路一條。

這些說法都不對。我認為人類正處於歷史的關鍵點,有了電腦和網路,寫作便如浴火重生,人們得以不停書寫創作,而無論是好是壞,菁英此時又淪為平民大眾。回顧十八世紀,教育尚未普及,但西方人士只要受過教育,都會去寫作。人們透過閱讀,「自然」學會如何書寫,即便當時人們普遍認為,音樂、繪畫和雕塑等更專業的藝術需要由師傅或音樂學院來傳授。富裕的女性全然被排除於作家之列,卻經常撰寫長篇日記與信件。幸運的是,我們如今能從她們倖存的手稿中體會當年日常生活的點點滴滴。

在過去的兩個世紀,作家代理人一職興起,市場行銷盛行,不太重視文學的企業逐步併購出版業,寫作便日益專業化。透過電影、電視和網路,便可累積名聲與財富(應該說躋身名流和大肆撈錢),而這是作家該追尋的目標。與此同時,民眾也逐漸不尊重文學。(著眼於挖掘社會病態的美國作家諾曼·梅勒〔Norman Mailer〕自認可以改變世界。現在哪個作家還懷抱這種雄心壯志?)一九五〇年代的女性踏入作家這行時,這個行業便陷入「公司化」而開始墮落。電影和

情景喜劇成為「說故事」的主流形式。原本替主流雜誌《星期六晚郵報》、《女性家庭雜誌》撰稿而聲名遠播的作家人氣逐漸下滑，他們的收入來源便枯竭了。某些大學與學院打算教授這些作家的故事講述技巧時，又被指責為提倡通俗文化與內容浮濫之物。

我當年還是一名年輕老師，面對上述困境，卻發現學生（大多書讀的不多）竟然對寫小說充滿熱情，著實令我驚訝。什麼東西激勵了他們？膚淺而自私的幻想嗎？或者他們被動吸收情景喜劇和肥皂劇的情節之後，不知為何竟然發現他們有所欠缺了？學術界因循成習，難道教寫作只是替代方案？或者，我們其實是這個新黑暗時代的僧侶，正戮力延續文化？

二〇一七年十二月，文學和文化評論雜誌《大西洋》（*Atlantic*）刊登了布萊恩・卡普蘭（Bryan Caplan）的〈大學有何用處？〉（"What's College Good for?"）和艾德・楊（Ed Yong）的〈講故事者的期待〉（"The Desirability of Storytellers"）。兩篇文章觀點迥異，卻為此提供了答案。

經濟學教授卡普蘭指出，大學畢業生的收入比未受過大學教育的人更高，主因是他們能發出既有特質的「信號」（signaling），而非他們學有所成；例如，獲得哲學博士學位的人有能力彰顯自己「精明勤奮，同時願意忍受百般無聊」，而這些是企業主徵才時看重的特質。所謂「哲學」[4]，可能是一種熱愛，或者指期待學習，卻無法體現在卡

4　哲學的英語 philosophy 源於古希臘語 φιλοσοφία，其中 φιλο 代表「愛」，σοφία 代表「智慧」，故 philosophy 的意思便是「愛好智慧」。

普蘭的價值觀體系之中。他問道（並非反問）:「為什麼英語課要專注於文學和詩歌，而不著眼於商業和技術寫作？」卡普蘭指出，學生每週花十二個小時「與朋友往來」。然而，他並不知道，對於生平首次獨自生活的年輕人來說，與朋友往來等同於社會化的過程。

艾德・楊則講述了社會學家觀察菲律賓和玻利維亞尚無文字的狩獵採集者社會時得到的經驗。社會學家發現，玻利維亞的原住民美內族（Tsimane）會講故事來傳遞有關食物、天氣和動物行為的重要訊息，並從中加強規範和道德約束。對於菲律賓的原住民阿埃塔人（Agta）而言，講故事者被認為是最理想的同伴和伴侶，因此比最勇猛的獵人和戰士享有更高的聲譽，這點頗令社會學家吃驚。社會學家分析這些故事之後認為，游牧民族既沒宗教，也沒政府，只能用懲罰的手段來灌輸族人公民道德。因此，講述故事能夠用來促進彼此合作、提倡性別平等和鞏固社會紐帶。

大學有兩個截然不同的目標。一是讓學生做好準備去面對「真實的」世界。二是將真實世界目前不買帳的知識和智慧保存於陰涼乾燥之處。如今，資本主義當道，應該要頌揚想寫好文章的人，而且大學仍然必須將創意寫作當成一門學科，因為創意寫作如同哲學和歷史（以及類似的低報酬研究），若沒有開設教育課程，就沒有人會去教授，學生也不會去學習。

一般民眾會讀到很多東西，但平常卻不會讀到精雕細琢、耐心編纂的文本。在喜好文學的讀者中，精於此道者如鳳毛麟角，但電腦與網路興起之後，會產生一批批今世或後代作家。無論是寫電子郵件、發送訊息、發表貼文、發推特短文或寫部落格文章，這些都是好事。

寫一篇文法正確的貼文、押頭韻的推特短文或帶有隱喻的部落格文章，都能略為挽救我們的文化。掌握文法、頭韻和隱喻等手法，又更能挽救一些業已流失的文化。

　　以色列歷史學家尤瓦爾・諾亞・哈拉瑞在其著作《人類大歷史：從野獸到扮演上帝》中指出，人類之所以異於萬物，不在於會使用語言，而是具備想像眼前不存在事物的相關能力。我們能夠幻想當下不存在的事物，因此具備靈性與擁有國家地位、商業和法律等觀念，而這些當然是故事的本質。將文章寫得更好和述說更迷人的故事，便可促進彼此合作、提倡性別平等和鞏固社會紐帶。如果一位懷有抱負的作家具備天賦，那就更好了。假使她能出版撰寫的故事，甚至獲得稿酬，那就再好不過了。她的母親可能說得沒錯，她需要一份正職。她甚至有可能憑藉寫作技巧，在公關、行銷或法律領域謀得職位。（我的大學摯友原本希望從事新聞工作，最終卻成為紐約最高法院的首位女性大法官……。）然而，無論如何，若能持續鑽研小說寫作技巧，無疑能夠充實生命且有益於保存文化。

　　由衷希望《長篇小說的技藝》能幫助讀者持續磨練創作技巧。

珍妮・伯羅薇
第十版紀念前言

第一章

想方設法，管用即可
寫作過程

你想要寫作，但寫作為何如此困難？

對少數幸運兒來說，寫作易如反掌，空白稿紙的氣味更勝清新空氣。他們思路敏捷而暗自得意，也會伏案寫作而廢寢忘食，更認為塵世俗務干擾他們敲鍵盤創作的美好時光。然而，你我不屬於這類天之驕子。我們喜愛文字，面對文字時卻心生畏懼。我們抱怨沒時間寫作，一有空閒時，卻只顧著削鉛筆、查看電子郵件或修剪樹籬，因此陷入矛盾，心有愧疚。

當然，寫作也有樂趣。我們之所以寫作，無非就想絞盡腦汁落筆成文後感到滿足，或者捕捉到某個意象的吉光片羽而頓時欣喜若狂，甚至看到描摹的角色活靈活現而興奮不已。即使最出色的作家都會打心底承認，真正的收穫是能得到這些樂趣，而非金錢、名譽或光環。加拿大小說作家艾莉絲・孟若曾說：

> 寫作可能不能讓人得到樂趣，我遭遇瓶頸時會心煩氣躁、心神不寧。然而，我盡我所能去完整講出想講的故事、找出自己到底想講什麼，以及想方設法講述以後，便能無比快樂。

話雖如此，作家面對著一張空白稿紙時，可能會忘記前述的樂趣。英國作家安妮塔・布魯克納（Anita Brookner）寫過名為《看著我》（*Look at Me*）的小說，書中的女主角說道：

> 有時，我連在書桌前坐下來拿出筆記本都很吃力……有時，連下筆都非常困難，讓我真的感到頭疼。

　　作家通常會有這種矛盾心態，亦即最懶得去做最想做的事。你知道這點，便可以寬心了。此外，稍微了解自己為何不願提筆寫作也有所助益。我們害怕寫出難以卒讀的文字，甚至擔心會揭露內心世界，凡此種種，才會讓我們無法動筆為文。美國知名小說家湯姆・沃爾夫（Tom Wolfe）指出：「所謂寫作瓶頸，幾乎就是一般人心生的恐懼。」確實如此。每當我問一群作家，他們覺得什麼最困難。很多人會認為自己功力不夠，看到空白稿紙會退縮，以及或多或少會害怕。不少人抱怨自己懶惰，但懶惰如同金錢，除非代表某件事物，否則並不存在。懶惰在此就代表恐懼、嚴厲的自我批判，或者是美國作家娜姐莉・高柏（Natalie Goldberg）所謂的「罪惡、迴避和壓力的循環。」

　　英國海外作家勞倫斯・杜雷爾（Lawrence Durrell）在其代表作《亞歷山卓四部曲》（*Alexandria Quartet*）中刻畫了一位作家的角色，這位名叫普爾斯沃登（Pursewarden）的作家表現出另一種阻礙寫作的現象。他腸枯思竭，不知該寫什麼，生怕搞砸了，於是遲遲不肯動筆。許多人都有這種經歷：心中泛起一個構想，精緻完美卻脆弱不堪，只要一落筆成文，便會被砸個粉碎。字詞有所局限，絕對無法準確捕捉想法或意圖，必須小心謹慎，逐步接受文字所能企及的境界。無論我們如何身經百戰，明瞭文字能夠適切表達思想，但每次提筆，依舊會如履薄冰，戒慎恐懼。為了克服這種浪費精力的突發念想，我寫了一句座右銘放在桌上：「不要害怕，儘管去做。」這個座右銘很棒，我反覆斟酌，苦思了幾個星期才動手撰寫本章。

　　讀者顯然很想知道作家平凡無奇的日常習慣。作家在公開場合閱讀作品之後，聽眾必定會問：您是在早上或晚上寫作？您每天都會寫

稿嗎？您是手寫，還是電腦打字？有人偶爾會表達敬意，試圖探究作家如何運用天分。我認為，這些人其實是想打探實質的建議：如何才能讓寫作不那麼令人畏懼？有何訣竅可讓人文思泉湧，下筆如神？

▶著手起步

　　作家的習慣林林總總、各不相同，無法從任何人身上找到神奇的寫作祕訣。美國桂冠詩人唐納德・霍爾（Donald Hall）每天筆耕十幾個小時，來回穿梭於不同的文案。英國著名詩人兼小說家菲利普・拉金（Philip Larkin）曾說，他大概十八個月左右才寫好一首詩。除非靈感所至，意到筆到，否則絕不提筆創作。美國小說家蓋爾・戈德溫（Gail Godwin）每日必去寫作房，因為「萬一靈感天使降臨，我不在場該怎麼辦？」多明尼加裔美國小說家茱莉亞・阿爾瓦萊斯（Julia Alvarez）每天會閱讀她喜愛作家的作品，先讀詩句，再讀散文，「提醒自己追求的寫作品質。」已故美國短篇小說作家安德烈・杜布斯（Andre Dubus）勸告學生要效法海明威，寫作結束時，最後一句只能寫一半，讓思緒懸在那裡，隔天才寫完句子，以此重新進入創作流程。俄國作家伊麗莎白・P・倫弗羅（Yelizaveta P. Renfro）總是會列出該做的清單。「通常寫在我正在閱讀的書籍頁邊空白或扉頁上。」美國小說家T・C・博伊爾（T. C. Boyle）要動筆時「毫無頭緒，無所適從。寫了第一行之後，便能振筆疾書。」華裔美國作家徐忠雄（Shawn Wong）「要先聆聽耳中絮語，然後才提筆寫作。」《雙城記》作者狄更斯寫作時無法與人打交道：「我一想到與人有約，便會整日

心神不寧。」已故美國小說家湯瑪士・伍爾夫（Thomas Wolfe）喜歡站著寫作。某些作家吃完早餐，不收拾餐具，便可伏在餐桌上寫作；有些人則要完全與外界隔絕、前往海灘、找一隻貓陪伴或聆聽弦樂四重奏曲，方能提筆創作。

話雖如此，我們依舊可以從這些作家獲得啟發。並非喊一句「芝麻開門」，就能學會寫作，而是要聽取一句比童話故事更古老的建議：認識自己。關鍵在於，如果不在某個時間點寫下自己的故事，便一輩子也寫不出來。既然決定要寫故事，問題就不是「應該如何去寫」，而是「如何讓『自己』去寫」。只要你能逐漸去面對稿紙，無論想遵循哪種寫作紀律或順應任何書寫癖好，都不會徒勞無功。如果吃完早餐後慢跑能讓你神清氣爽，坐下來寫作之前不妨去慢跑。假使你必須猛喝咖啡才能通宵創作，不妨放縱一下。替白天（或夜晚）訂出作息方式和寫作習慣，總會對寫作有所助益，但唯有你才知道自己適合哪些模式。

可惜，你沒有時間！沒錯，你忙得團團轉。你得上班，又修了六門課，還要養兩個孩子，父母又年邁，你甚至還離了婚。我知道你有難處，我也有過這些經歷。然而，霸占時間的煩事永遠都很棘手。義務和快樂交疊積累。如果你走運，生活會太過於充實。如果你不走運，生活就是一團糟。因此，你並非沒有更好的時間培養寫作習慣，而是你沒有其他時間能練習寫作。

> 我參加了一個寫作小組，這點非常重要……我們會到一個房間，大家坐下來一起練習。
> ——美國小說家珍妮佛・伊根

我認為，真正或主要的問題不在於有沒有時間。我曾經苦惱自己

沒時間寫作,卻發現自己早上有空讀報紙專欄、拉筋舒展身體、將鮮
花擺在桌上、讀一篇小說章節、邊看晚間新聞邊喝美酒,以及就寢之
前隨手翻閱漫畫。這些事情都有一個共同點,就是我不是強迫自己,
而是容許自己去做。我發覺自己不應該為了寫作而放棄這些樂趣,而
是要容許自己每天寫點東西。寫作不是義務;我想要做這件事,也願
意調整生活去創作。各位要試著這麼想(若有必要,不斷重覆去
想):無論你每日何時寫作,也無論時間長短,你都要沉浸於寫作之
中,這不是義務,而是選擇。

寫日誌

你可以運用某些巧門來練習隨心寫作,其核心觀點在於你得容許
自己寫得一塌糊塗。最好私底下練習,寫得很糟也沒關係。因此,作
家必須每天寫日誌,從中激發靈感和創意,同時隨意練習文筆,提升
寫作功力。

你要寫日誌。日誌如同密友,會接納最真實的你。找一本看著順
眼、用得順手的筆記本。我覺得裝訂的空白筆記本過於精美,因此偏
好活頁筆記本。我通常用電腦寫日誌,只要列印出文字,頁緣打上三
孔,便可隨時插入活頁筆記本。你在餐巾紙上潦草寫些字句以後,可
以用膠水將其黏貼成螺旋狀的尖錐,假使你喜歡將日誌都儲存於電
腦,也可以拍照並上傳。

要定期寫日誌,至少初期不能怠惰。寫什麼、寫多少都無妨,重
點在於持之以恆,只要規律地寫,便能養成用文字記錄所見所聞的習

慣。如果你天亮時便打定主意天黑之前要寫多少字，你一整天便會有意無意地描述生活景況，搜索枯腸，找出適合的詞藻去描繪眼目所見。一旦養成這種習慣，凡是能引起共鳴、讓你憤怒或令你好奇的事物，皆能激發你的創意。

然而，你尚未培養這種習慣之前，看到一頁白紙可能都會腦筋一片空白，此時就要運用技巧讓你動筆。美國劇作家瑪莉亞‧艾琳‧佛妮絲（Maria Irene Fornes）指出，人有一體兩面：一個想寫作，另一個不想寫。想寫的那個最好耍些花招去不斷矇騙那個不想寫的。可以從另一種角度思考這項矛盾，就是右腦和左腦：右腦是創意天才，活潑逗趣，注重細節；左腦則是重視線性思維的批評家。你寫作時，批評家當然不可或缺，但要先把他關起來，需要批判時再把他放出來。

自由寫作和率性書寫

「自由寫作」（freewriting）是一種構思技巧，就是將想法寫下來，不在乎內容，怎麼寫都行，做法就是……

在紙上寫任何東西，沒錯，我是指任何東西，寫什麼都行，只要它是你想的，用手寫的，寫到紙商的；看看我是不是有進步，如果這樣寫就比以前有進步，嗯，是多少年以前？我知道我打字愈來愈漫，當我們說話時，就變得更慢（啊？我們在說話？跟誰說？用哪一種方式說？我喜歡不小心按到大寫鎖定鍵的感覺，我心想是不是有東西在我頭腦的背後或底部，要我注意點！

我一下子想起了一些事情，佛洛伊德[5]和他說的口誤裡論，自我欺騙，以及它在每個人日常生活中會以各種形式出現，但不是每個人，只有我才有。就像姨媽只要無法如願照她的意思做事，都會為那隻死掉的貓難過，她就是搞不清楚這兩種難過是不一樣的，我心想我們能不能分清不同種類的悲傷，別人想家的悲傷感覺跟我是不是一樣的，奶奶的房子，窗外的小草，小狗在柳樹下玩弄錫鐵盤子，肚子餓到咕嚕叫，逝去的感覺沉重卻空洞，人事不斷消失、消失、消失

這就是自由寫作，連續書寫是重點，也是唯一的重點。當你腦中的批評家干擾你，說你寫得很爛，你要嘛叫他滾開，要嘛向他認錯（「我打字愈來愈爛」），然後繼續寫。如果你用電腦寫作，把螢幕調暗，讓你看不見自己寫什麼。你偶爾會發現邊聽音樂可能更容易隨性行文，不妨隨機播放音樂或挑選喜歡的樂曲來聽。假使你經常自由寫作，很快便會對寫些「你為何不想寫作」（但這個主題很棒）的文字感到厭煩，也會發現你的心思和湧現的字詞都轉移到你感興趣的事物。這不打緊。主題不重要，寫作品質也不重要。自由寫作便如同鋼琴的音

> 我盯著空白紙張，心想該建構一些場景或人物時，會疑惑自己或許不該幹這一行。但如果能寫出點東西，只要寫下一點東西，其他想法就會蜂擁而至，水到渠成。
> ——美國作家塔比莎·查圖斯（Tabitha Chartos）

5　佛洛伊德式錯誤（Freudian slip）是精神分析的概念。佛洛伊德認為，人平時無意間出現口誤或筆誤並非無意義的，而是受到潛意識的影響。

階練習或健身房的短暫訓練，關鍵在於實做，如此一來，寫作功力自然會提升。

　　自由寫作只是一種技巧，卻能影響文字內容的走向。許多作家感覺自己是傳達訊息的工具，而非文字創作者。無論你認為這樣說是自我謙虛之詞或認定寫作是神聖的天啟，能夠發現不自我監督時會寫出什麼，這樣也很值得。創作小說不單只是向讀者傳遞訊息，更是為了探索真理。如果你尚未思考清楚便強迫自己向讀者告白，很可能淪為目空一切，夸夸其談，或者欺瞞撒謊。

　　美國作家多蘿西婭‧布蘭德（Dorothea Brande）寫過一本名為《成為作家》（*Becoming a Writer*）的書，她半開玩笑地聲稱，這本書可用來指導寫作天才，而這是教寫作的老師認為癡人說夢的事情。她建議讀者每天起床以後，便直接坐到桌前寫作（如果想喝咖啡，前晚就先泡好，倒進保溫瓶裡），趁著自己尚未清醒、什麼都沒碰觸、還沒跟人說話、大腦還昏昏沉沉、理智也尚待甦醒，想到什麼，就寫什麼。寫上二十到三十分鐘，然後把寫好的東西丟一旁，不要去讀它。過了一、兩個星期，在白天挑個時間，挪出半小時左右寫作。時間一到就去寫，即便此時「朋友熱情邀約，也要斷然拒絕」。寫什麼不重要，重要的是養成一坐下便能提筆寫作的習慣。

　　如同各位所想，「率性書寫」（freedrafting）更為直接，著眼於讓思緒流動。假使你自由寫作時描繪出一位有趣的角色，或者你想要捕捉食物儲藏櫃散發的氣味讓你聯想到什麼，甚至你寫故事寫到一半，卻無法想出兩個角色該如何對話。著眼於有趣的事或衍生的問題，匆匆記下腦中泛起的任何聯想，然後吸一口氣，凝望天空，接著奮力向

前，著眼於手邊的主題或問題，既不糾錯，也不論斷。你不是寫一篇文采斐然或精雕細琢的文章，而是要讓潛意識順暢流瀉而出。

▶堅持下去

刺激

　　練習就是刺激。無論寫作功力如何，練習都能帶來益處，讓你得以落筆成文和專心致志。無論你是寫日誌、照布蘭德所說每天早晨寫幾頁東西、白天抽空練習一下自由寫作，或者構思故事的下一個場景。

　　刺激是喚醒潛意識的另一種方法。寫作時不會清楚明確從甲過渡到乙，但如果你不斷構思故事，為此日思夜想，推敲琢磨，反覆修訂草稿，你的潛意識裡可能埋藏了解決之道，靜待你去挖掘。剛寫故事時，不會有清晰的構想、主題或框架，更多時候是憑藉圖像或著迷的意念來開場，隨著情節逐步發展，這些圖象意念會不斷建構成形。憑藉看似不相關的練習刺激，便可邁步前進，持續去創作。假設你想構思兩位角色：尼克和艾希莉，他們兩人接下來會發生什麼事，不妨做下面的練習：寫兩頁文字，描述這兩位在爭著要看哪一台節目。不久之後，尼克和艾希莉先是為了爭遙控器而吵得不可開交，接著兩人就會吵架，指出尼克為人冷漠卻老想掌控別人。艾希莉告訴尼克，他倆的相處方式必須改變，但尼克似乎滿頭霧水，毫無頭緒。寫著寫著，你便能不斷鋪陳情節，持續發展故事。

　　體操選手需要練習，鋼琴家需要練琴，畫家需要練習素描。而作家要接受刺激，磨練文筆，以臻完美。

　　本書的每一章結尾都提供練習素材，協助各位起步，持續探索陸續提到的問題。坊間也有提供練習素材的書籍，比如安妮・伯納斯（Anne Bernays）和潘蜜拉・潘特（Pamela Painter）合著的《小說家寫作練習集》（*What If ? Writing Exercises for Fiction Writers*），這本書絕對是經典。美國短篇小說文學雜誌《微光列車》（*Glimmer Train*）每季出版一本提供寫作建議的小冊子，名叫《作家提問》，許多網站會提供刺激和練習寫作的材料；我特別喜歡《詩人與作家》（*Poets and Writers*）雜誌的網站。《簡潔》（*Brevity*）線上雜誌則會發表精雕細琢、文字洗練的散文。《文學中心》（*LitHub*）、《彈弓》（*Catapult*）和《敘事雜誌》（*Narrative Magazine*）等網站的文章也有助於鍛練文筆。

使用電腦

　　當個作家，偶爾要用鉛筆寫作，免得忘記如何用手寫文章，或者忘了可以到公園或海灘，只消動手和動腦，便可信手拈來，出手成章。

　　然而，對多數作家而言，電腦是極為管用的工具。用電腦自由寫作，更能奔放不拘、行雲流水。你可以輕鬆刪除文字，讓腦中的批評家閉嘴，也能想到什麼，就寫什麼。你甚至可以調暗或不看螢幕，盯著窗外的風景，任由思緒流瀉，隨之在鍵盤上打字，片刻不停歇。

　　我認為，沒有人會否認電子郵件和社交媒體會讓人分心。問題不

> 別仰賴靈感。習慣更加可靠。無論是否受到啟發，都要養成寫作習慣，方能堅持不懈，完成並潤飾你的故事。空有靈感，無法成事。習慣就是堅持去實踐。
> ——科幻作家奧克塔維婭·巴特勒（Octavia Butler）

是要讓這些小精靈被如何適切處理，而是跟培養你的寫作習慣一樣，問題在於「你」要如何適切處理它們。你率先清除路上的小障礙物，是否就能最有效地運轉？也許吧！但是，根據許多作家的經驗，無論你預先做什麼，那些東西終究都會吸引你的注意力。華倫·巴菲特（Warren Buffett）說：「先做最要緊的事。」巴菲特並非以寫小說聞名，卻成就了不少事情。如果你先去寫小說，就會等到最後才去檢視電子郵件。假使你先上社群網站，幾小時以後，你可能會疑惑，怎麼啥事也沒幹，時間就沒了。你或許有大把時間，可以每半小時檢查一次電子信箱。也許吧！還是你就像有毒癮的人，總是自我欺騙，說再吸一口就好？誠實面對自己，然後順勢而為。「讓自己去做最想做的事情。」可以晚點再去關注網路哏圖。如今爆紅的推特，將會成為昨日黃花。工作、朋友和家人很重要，最新的App呢？才沒那麼重要。

關於批評：一點忠告

針對可讓人釋放文字、恣意創作的技巧和科技，需要在此提醒各位的是：它們可滋養靈感，卻只構成寫作藝術的半壁江山。你必須不斷修改（寫作的核心）稿子，直到你完成或拋棄作品。修改過程是連續不斷的，一旦你讓腦中的批評家介入，就會開始修改文字。在批評自己的作品之前，你透過自由寫作和練習刺激便可進行創作，在進行必要的工作之前先進行必要的隨興創作，但別忘記必要的工作。你用

電腦寫作，雖然能寫很多東西，也可以刪除很多文字。不要忘記去修改稿子。

選擇主題

有些作家很幸運，從來不必苦惱該挑選哪些主題。他們不斷面對衝突和危機，眼看著情況化險為夷、轉危為安，於是創作構想日復一日湧入大腦；他們唯一的困難就是該如何從中挑選主題。創作的思維習慣其實是可以培養的，創作愈久，作品愈多，愈不愁沒有靈感。然而，你遲早會發現，當你想寫點什麼或臨近截稿日期，腦中卻一片空白。一股若有似無的酸楚湧上心頭，而你心想：我都沒有什麼經歷。然後，你就得絞盡腦汁，將某個情景、構想、知覺或角色轉化成一篇故事。

某些老師和評論家會建議，初學寫作的人要根據個人經歷來創作，但我認為這不僅會誤導人，還貶低了入門作者。如果你的想像力從未跳脫你的年齡層或所處校園，而你也只會寫點週遭的人事紛爭，那麼你便嚴重限縮了自己的想像力。寫作當然要從個人經歷（包括遣詞造句的經驗）汲取靈感，但訣竅是要確定哪種經歷是有趣、獨特和新穎的，如此方能吸引讀者，令其大開眼界。

「寫自己知道的事」最不可能寫出好的小說，因為這樣只是如實描述你在某某時刻發生了什麼事。也許好的小說或多或少都帶點「自傳」的味道。然而，當你想把經歷過的那些糟糕、滑稽或悲慘的事情寫成小說時，雖可能帶來機遇，卻也會衍生問題。首先，你在某種程度上會想去捕捉「實際發生的事情」，於是便無法著眼於敘事的好素

材。年輕作家不滿別人說他們的作品無法讓人信服，經常宣稱筆下寫的是紀實故事來替自己辯護。然而，文字的可信度與事實幾乎無關。亞里斯多德甚至認為，「看似可能，其實不可能」的事比「看似不可能，其實可能」的事更讓人著迷。換句話說，高明的作家能夠讓讀者對「玻璃山」、「幽浮」和「哈比人」等虛構的事物深信不移，而拙劣的筆匠可能無法說服讀者，使其相信「瑪麗愛上了湯姆」這等普通的事情。

　　寫自傳式小說時，首先要認識一點，亦即「文字不等於經驗」。即使最切實描述個人經驗，也會涉及挑選和詮釋的層面，譬如你妹妹對同一件事情的記憶可能與你的回憶截然不同。如果你寫的是回憶錄或論及個人的散文，最好要基於事實。正如《汀克溪畔的朝聖者》作者安妮·迪勒所言：「那是一種傳統，也是紀實作家和讀者之間的默契。」然而，對於小說家和讀者而言，透過人物塑造、生動場景和行為效果來揭示故事背後的真理，遠比追求事實而平鋪直敘來得重要。這項真理存乎於讀者的精神和內心層面，其真實與否和作家描述的事情是否確實（或可能）發生毫無關聯。美國當代短篇小說名家羅麗·摩爾（Lorrie Moore）曾說：

　　　　作家與個人生活的適當關係類似於廚師與櫥櫃的關係。廚師
　　用櫥櫃的食材所做的餐點與櫥櫃擺放的東西並不一樣。

　　好的。現在來探討下面的問題：哪些生活經驗對你很重要？簡短描述發生過的事，不要超過一百個字。你想「料理」什麼？這個故事

是關於什麼？事件、事故和人事選擇等原始素材可否重新塑形、使其豐腴、削肉到骨、填充肉質，或者加料添味？你經歷的事情是按時間順序發生的，但傳遞故事的意義時，是否最好照時序去敘事？你或許在好幾個月或好幾年之間經歷了各種事件；如何才能從最短時間內發生的最少場景來呈現這段經歷？假使「你」是核心人物，就得完整塑造「你」這號人物，但這並非易事。你能夠放大自己的某些特質、自我改變以全新面貌呈現，甚至讓別人取代你，成為核心人物嗎？不妨憑著記憶來自由寫作，無須顧及先後順序？或者劈頭就先描寫最後的場景。你要描述某個地方，但誇大當地的氛圍：如果那裡天氣寒冷，就將它描寫到酷寒難耐、鞭肌刺骨。假使當地混亂，不妨把它描述成凌亂不堪。你可以描述核心人物，至少有一部分是據實以告。利用這些手段，可以將你本人和真實的經歷分隔開來，讓你開始塑造不同的事物來撰寫小說。

　　美國短篇小說作家尤多拉・韋爾蒂（Eudora Welty）的建議是，把你對所知事物不了解的地方寫出來，就等同於探索在你的經歷中仍然令你困惑或痛苦的層面。傑羅姆・斯特恩（Jerome Stern）在《小說創作的藝術》（*Making Shapely Fiction*）中提出建議，認為要從更寬廣的角度去詮釋「寫你所知道的」。他指出：「『你』的概念本身就很複雜……『你』是由許多不同的自我所組成……包括過去的『你』、你想成為

> 你讀的東西和你寫的東西同樣重要。
> ──加拿大作家瑪格麗特・愛特伍

的『你』、你不想成為的『你』，以及你害怕成為的『你』。」《大師的小說強迫症》作者約翰・加德納在《小說的藝術》（*The Art of*

Fiction）中聲稱：「最能限制想像力」的，莫過於「你只能寫自己知道的事情」的這項建議。他認為，應該「寫你最了解和最喜歡的故事。」

這個建議很有用，因為你從自己最了解和最喜歡的故事，便能稍微知道它是如何呈現的、如何被形塑的，以及它包含何種衝突、驚喜和變化。許多初學寫作的人並不熱衷於閱讀，只是看電視吸收知識，茫然不知故事結構和角色的舉止言談，以及如何鋪陳笑話和揭穿謊言等等。問題在於，如果你從電視學習如何寫小說，或者你最了解和最喜歡的故事是科幻、奇幻、愛情、推理等類型小說，你可能已經學到了技巧，卻全然不知自己如何能從獨特的視角去塑造故事，結果無法成為一流作家，只能當個二流貨色，模仿抄襲他人，寫些庸俗的肥皂劇或老套的太空歷險片。

你最好寫些自己關心的東西，首先就要弄清楚那是什麼。劇作家克勞迪婭・強森（Claudia Johnson）建議她的學生列出「清單」，找出他們真正在意的事物。你寫日誌時，先列出讓你情緒劇烈起伏的事情，比如：什麼事情讓你生氣？什麼事情令你害怕？你想要什麼？什麼事情讓你傷心？你也可以想想自己人生的轉捩點，譬如：什麼事情真正改變了你？誰真的改變了你？凡此種種，皆可成為寫故事的素材，不用管故事是否屬於自傳。小說家羅恩・卡爾森（Ron Carlson）說道：「我總是憑藉經驗來寫作，不管我是否真正經歷過這些。」

你寫日誌時，也可以快速寫下自己七歲以前發生的事情。寫的時候要分門別類，譬如：事件、人物、你的身體、你的情緒、你和宇宙的關係，以及你珍惜的事。哪些人事至今仍縈繞在你心中？在你揮之

不去的人事下面劃底線或用螢光筆將其標示出來。你可以從中找出自己所關心的事物，或許能夠藉此汲取寫小說的靈感。

　　你寫日誌時或許能從日本平安時代作家清少納言的隨筆集《枕草子》得到啟發。清少納言在十世紀時入宮擔任侍女，每天撰寫日誌，記載宮中見聞瑣事，並將其藏於木製枕頭內，故名[6]。她列出各類見聞且分門別類，類別雖然具體卻大多古怪。這種做法可以讓你列出無窮無盡的事物，而當你想出該列什麼事物時，便會向自己揭露內心世界：你後悔說出口的事、左翼激進的事、比赤身裸體更讓你尷尬的事、希望拖得愈久愈好的事、渴望的事、尖酸刻薄的事、只持續一天的事。

　　找出我們在意的事並不容易。我們整日被訊息包圍，眼目所見盡是戲劇、社交媒體、理論和論斷，這些訊息被印刷出版或以數位方式存在，不停向我們襲來。知道應該思考和感受什麼並不難，難的是要知道真正該思考和感受什麼。有良知的權威機構和人士經常呼籲我們關心有意義的事情，但只有少數事情能觸動我們，而我們在意的事情微不足道，顯得我們以自我為中心或自私自利。

　　我認為，這大概就是布蘭德第一個練習的價值所在。她要你在腦袋昏昏沉沉，依舊還著眼於你關心的事情時，強迫你在天亮時憑著直覺如實記下想法。通常看似毫無價值的東西恰好隱藏一種普世的傾向特徵。你如實捕捉到它，然後退一步觀看，便可維持作家需要與事物

6　草子為「卷子」或「冊子」之意。至於「枕」字，一說是備忘錄，另有因珍貴而不願示人之意。

保持的距離，而這種距離至關重要。（你今天早上在想將如何觀察今晚的舞會？不管人的年紀多大或身處何地，誰都會掛念這種瑣事。把這件事如實寫下來。現在想想有誰可能也是這麼想的？是你討厭的那個傢伙？還是某個早已作古的人？四處搜尋一下，你很快就能寫故事了。）

你最終會知道哪種經歷能夠激發創作故事的靈感，並且你會驚訝於這種經驗是如何積累的，彷彿你的人生不斷自動替你創造寫作的素材。下面提出六項建議來幫助讓你找到靈感，讓你的寫作結實累累。

第一項，進退兩難。你偶爾會不知所措（或者知道有人正面臨這種情況），無論採取任何措施，都將痛苦萬分或付出高昂代價。在現實生活中，你無法解決這種困境。然而，你身為作家，不必付出代價，便可想像人物和場景去尋求解決辦法，即便以悲劇收場也無所謂。某些作家會看報紙來構思故事。早晨的新聞白紙黑字記載著事發情況，但當事者是誰？他們如何走到這步田地？去虛構情節，把脈絡想透徹。

第二項，不合常理。你會注意某件事，覺得它很有趣，恰好是因為你無法解釋它，認為它似乎不合常理。有人在自家豪宅後院養豬。這個人是誰？她為何要幹這種事？你應該很會幻想，找出她的動機和目的。下面是我的親身經歷：我家裡的電話曾經故障（當時手機尚未問世），不得不半夜出門，到一處超市廣場打公用電話。當時大概凌晨兩點，所有商店都關門了，廣場有三個女人，其中一個還推著嬰兒車。她們在那裡幹麼呢？若干年後，我想到一個可能的答案，然後寫成一則短篇故事。

　　第三項，尋找關聯。兩種事件、人物、地點或時期截然不同，而你發現其中卻有驚人的相似之處。你愈去探究，就覺得它們愈相似。我就是根據這種關聯才寫出《貪得無厭》（*The Buzzards*）這本小說：某位著名政治家的女兒遭人謀殺，而我正在安慰死者的未婚夫。我當時正在撰寫劇作家埃斯庫羅斯（Aeschylus）的作品《阿伽門農》[7]的講稿。兩個政治人物，兩個被謀殺的女兒。一位活在古希臘，另一位活在當代美國。兩者的關聯不時縈繞在我的腦海，直到我想通脈絡並將其寫成小說，這種念頭才煙消雲散。

　　第四項，搜索記憶。某些人物、地點和事件長存於你的記憶中，根本無法靠邏輯來理解。按照常理，你應該不記得某位阿姨的脂粉味。你想起四年級時「借用」（卻未曾歸還）的那顆球時，仍然會羞愧得臉紅，這根本沒有道理。然而，不知為何，這些事情依舊烙印於你的心中。你可以去探究那些生動的記憶，加以潤飾並賦予形體。話雖如此，美國小說家斯蒂芬・邁諾特（Stephen Minot）在《三種體裁》（*Three Genres*）中提出睿智的建議：如果你要憑藉記憶來寫作，這個記憶應該存在一年以上，否則你可能無法區分發生過的事情以及必須在故事中發生的事情，或者難以分別你記得的事情和你已寫下的事情。

> 只要你坐在桌前夠久，便能收集足夠的句子來寫一本書。創作是一步一步來的。
> ──澳洲小說家皮埃爾（D. B. C. Pierre）

　　第五項，移植。你想描寫一種既不太新穎，又不太熟悉的感覺，

7　阿伽門農為特洛伊戰爭中希臘聯合遠征軍的統帥。

卻無法落筆成文。為了疏離那種感覺來駕馭這種感覺，你要盡量鉅細靡遺加以描述，但要虛構一處情景，用一位虛構的人物去感受它。除了你自己的情況，有哪些情景可以讓人觸發這種感覺呢？仔細思考，想個透徹。

　　第六項，報復。不平之事早已發生，你卻無能為力。然而，你並非無能為力，因為你是作家，可以重現事件，換另一套人物，在另一個時空場景，讓結局符合你的心願，懲罰你想懲罰的人。即使在故事的結局，惡者仍然當道，但你已經喚起讀者伸張正義，從而平反冤屈。（義大利中世紀詩人但丁善於此道：把敵人打入地獄，將朋友送進天堂。）此外，我們身為人類，對身邊發生的無聊事情很感興趣，偶爾甚至痴迷不已，你不妨「報復」這些窮極無聊之事，將其描述得荒謬怪誕或滑稽可笑。

　　故事靈感會隨時隨地出現。你隨手寫日誌時會不時發現點子。一旦你找到故事的點子，就會去構思，直到你寫完故事（或中途放棄）。寫作是手腦的協作，並非手和紙張的協作。熟練的打字員大約要三個小時便能打完一篇十二頁的故事，但創作這篇故事可能得花費數日甚至數月。即使你進展順利，落筆便能成文，寫作時多數時間也不是用來打字或寫字。如果你深深著迷於故事的情節，思考就變成自發行為，這是一種上蒼賜予的禮物。倘若並非如此，你得平心靜氣去構思人物角色，去了解他們，讓思緒跟著他們的一舉一動。然而，要靜下心來，需要有堅強的意志。

　　點子（構思）轉化成故事時會發生質變，其中涵蓋很多層面，某些是作家刻意為之，某些則是神祕莫測。「靈感」確實存在，乃是從

潛意識變成意識的「禮物」。某些新銳作家或許受到「垮掉的一代」[8]
（並非其實踐）所影響，認為「費盡腦汁」寫出的文字缺乏美感，讀
者也分辨不出哪些故事是作家率性寫成，哪些又是作家字斟句酌、反
覆推敲之後寫成的。美國著名非裔作家童妮・摩里森說過，她經常將
一段文字重寫八遍，只是要讓行文流暢，猶如受靈感啟發而創作。美
國短篇小說家辛西婭・奧齊克（Cynthia Ozick）寫作時，起步經常
「十分費勁」，寫到後頭才能突破，必須忍受「擔憂和恐懼，直到挺
過難關，心懷喜悅。」

　　成功的作家總是指出，除非能將寫作的習慣配合大腦的意識，否
則不會出現靈感。寫作如同耕耘大腦，必須犁田、播種和除草，還得
冀望天公作美。為何種子會長成莊稼？你永遠不會明瞭，唯有心懷感
激，你最終會因為辛勤筆耕而自豪。

　　許多作家認為，理想的寫作方式是想好故事情節後，一口氣寫完
初稿，讓情節一路發展到結局，不管對某段文字、某個角色、某個用
語或某個情節有多麼不滿意，都不要停筆。如此有兩種好處。首先，
你會心無雜念，只掛記單一的整體情節，而非零碎敲打隻字片語，不
時調整構想，心情起伏不定，因此更能寫出連貫一致的初稿。其次，
快速寫作時，情節的發展會更緊湊。後續增添情節和發展故事，遠比
加快節奏更為容易。假使你寫一頁就得花好幾天，還會不停調整逗號
位置，並且會查找單字的同義詞，特別講究文藻，不妨嘗試這種一口

8　二戰後一群美國作家抗拒流行的價值觀，探索精神領域和東方宗教，反對物質主
　　義，並且嘗試致幻藥物和宣揚性解放，代表人物有艾倫・金斯堡、傑克・凱魯亞
　　克等，人稱「垮掉的一代」。

氣寫完的方法，而且要多試幾次。然而，你要注意：如果你一口氣寫完初稿，千萬不可拿去交差，一定要盡早動筆，留意截稿日期。

　　故事的發展可能會完全偏離你的初衷（一口氣寫完初稿只是理想狀況）。你原本以為自己很清楚該如何發展情節，現在卻不知所措，除非稍微停筆，重新理清頭緒，否則便會偏離軌道。你也可能發現，儘管你嚴格按照自己的想法寫作，但進展卻不順利。北愛爾蘭小說家布萊恩・摩爾（Brian Moore）把這種情況稱為「故事卡住了」，他經常得原路折返，找出情節轉折不妥或人物舉止彆扭之處。此時，需要發揮更多想像，才能修補故事，使其開花結果。你也可能覺得自己難以堅持下去，就算做了練習，寫作堅定而專一，更用了各種能用的招數，但還是會卡住。換句話說，你遇到了寫作瓶頸。

　　「寫作瓶頸」不再像以前那樣流行。人們已經厭倦聽到這個術語，甚至不願再討論它。作家偶爾也會厭惡本業常用的詞語，但也可能他們開始理解並接受寫作時會面臨的困境。有時，這個過程似乎就像掉進泥淖，不斷掙扎便會陷入絕境，除非能克服困境，否則無法突然看清事情該有的模樣。寫作時遇到瓶頸會感覺很糟。你呆坐桌前，輪子空轉，苦思冥想，卻在泥淖中愈陷愈深。你會決定要扔掉所寫的東西，不再理會它，可惜做不到，只好不斷回頭修改，就像一個人老用舌頭去舔舐疼痛的牙齒。或者，你決定靜下心來，坐在桌前把稿子打磨成形。但是你只要這樣做，文字就會更桀驁不馴、難以駕馭。美國詩人威斯坦・休・奧登（W. H. Auden）指出，寫作最困難的，是不知道該先將手頭寫的東西緩一緩，還是該不斷苦思合適的文字。

　　我認識的一位報紙編輯說過，寫作瓶頸其實是資訊不足。我原本

以為，這種說法不適用於小說創作。我後來才發現，我寫作時會感到挫折，乃是因為我不甚了解自己小說中的人物、場景或情節，沒有高度發揮想像去探究到底，從中挖掘出訊息。

美國詩人威廉・斯塔福德（William Stafford）說過鼓舞人心的話，建議學生要按照最低標準來寫作。總是有人想糾正他：「您是說最高標準吧？」不，斯塔福德指的是最低標準。法國詩人兼小說家尚・考克多的編輯也給他提出同樣的建議：「老想著要寫出曠世傑作，只會縮手縮腳，看到白紙就手腳發軟，所以要照老套來寫：『在一個冬季的夜晚⋯⋯』。」維多利亞・尼爾森（Victoria Nelson）在《論寫作瓶頸：獲取創意的新方法》（*On Writer's Block: A New Approach to Creativity*）一書中指出：「宏偉創作抱負⋯⋯和嚴重寫作瓶頸總是成正比關係。」許多作家「好高騖遠」，不願「腳踏實地」；很多作家犯了錯誤，因為他們決心要寫出偉大的文學作品，不願意去寫愛情故事。

草稿就是草稿，本來就是粗糙的。創作就像泥塑，最先是塑形，後來才會上釉。

要記住這點：寫作並不難，難的是不寫作。

從作家的觀點閱讀

學習從作家的觀點閱讀，就是著眼於作者的技巧、選定的人事和方法。約翰・加德納在《大師的小說強迫症》中建議年輕作家閱讀應該「像年輕建築師觀察一座建築，或者醫學系學生觀摩一次手術，兩者都專心一致，既是虛心向大師學習，也會對其中可能存在的問題謹

慎以待，提出批判。」詩人 T. S.艾略特有句名言：「壞詩人只知模仿；好詩人善於偷竊。」

　　閱讀時問自己：哪些內容令我印象深刻、難忘和感動？重讀一遍，留意哪些寫作技巧讓你有前述的感覺。為何作者要這樣開頭？作者如何吸引我的注意力，讓我想知道會發生什麼，讓我因書中角色而心跳加速？為何作者選擇這種形象、場景和結局？你也可以從無法打動你的故事中吸取經驗。你會如何處理相同的素材？你會如何調整故事？要像作家一樣貪婪：我可以從這個故事學到什麼？我可以模仿或偷竊什麼？

▶略談小說主題

　　發現、選擇和揭示故事主題的過程從你自由寫作那一刻起便已經開始，然後一直持續下去，可能到你的小說出版之後都還沒停止。主題就是你的小說在探討什麼，以及你如何思索它。主題是故事的核心，你的寫作圍繞著它來開展。約翰・加德納指出，主題「不是你強加給故事的，而是從故事衍生出來的。它起初是作者的直覺，最終卻成為作者的思想。」

　　你的故事要說的內容會逐漸向你和讀者自我揭露。揭露的方法是身為作家的你所做的每一項選擇，包括：情節、人物、場景、

有些人想成為作家，因為他們喜歡寫作……因為他們喜歡寫作過程，以及……透過這個過程，他們發現自己在寫作方面變得更為聰明誠實和更有想像力，不像在其他的生活領域那樣庸庸碌碌。
——美國小說家羅素・班克斯（Russell Banks）

對話、物件、節奏、隱喻和符號、觀點、氛圍和風格，甚至語法和標點符號，偶爾也包含排版。

　　主題是綜合性的概念，我想分別探討個別的故事元素以後，在本書的最後章節再來討論主題。然而，這種編排方式無法完全令人滿意，因為揭示這些故事元素時，每個元素都會對主題有所貢獻。各位可以先翻閱最後的章節，也可以在寫作的每個階段問下面的問題來思考主題：這部分真正讓我感興趣的地方是什麼？令我感興趣的這個意象（或角色、對話、地點）如何揭露我所關心的事物？我在兩個意象之間看到哪些關聯？如何強化這些關聯？我說的是否就是我確實想表達的？我有沒有實話實說？

📖 延伸閱讀　名家寫作初心

《小說家寫作練習集》（*What If ? Writing Exercises for Fiction Writers*）
　　——安妮·伯納斯和潘蜜拉·潘特合著

《成為作家》（*Becoming a Writer*）
　　——多蘿西婭·布蘭德

《精簡寫作》（*How to Write Short*）
　　——羅伊·彼得·克拉克（Roy Peter Clark）

〈我為何寫作〉（"Why I Write"）
　　——瓊·蒂蒂安（Joan Didion）

《寫作生涯》（*The Writing Life*）
　　——安妮·迪勒

〈蒼蠅寄語：論分神〉（"Message from a Cloud of Flies: On Distraction"）
　　——邦妮·傅利曼（Bonnie Friedman）

《小說的藝術》（*The Art of Fiction*）
　　——約翰·加德納

〈爛到爆的初稿〉（"Shitty First Drafts"）
　　——安妮·拉莫特（Anne Lamott）

《翻天覆地的文字編輯》（*The Subversive Copy Editor*）
　　——卡羅爾·費希爾·薩勒（Carol Fisher Saller）

《論寫作的初級階段》（*One Writer's Beginnings*）
　　——尤多拉·韋爾蒂（Eudora Welty）

✍ 寫作練習　從培養動筆習慣開始

1. 持續寫兩星期的日誌。按照你每天可以接受的字數來寫，要每天寫，不可荒廢。除了本章提供的日誌寫作建議，你還可以嘗試下列方法：

   • 打開一本書，隨便指向一處。選出離手指最近的名詞，快速列出你看到這個名詞後想到的東西。隨便寫一段文字來探討這個名詞。

   • 隨手記下貼在汽車保險桿的小標語。當你記下六個左右時，從中挑選一個標語，快速列出你對那輛車的印象，好比廠牌、型號、顏色和車況，想不出來就用編的。隨便寫一段文字去概述車主。

   • 根據你對下列其中一個事件的經驗來指出故事的核心：最初的記憶；生氣的雙親；丟失的物品；無緣無故的恐懼；理髮。

2. 挑一個星期，每天在吃早餐前坐下來，隨意寫一段想到的東西。在那週結束時讀這些文字，圈出令人感覺有趣的單字、短語、人物、地點或想法。從中挑選一個，隨便寫一段探討它的文章。

3. 列出十二件你一無所知的事。隨便挑選一個，寫一段文字去討論它。

4. 寫一篇討論閱讀或寫作的文字。例如，你發現自己會念或寫自己名字的那個時刻、練習寫字母的課堂，或者啟發你去寫作的人。這裡的故事有核心嗎？

5. 簡短描述你為何想要寫作。寫下你為什麼覺得寫作這麼難。幻想某個在某方面與你完全不同的人。寫滿一張白紙，講講那個人有哪些

寫作欲望或者認為寫作有哪些困難。

6. 列出你率先想到的十件事。挑選其中一個。列出那件事讓你最先想到的十件事。挑選其中一件,寫一段文字來討論它。

7. 挑選下面的一個短句,用它當開頭來隨便寫滿一頁的紙張:

- 他吃完晚飯以後總會……
- 在我最喜歡的照片中……
- 但是她為什麼要……?
- 我看了一眼,然後……
- 那個狹窄的空間讓我感到……
- 然後,門打開了,而且……

第二章

眼見為憑

展現與講述

　　閱讀文學作品可歷經各種情緒，卻不必付出代價。我們會去愛、譴責、寬恕、希冀、恐懼和憎恨，卻不會因為捲入這類情感而冒任何風險。即使是美好的情感或感覺（好比親密、力量、速度、酒醉和激情）都會造成後果，而強烈的情感可能會帶來嚴重的後果。小說也必須包含思想，角色和事件方能餘味深長。如果思想膚淺或不真實，小說本身也將膚淺或不真實。然而，思想必須由角色來體驗，如果沒有被感受到，那本小說就是不合格的。

　　從社論到廣告的非小說類作品大都試圖藉由邏輯或推理去說服讀者，使其只體驗某種感受。相較之下，小說則試圖重現經驗帶來的情感衝擊，而這樣做極為困難。電影和戲劇會直接刺激觀眾的耳目來傳遞意象，但小說是書面文字，文字得先經過大腦才能轉化為意象。

　　為了打動讀者，一般認為應該「要展現，別講述（show, don't tell）。」由於作者只能運用文字，這種說法可能會讓人混淆不解。它要表達的意思是，寫小說不要著眼於文字（文字毫無生氣）及其表達的思想，而是要善用文字讓讀者去親身體驗，使其深刻理解內容。運用某些技巧可讓敘事生動感人，引起讀者共鳴。你可以概略學習這些技巧並不斷加以磨練。

▶ 重要細節

　　威廉・史壯克在《風格的要素》中寫道：

　　　　假設研究寫作藝術的人都對某一點看法一致，那點就是：要

吸引讀者並維持其注意力，最好寫得細膩、明確和具體。最偉大的作家……其作品之所以吸引人，主要因為他們描述細節時鉅細靡遺。

　　小說要生動，仰賴的就是細膩、明確、具體和特殊的細節。講究細節（善於撒謊的人明白這個道理）便能說服人。舉例而言，瑪麗確定艾德上週二忘了繳瓦斯費，但艾德辯稱：「我去繳了啊！我在排隊時，有個穿著針織背心的老頭站在前面，不停跟我講他的兩個雙胞胎孫女。」明知他在鬼扯，卻很難反駁「針織背心」和「雙胞胎孫女」之類的細節。約翰·加德納在《小說的藝術》中將細節比擬為「證據」，如同在法庭上逐步講述幾何定理或出示證據。他指出，小說家「詳述了克利夫蘭（或其他場景）的街道、商店、天氣、政治和事務，並且詳細描述了角色的外貌、姿態和各種經歷，讓人不得不相信他的故事是真的。」

　　某個細節能吸引感官時，就是「明確」和「具體」。細節要被讀者看到、聽到、聞到、嘗到或摸到。只要大致瀏覽市面上的小說，便能找到數十個範例。下面就是個明顯的例子。

　　那個房間很狹窄，天花板非常高，貨物從地板一直堆到天花板。有一排排的火腿和香腸，顏色各異，白色、黃色、紅色和黑色，形狀也不同，有肥的、瘦的、圓的和長的，另有一排排蜜餞罐頭、可可飲料和茶葉，閃亮的半透明玻璃瓶裝滿蜂蜜、橘子醬和其他果醬。

我呆呆站在那裡，整個人著了迷，凝神去聆聽，呼吸著令人愉悅的氣味，巧克力、燻魚和松露一起散發出香氣……四周安靜無聲，我大喊：「有人在嗎？」我依然記得那時太緊張，喊出的聲音怪腔怪調，逐漸消散於寂靜之中。但沒有人回應。我的口水像泉水一樣湧出，於是我邁開腳步，無聲無息走到一張擺滿東西的桌子旁。我狂喜不已，把手伸進離我最近的玻璃罐，發現裡頭裝滿裹了巧克力的乳脂糖，便抓了一把，放進外衣口袋，然後走到門口，不一會兒功夫，就閃躲到街角。

　　——湯瑪斯‧曼（Thomas Mann），《大騙子菲利克斯‧克魯爾的自白》（*Confessions of Felix Krull, Confidence Man*）

　　這兩段文字訴諸了讀者的五官。湯瑪斯‧曼讓我們看見：「狹窄的房間」、「高聳的天花板」、「成排的火腿和香腸」、「蜜餞罐頭」和「半透明的玻璃瓶」。他讓我們聞：「巧克力」、「燻魚」和「松露」的香氣。他讓我們聽見：「有人在嗎？」、「這個怪腔怪調的聲音逐漸消散於寂靜之中」。他讓我們嘗到：「口水像泉水一樣湧出」。他讓我們觸碰到：「伸進罐子」、「便抓了一把（糖果），放進外衣口袋」。湯瑪斯‧曼行文生動活潑，讓讀者用感官去體驗場景，彷彿身歷其境。

　　這些感官意象會迴盪在心中，暗示文字沒有表達的意思。讀者會知道歸納的結果，而作者可能已經（卻不需要）做這些歸納。讀者會自行去做。湯瑪斯‧曼本來是可以讓他的角色來「告訴」我們：

　　我很窮，很少看見這麼多的食物。我很怕房間裡可能有人，

偷了東西就可能會被逮住，但我卻忍不住。

這樣的文字平淡乏味，不必把這些事告訴讀者，因為作者已經「展現」所有的要點。透過混亂的視覺和嗅覺意象，便可影射這個角色很窮；如果他經常看到豐盛的食物，就不會那麼急切到處看、到處聞了。他大聲喊叫，聲音「緊張且怪腔怪調」，逐漸消散於寂靜之中，顯然他是恐懼的。他口水直流，表現出渴望，他「迅速把手伸進罐子，抓了一把，隨即開溜」，表示他很害怕。

這裡要說明兩點，而這兩點都很重要。首先，作者描述的細節必須合理。其次，這些細節必須是「重要的」。小說家要不斷絞盡腦汁，不能直截了當表達意思，而是要暗示更多的言外之意。你想表達的意思通常是抽象概念或批判意見，好比「戀愛需要彼此信任」和「小孩可能會很殘忍」。如果你確實寫出抽象概念或批判意見，就是在寫散文；然而，假使你讓讀者用感官去體驗，從而建構他們的詮釋之道，他們將會感覺身歷其境。讀者的閱讀樂趣通常來自於自信：我們很聰明，能夠領會作者的意思。當作者向我們解釋或替我們詮釋時，我們會懷疑作者是否認為我們很笨，無法解讀他的意思。

> 我著迷於諸多意象，似乎要從這些意象（或其中一個）來創作。我偶爾想像的是一處場景或一個細節，甚至是一張照片。
> ──美國小說家瑞秋‧庫許納（Rachel Kushner）

如果細節暗示人物變化或情節發展，可能也是很重要的。俄國短篇小說巨匠契訶夫說過一句名言：如果在第一幕中，壁爐上擺了一把手槍，則必須在最後一幕讓手槍射出子彈。例如，在美國小說家斯圖

亞特·迪貝克（Stuart Dybek）的作品〈舊愛已逝〉（We Didn't）中，旁白者（故事主角）和女友在海灘上親熱，卻突然被逮個正著：「車燈打在我們身上，聚光燈來回交錯，警車向我們靠近時，藍色的車頂燈旋轉著。」警車和探照燈改變了場景，代表故事的轉折點，同時起了隱喻作用，突顯這對年輕戀人的問題。

下面這段文字摘錄自美國作家科爾森·懷特黑德的《地下鐵道》。女奴隸珂拉照料著她祖母的一個小菜圃：

> 一縷縷白色霧氣盤旋於地面上方。她看到了，那是她原本能種出的第一批包心菜的殘根。布雷克小屋的台階上堆滿藤蔓，糾結纏繞，逐漸乾枯。土已翻過並夯實，成為那條雜種狗屋子前面的漂亮院子。狗屋就在她菜圃的中央，如同坐落於種植場中央的宏偉豪宅。

在這段文字中，有人要是侵犯（無論實際或隱喻）她的領土，這位溫順的女孩就會強力反抗。

如果某個細節能夠吸引其中一種感官，它就是具體的；如果它還能傳達某種想法或提出論斷，就是有意義的。「窗台是綠色的」，這句話很具體，因為可以眼見為憑。「窗台霉綠色的油漆逐漸剝落」既具體又有意義，因為它傳遞了「油漆很舊」的想法，同時透露「窗台顏色很醜」的論斷。此外，第二句也比第一句更為生動。

下面是某位年輕作家的作品，無法吸引讀者的感官而匠氣死板：

黛比十分固執且非常獨立。她的父母想方設法讓她聽話，但她總是我行我素。黛比的父親在一家製衣公司擔任主管，收入很高，能讓家人過奢侈舒適的生活。然而，黛比毫不在乎這點。

這段文字包含了一些論斷字眼，有人可能同意或不認同，但作者並沒有說服讀者。黛比為何固執？獨立？毫不在乎？哪裡可看出她家很有錢？更糟的是，作者用概括手法提出論斷，讓人完全感受不到角色的性格，而故事人物唯有展現性格才能活靈活現。黛比經常做些什麼？她的父母想如何讓她聽話？她的父親當到哪個層級的主管？又在哪間製衣公司上班？她家過著怎樣奢華的生活？可用不少方式去填補這些空白：

黛比心情好的時候，經常穿著運動背心，戴著閃亮的耳環，穿著一字涼鞋去參加茶會。

奇蒂迪斯特太太會站在門口，緊扭雙手，焦急對女兒說：「親愛的，這樣穿可不好啊！」

「為什麼？」黛比回嘴道，說著說著，又繫上一條穗狀緣飾的皮帶。

奇蒂迪斯特先生曾是迪奧波士頓經銷商的創意總監，非常看重他所謂的「高雅質感」，好比手織花呢和金絲鏤空，種類繁多，不一而足。他很樂意讓女兒穿搭高尚服飾配件，但黛比卻偏愛層壓手環。

　　我們尚未論斷這幾個人物的品性，但我們現在已經更了解他們了，同時可以得出某些臨時結論。這些結論是我們自己得出的，不是作者強加給我們的。黛比不在乎父母的價值觀，也不關心父母的想法。她充滿活力，可能尖酸刻薄。奇蒂迪斯特太太拿她沒辦法。奇蒂迪斯特先生是個勢利小人，或許黛比更惡行惡狀，我們最後會站在奇蒂迪斯特先生的一邊。

　　然而，這也許根本不是作者所想的。關鍵是我們無法得知作者的想法。或許作者的想法更接近下面的版本：

　　　黛比某天把一本《尤利西斯》帶回家。斯特魯姆太太認為那本書「很淫穢」，把它仍到日光室的另一邊。黛比跪在鑲木地板上，拾起書籤，放回書中，說道：「這本書才不淫穢呢！」

　　　「要不是看妳還小，否則我早用鞭子抽妳了！」斯特魯姆太太警告她。

　　　斯特魯姆先生是「成衣」集團的控股股東。他假公濟私，拿公司的交際費來支付家人開銷而得意洋洋。去年夏天，他想方設法用公款帶家人去比利時旅遊，期間參觀了美軍公墓和伯爵城堡的酷刑室。然而，黛比卻不知好歹，旅遊時大都窩在旅館，閱讀某位詩人的劣作。

　　我們現在更了解黛比的固執、獨立、冷漠，以及她家過的富裕生活。這些都是人物特質以及我們加諸他們身上的價值。我們這次明顯偏向了黛比，因為我們受過教育，會去同情讀書人。我們還聽到「淫

穢」和「用鞭子抽妳」等歇斯底里的話，黛比聽後堅定果敢卻默默承受。斯特魯姆先生用公款報支私人開銷，表示他貪婪腐敗，而他喜好的「奢侈消費」也很病態。這段話確實包含兩項過於武斷的批判，一是黛比「不知好歹」。然而，當我們讀到這裡，便知道這是斯特魯姆先生對女兒的批評，因此認定黛比沒什麼好感激父母的。我們不僅理解作者所說的，還知道作者是在說反話，所以我們這時感到自己非常聰明；這就是諷刺給讀者帶來的樂趣。其次，斯特魯姆先生認為詩人的作品是「劣作」，表示他秉信唯物主義，愚蠢無禮，不懂更精緻美好的事物。作者最後並未交代我們應該知道的細節：黛比窩在旅館讀誰的詩？我們再度明白，作者

> 意象是寫小說的起點。這是你可以在睡夢中追尋的目標……重要的是這些意象要能驅動你體內的某些東西。
> ──挪威作家卡爾·奧韋·克瑙斯高（Karl Ove Knausgaard）

是從黛比父親的角度來描述情節，因此是斯特魯姆先生分不清楚英國浪漫詩人約翰·濟慈（John Keats）和美國詩人斯坦利·康尼茨（Stanley Kunitz），不是黛比，也不是作者，當然更不會是我們。

　　有人可能會反駁：這兩個改寫的版本都比原作更長啊！不正是「添加」這樣的細節，改寫版本才變長的嗎？對於這個問題，答案既是肯定，也是否定。沒錯，添加細節會增加字數。然而，運用精心鋪陳的細節，可告訴讀者人物的價值觀、言行舉止、生活方式、態度和個性。如果用概括性語言揭露這些訊息，可能會寫得更長。當你想用細節讓人物鮮活起來時，不可能鉅細靡遺詳述某個人、某個情節或一天中某個時刻發生的所有事情。你必須選擇重要的細節，從中傳達關鍵的性格特點，這樣讀者才能理解。

　　然而，唯有不斷發展和修訂故事，真正重要的細節才會出現。正如美國作家弗蘭納里・奧康納所說：「看得愈久，就看得愈多。」她認為，某些細節「傾向於從故事本身的情節來積累意義」，因此「會以象徵手法運作。（細節）在故事的文字層面有著至關重要的地位，卻能在表面和深度層次運作，從而全面提升故事。」

　　除非具體的細節隱含意義和價值，否則無法觸動人心。下面這段文字平庸無奇，並非因缺乏細節所致，而是這些細節毫無意義：

　　　　特里・蘭登二十二歲，身高六呎四吋，寬肩闊背，英俊挺拔。他有一頭濃密金髮，不長不短，睫毛很長，為人熱情友好，皮膚為天生棕褐色，襯托出他的藍色眼眸。

　　這段文字提供許多描述五官樣貌的普通資訊，但我們還是對特里知之甚少。在這個世界上，二十二歲、寬肩金髮的人多不勝數。這種羅列人物特徵的方式很像全面通緝罪犯的告示：男性、白種人、身材中等、深色頭髮，最後一次被人看見時身穿灰色雨衣。警方可透過這種描述從人群中揪出嫌犯，但前提是被描述者的身分不明。作家都希望讀者能盡快了解故事人物的性格。

　　其實，我們是藉由感官認知來形成所有的想法和判斷，而我們每天時時刻刻接收的，不僅只有感官訊息而已。舉例而言，有四個人參加雞尾酒會，他們可能無所事事，只是站著吃開胃餅，或許聊聊政治八卦和新上映的電影。然而，你非常確信甲對乙非常生氣，乙正在跟丙調情，丙正在傷害丁，而丁又在努力安慰甲。你只能用感官去觀

察，那你是如何得出以上結論的？你透過哪些手勢、眼神、語氣、觸摸和措詞？

　　不斷強調判斷，可能會讓作者和讀者顯得有些武斷或自以為是。「我想客觀／中立地展現我的故事人物，不做任何價值判斷，由讀者自行去決定。」話雖如此，人隨時都在批判：那部電影如何？他似乎很友善。這堂課無聊透頂！你喜不喜歡這裡？她太瘦了。真是有趣。我真是笨手笨腳。妳今晚真漂亮。人生是荒謬的，不是嗎？諸如此類的批判可說是司空見慣。

　　我們不這樣批判，是因為我們不感興趣或無動於衷。你（作家）可能不想美化或醜化自己書中的角色，卻肯定希望我們（讀者）去關注這些人物。如果你不引導讀者去判斷，讀者可能會對你的故事毫無興趣。當你「不想讓我們去判斷」時，通常是希望我們拿不定主意，內心矛盾且複雜。「她很惹人厭，但這不是她的錯。」、「他很性感，但有點冷酷。」如果這是你所想的，你就必須從雙方面或多方面去引導讀者，不能什麼都不做。美國小說家伊莉莎白・史卓特（Elizabeth Strout）在《奧莉佛・基特里奇》（*Olive Kitteridge*）中形塑的核心人物情緒不穩，喜怒無常，總愛掌控家人。然而，她對於脆弱的年輕人卻敏感而溫柔。她為人很糟，我們卻能與她感同身受，從細微處瞥見她的所感所見，認為她為人矛盾，其實就是因為她是個人（我們不也一樣？）。

　　某個角色即使僅作為一種類型或功能而存在，只要運用大量細節，也能將其描繪得活靈活現，就像美國作家朵洛西・艾利森（Dorothy Allison）的小說〈別告訴我你不知道〉（"Don't Tell Me You

Don't Know"）中描繪的一位阿姨。這位阿姨跟小說中成年敘事者提到的諸多女性親戚一樣，照顧孩童時意志堅定，可惜最終依舊未能保護敘事者，使其童年時免受虐待。

> 我們家族的婦女都身形魁梧，專喝肉汁長大的，是那種經常在礦災報導照片上看見的勞動婦女。這些高大壯碩的阿姨氣勢驚人，四處轉悠，逢人就頤指氣使，要人家做這做那。阿瑪阿姨就是個典型，她經營過一家路邊餐館，有時會請我們吃飯，從那時起，我就喜歡她了……我們去她的店裡時，她會拿雞湯和餅乾給我們吃，媽媽則會飽受這位妹妹嘮叨碎念，言語中交雜著愛憐與憤怒。

這個阿姨是個「典型」人物，我們對她的印象卻非常清晰。請注意艾利森是如何打動我們的：她先概括描述，然後細膩描寫，逐漸聚焦於這個角色。我們首先只知她的體型與性別，然後得知她展現某種抽象的「氣勢」，最後作者單一舉出角色，指出她「請我們吃飯」。

並不是說作者絕不能表達任何想法、描寫普通的特質或做出判斷，也不是說作者必須將細節全盤托出。某些敘述當然會比營造意象更有效果，而且某些情節也必須概略總結、快速帶過。細節過多會分散讀者的注意力，讓人感覺作者在自我放縱。大家想必看過絮絮叨叨的說明文字，充斥各種細節，東塞一點，西填一點，結果卻發現某些細節已經提過了。小說之所以迷人，偶爾便是能迅速穿越時空。

然而，即使在創建群組或類型，或者面對某個快速的過渡期，添

加一點特殊性質也能使場景更加生動。迦納裔美國小說家雅阿・吉亞西（Yaa Gyasi）出版過一本寫實散文《回家》（*Homegoing*）。下面是該書的節錄，描述阿拉巴馬州普拉特市一群礦工所進行的罷工：

> 罷工了六個多月，老闆才願意讓步。礦工的薪水調漲了五十分錢。在這場抗爭中，唯一喪命的就是跑腿的小男孩。加薪算只是小勝，但礦工都會接受。跑腿的小男孩死掉的隔天，罷工的礦工幫忙清理打鬥時搞亂的場地。他們拿起鐵鍬，找到被槍殺的男孩，把他埋在公共墓地。

這段文字包含許多概述和類別，沒有營造任何特定的意象：六個多月、老闆、讓步、加薪、小勝、都會、罷工者、混亂、打鬥。然而，「跑腿的小男孩」是一個生動的意象，可以追溯到較早的場景，那個孩子被羞辱，拔腿奔跑。重要的是，加薪幅度恰好

> 我無論創造何種類型，都有伏筆等待準確、完美和講究細節的事物，就是那種能讓場景或對白活靈活現的東西。
> ——美國小說家勞倫・格洛夫（Lauren Groff）

是五十分錢，多掙的錢對這些礦工很重要。「拿起鐵鍬」具體表明礦工接受和解。各位請注意，如果敘事者用以下模糊的字眼來結尾，可能會遺漏許多訊息：「找到被槍殺的男孩，然後埋了他。」他被埋在「公共墓地」，既傳達了同情之心，也指出礦工一窮二白的經濟狀況。

下面的文字結合批判和細節，從更激烈的角度描述個人經驗：

> 我老婆瞪你一眼，你就會皮開肉綻，她就是這麼惹人厭。她

只要動一根手指，就可以把你叫到跟前。她可以在腦中做長除法
運算。她還可以做的另一件事就是抽泣，我很羨慕她能這樣，原
本我以為啥事都沒法讓她傷心。就算你很熟悉某個人，還是不知
道他到底是怎樣的人。

——埃米莉‧弗萊德倫（Emily Fridlund），〈期待〉（"Expecting"）

你可能會發現，即使在前面引述湯瑪斯‧曼的段落中，也有許多
概括和批判，比如狹窄、高聳、成排、各種顏色形狀、著了迷、高
興、緊張和怪腔怪調，處處可見細節。

情緒意象

女演員米爾德雷德‧鄧諾克（Mildred Dunnock）曾說：「觀眾可
以感受他們從未體驗過的事物。」小說就是要讓讀者去感受。然而，
要喚起讀者的感受，通常必須仔細描繪讀者可能經歷過的感官細節。
只是將角色的情緒歸類為愛或恨，效果將不盡理想，因為這種描述過
於抽象，模糊不清，要讓讀者去理解；其實，情緒是感官接收到訊息
之後身體所做出的反應。偉大的俄羅斯導演康斯坦‧史坦尼斯拉夫斯
基（Konstantin Stanislavski）提出真實化的「方法」演技，要求學生
屏棄十九世紀舞臺表演中煽情誇張的姿態，而是要回憶與自己昔日創
傷相關的感官細節。演員只要回想指尖刺痛、頭髮燒焦的氣味和小腿
肌肉緊繃等等細節，身體自然會誘發憤怒之類的情緒。

同理，如果作家在小說中能精確描繪角色經歷的感受，讀者便能
憑藉本身的感官記憶而觸發特定的情緒。例如，在喬伊斯‧卡羅爾‧

奧茨（Joyce Carol Oates）的短篇故事〈何去何從〉（"Where Are You Going, Where Have You Been?"）中，故事快要結束時主角非常害怕，「廚房看起來像她從未見過的地方。」她試著打電話求救，但「她用手指摸弄撥號盤，卻軟弱無力，撥不出號碼。」她跳動的心臟似乎「只是住在她體內的活物，那根本不是她。」讀者此時可能會出於反射，找尋個人的恐懼或噩夢記憶，好比視線變得模糊，緊張時手指不聽使喚，以及心跳太快，胸口難以承受。只說主角感到恐懼，會讓她死氣沉沉，與讀者拉開距離。然而，如果描述主角的身體細節，從中誇張她的恐懼，讀者便可經歷類似的體驗。

> 優良的作家可能會在小說中「講述」任何事情，卻絕口不提角色的感受……恐懼、愛戀、興奮、懷疑、尷尬和絕望只有透過事件，才能成為現實，亦即藉由動作（或姿態）、對話或對環境的身體反應來展現。細節是小說的命脈。
> ──約翰‧加德納

　　之所以要避免直接歸類情緒，乃是因為情緒很少是單一純淨的。矛盾的情緒經常揉合在一起。我們身陷某種情緒時，只會去經歷，很少靜下心來分析它。湯姆‧佩羅塔（Tom Perrotta）在小說〈簡單之道〉（"The Easy Way"）中，描述了某位彩票中獎者聽到愛嫉妒的朋友死亡時的情景：「我愣在那裡，一動也不動，任憑那個消息在我身體裡膨脹，就像一個堵在胸口的泡泡，吐不出來，又不會炸開。我等著憤怒或悲傷填滿泡泡撐開的空間，卻只覺得雙腿發軟，站都站不穩。」佩羅塔追踪角色的身體反應，忠實描繪他當下的震撼，因朋友逝去而觸發的複雜情緒。

　　很難具體描述一種情緒，這往往是令作家傷透腦筋的苦差事。然

而，神經生物學家斬釘截鐵地說，情緒就是「身體對外界的感官輸入的感官反應」，通常是要滿足基本需求，好比覓食、性需求、戰鬥或逃跑。可惜，我們完全不知道如何具體說出這些身體反應，而且描述的方法少之又少。夏威夷人可以用七十個不同的單字去描述「粉紅色」，但是醫生要我們描述疼痛時，卻將疼痛分成「十個等級」，或者問我們「是劇痛、疼痛或抽痛？」

　　儘管如此，作家還是得靜下心來處理角色特定情緒的意象，嘗試準確找出情緒如何湧現和潛藏在身體的哪個部位。我曾經描寫一位待在日本卻想家的女性角色。我不斷試圖描述她想家時肚腹的感覺。沉重、中空、不適？這些字眼都太模糊。然後我發現她剛從街頭小販那裡買了東西，以為那是一種甜點。我讓她吃了一個，結果發現那是沒煮過的麵包卷，具有「鹼性味道」，而且「黏在我的上顎」。她不願當街吐出來，便把它吞了下去，它「似乎卡在我的橫隔膜，沉甸甸的，消化液無法攻擊到它。」

　　尋求精確而非訴諸極端。美國作家約翰・勞雷克斯（John L'Heureux）呼籲：「不要『談論』情緒，要以此來控制情緒。如果不想寫出通俗劇，就要含蓄內斂，不要誇張外放。」奈及利亞小說家奇瑪曼達・恩格茲・阿迪契（Chimamanda Ngozi Adichie）在《黃太陽的一半》（*Half of a Yellow Sun*）中寫過一段文字，足以展示這條原則。女主角奧蘭納在奈及利亞內戰期間去探望親戚，卻發現他們已

風格很簡單。它就是節奏。一旦掌握了，就不會用錯字。然而，我在這裡枯坐了半個早晨，腦袋充滿想法和畫面之類的東西，卻無法落筆，因為我遲遲抓不到正確的節奏。
——英國作家維吉尼亞・吳爾芙

被屠殺。她沒有說出：「我驚呆了。」敘事者聚焦於描述她的震驚：

> 她打開車門，爬了出去。房子亮到刺眼且高溫熾熱，屋頂噴出火焰，沙礫和灰燼佈滿空中，她頓了一下，才向房子跑去。她看到了屍體，便停下腳步。姆巴阿奇叔叔倒在地上，面部朝下，兩腿張開，後腦袋有一大片傷口，乳白色的東西從中滲出。伊費卡阿姨躺在走廊，身體裸露，胳膊和腿四處都是傷，但傷口較小，就像紅紅的嘴唇。

過濾

約翰·加德納在《小說的藝術》中指出，除了缺乏細節和過度使用抽象語言，寫小說時還會犯另一個錯誤：

> 透過某種觀察，用不必要的過濾詞來處理意象。業餘作家會這樣寫：「她轉過身，發現兩條蛇正在岩石間不停扭打。」試著比較另一種寫法：「她轉過身。在岩石之間，兩條蛇正在不停扭打……」雖然寫小說沒有絕對的規則，但一般而言，如果要寫得更生動，必須盡量少用「她發現」和「她看見」這樣的描述，而要直接呈現所見的事物。

「過濾詞」是常見的毛病，通常寫作者很難察覺自己犯了這種錯誤。一旦掌握這項原則，將過濾詞刪掉，寫作就很容易變得更生動。你身為作家，經常會進行「某種觀察」。然而，當你後退一步，要讀

者去觀察觀察者時（讓讀者去觀察角色，而非透過角色去觀察），你就會去「告訴」讀者，而沒有去「展現」東西，從而讓讀者暫時出戲。下面是一段學生的創作練習，內容精采，可惜用了不少過濾詞。以下一一以引號標注：

> 　　布萊爾夫人走到窗邊的椅子旁，緩緩坐了下去。「她看著窗外」，「發現」對街有一輛乳白色的BMW，又再度停放在消防栓的前面。然而，「在她眼中」，車子似乎出了問題。「她注意到」車子稍微向後和向側面傾斜，接著「看見」車子後緣幾乎要碰到柏油路面。

刪除這段文字中用引號標出來的過濾詞，就可以讓讀者持續停留在布萊爾夫人意識，透過她的眼睛去觀看，與她一起感受眼前的景況：

> 　　布萊爾夫人走到窗邊的椅子旁，緩緩坐了下去。對街有一輛乳白色的BMW又再度停放在消防栓的前面。車子似乎出了問題，稍微向後和向側面傾斜，後緣幾乎要碰到柏油路面。

當作者開始回想過往，又誤以為讀者不夠聰明，若不給點引導，應該跟不上情節，此時也容易使用類似的過濾詞：

> 　　「布萊爾夫人回想起」，她和亨利曾經擁有一輛乳白色的車，不過那是雪佛蘭。「她記得很清楚」，那輛車的引擎蓋有點

像一根糖勺，前後的鉻合金保險桿向外突出一英尺。「她想起」一件非常有趣的事情，有一次車子在鱷魚谷爆胎，亨利不得不在那裡換輪胎，她以為鱷魚會從沼澤爬出來。

刪掉過濾詞，可讓讀者更身臨其境，使其沉浸於角色的回憶之中：

　　她和亨利曾經擁有一輛乳白色的車，不過那是雪佛蘭，那輛車的引擎蓋有點像一根糖勺，前後的鉻合金保險桿向外突出一英尺。有一件非常有趣的事情，車子曾在鱷魚谷爆胎，亨利不得不在那裡換輪胎，她以為鱷魚會從沼澤爬出來。

各位有沒有發現，刪除過濾詞以後，閱讀便更順暢，至少節奏快了一些，因為總共刪掉了一至兩行的字。

▶主動語態

散文要生動活潑，角色要「栩栩如生」，就必須使用主動語態。

主動語態是指句子的主詞執行動詞所描述的動作：「她打翻了牛奶」。使用被動語態時，主動動詞的受詞變成被動動詞的主詞：「牛奶被她給打翻了」。主詞不做動作，而是被施予動作，結果削弱了行文力道，增加了讀者和動作之間的距離。

被動語態確實在小說中占有重要地位，因為它恰好能表達角色被施予動作的感覺。如果獄警在踹主角，「我被重重摔到牆邊」和「我

被人從背後踢了一腳，整個人趴在地上」這兩句話恰好可用來表達主角無助的感覺。

　　然而，寫散文時通常要使用主動語態，只有在不知道誰在做動作或誰做都無關緊要，甚至你想要營造有如上述的特殊效果時，才能使用被動語態。

　　還有其他文法結構「其實」是被動的，不讓讀者立即體驗到某些事情。助動詞修飾的動詞其實屬於被動，因為它們表示不確定的時間，從來不像簡單的主動動詞那樣可以集中火力。（加德納進一步改寫前面引用的範例，比較了「兩條蛇當時正在不停扭打中」〔two snakes were fighting〕和改進的「兩條蛇當時彼此扭打」〔two snakes fought〕，而後者明確指出某個特定的時刻。然後，加德納建議修改主動動詞，改寫成「兩條蛇當時相互攻擊狠咬」〔two snakes whipped and lashed〕。）

　　使用「連繫動詞」（linking verb）時會引入一般性或判斷性的補語：她的頭髮「看起來」很漂亮。他「是」很高興的。房間的裝潢「似乎」很昂貴。他們「變得」脾氣暴躁。「讓」她的頭髮有彈性、有層次感或柔順飄逸；我們將「看到」它的美麗。「讓」他笑、跳、哭或擁抱一棵樹；我們將「體驗」他的快樂。

　　下面這段文字幾乎不包含動作，但使用主動動詞以後，文章就活了起來：

　　　　她待在敏客斯特修道院時，既不喝水，也不吃飯。聖餐以
　　後，她安靜坐著冥想，雙手埋在修女服內，其他修女都暗自打量

她。早晨已經暫停誦讀聖句，因此用餐時闃寂無聲，只能聽到餐具碰撞的叮噹聲。然而，修女們替大塊麵包抹油、摺疊或捲起餐巾紙時，彼此不斷比著手勢。修道院院長一起身，所有人都跟著起立，大家一起祝禱，然後艾米修女給了瑪麗埃特一個手勢。就是妳，到醫務室去。

> ──美國小說家羅‧哈森（Ron Hansen），《忘我的瑪麗埃特》
> （*Mariette in Ecstasy*）

儘管修女用餐時不說話，動作幅度也很小，但作者用了以下的動詞來暗示被壓抑的力量：打量、坐著、抹油、摺疊、捲起、起身、起立、給了。

請參考前面描寫黛比的文字與後面的改寫。在用概括文字描述的原文中，我們看到的是描述角色「是固執的、在做事情、是個主管、很能幹、無動於衷」。除了片語動詞在動作，所有的動詞都是連繫動詞。在改寫的版本中，故事角色和物件有了改變，「帶了東西、被暱稱、被扔掉、跪下、被拾起、被放回、被說、被提醒、被辯護、去旅遊、花時間、窩在旅館」。角色多麼活靈活現！重寫的版本只包含兩處連繫動詞：斯特魯姆先生是股東……而得意洋洋；這些文字適切描寫靜態狀況，一是職位，二是態度。

主動動詞的好處是，它們往往會引導出重要的細節。如果你說「她很震驚」，你就是告訴我們這件事；然而，假使你想透過動作來向我們展現她很震驚，你可能還得去搜索意象。「她緊緊抓住椅背，抓到指關節都反白了。」「緊緊抓住」和「關節反白」都在暗示人物

很震驚，同時也讓讀者看見椅背的指關節。

　　「是」是最常見的連繫動詞，卻也被用過頭了。然而，無論用那個連繫動詞，都會引入概括性說法，拉開讀者和故事人物之間的距離。在小說中，「感覺上」、「似乎」、「看起來」、「顯得」、「經歷」、「表達」、「顯示」、「展示」、「傳達」、「展現」這些字眼都在暗示角色正在被某人施予動作或觀察，而不是在做某件事。「她感到／高興／悲傷／沮喪／她被逗樂」，這些句子無法讓人信服。我們要看到她，並且靠自己來推斷她的情緒。「他非常清楚地表達了他的不滿。」但是我們不清楚。他是如何傳達的？向誰傳達？

> 好的文章就是音樂……它不應該是目的地，而是一段旅程。它必須透過內耳，甚至大聲朗讀的聲音，聚焦於聲音和音節的平衡，長短交替，強弱反覆，編排得當，優雅悅耳。
> ──美國作家羅塞倫‧布朗（Rosellen Brown）

　　連繫動詞就像被動語態，若要刻意營造效果，可以用它來傳達一種消極態度或無助感。前面引用過湯瑪斯‧曼的段落中，菲利克斯‧克魯爾一看到眼前的食物便暫時驚呆了，那時作者運用了好幾個連繫動詞，比如：「那個房間很狹窄」和「有一排排的……」，而各種顏色和形狀刺激著他的感官。他逐漸清醒之後，才能「站立」、「呼吸」、「說話」，最後「抓一把」糖果。

　　我並不是建議各位寫作時要隨時分析文法。遣詞用字是出於本能，而本能通常是最好的寫作憑藉。話雖如此，我確實認為你應該了解動詞是有活力的，並且可以用各種方式加以運用。某個段落若是死氣沉沉，或許表示你靠直覺寫下的文字欠缺力道。主詞可以「展現」更強的力道，卻經常被描繪成處於某種狀態或者「被施予動作」。

　　下面是使用主動動詞的注意事項：盡量少用英國維多利亞時代藝術評論家約翰‧拉斯金（John Ruskin）所謂的「情感誤置」，亦即將人類情感賦予自然和人造物。描述靜態場景時寫成房屋「矗立」、街道「蜿蜒」和樹木「彎曲」，力道會更強勁。然而，如果寫成房屋「皺眉頭」、街道「醉得搖搖晃晃」和樹木「低泣」，讀者不會感覺生動活潑，反而會認為表達過頭了。

▶散文節奏

　　小說家和短篇小說家並不像詩人那樣必須藉由音韻賦予內涵。總體而言，散文的節奏只要沒有明顯的錯誤，不管如何都行。然而，萬一節奏（語調的抑揚頓挫）與意義彼此衝突，這樣便會衍生問題。反過來說，只要將節奏運用得當，便可大幅加強意義。

　　　　小河緩緩流淌。它似乎有點慵懶。河面水波不興。鳥兒懶洋洋地於上方盤旋。喬恩的船向前滑行。

　　在這個極端的範例中，簡短的句子及其主詞加動詞，再連接修飾語的平行結構，與小河緩慢流淌的畫面極不協調。讀者是透過角色的雙眼去觀看場景，如果該角色不喜歡或不欣賞平靜的景致，前述的韻律就能達到效果，否則就得調整文字。

　　　　小河慵慵懶懶，緩緩流淌，水波不興。喬恩的船向前滑行之

際，鳥兒懶洋洋地於上方盤旋。

修改的版本沒有納入特別的節奏，但至少行文順暢，不會阻礙小河的流動。

我在巨大的市新聞編輯部門口停下來時，第一印象是裡頭的人匆促忙碌，記者在長長的走道來回奔跑，彼此互塞文件，許多人還對著電話大吼大叫，神情激動，猛烈比劃著手勢。

這個句子太長，步調鬆散，難以傳遞匆促忙碌的畫面。行文速度必須和記者狂奔的速度一樣，必須刪除冗詞，免得拖慢文字。

我停在門前。市新聞編輯部很大，記者在走道跑過去，彼此互塞文件，又跑回來，有的揮舞雙手，對著電話吼叫。

詩人羅爾夫‧亨弗里斯（Rolfe Humphries）曾說：「very（很／非常）是英語中語氣最弱的字。」確實如此，表達強調或突然性的副詞（例如：「極其」、「快速地」、「突然」、「顯著地」、「迅速地」、「立即」、「馬上」、「絕對地」、「極度地」、「非常」）也會拖慢句子的節奏，削弱作者原本想展現的力道。亨弗里斯指出：使用「非常」來表達「這真是非常美好的一天」並沒有比「這一天！」好上多少。同理，使用「突然」來表達「他們突然停下來了」也不比「他們停下來了」更為突然。

劇情和角色特徵可以透過行文節奏來體現，因此讀者也能根據作者行文的快慢來感受人物的情緒和態度。下面這段文字節錄於珍・奧斯汀的《勸導》（*Persuasion*）。奧斯汀結合概括文字、被動動詞和斷斷續續的句型，藉此表現女主角盲目懵懂，讀之令人喘不過氣來。

千頭萬緒湧上安妮的心頭。然而，最令她欣慰的是，這次見面將很短暫。事情確實一閃即逝。查爾斯準備妥當之後不到兩分鐘，其他人就來了；他們待在客廳。她與溫特沃斯上校眼神交接了一下，他鞠了躬，她屈膝回了禮；安妮聽見了上校的聲音，他和瑪麗交談，言談十分得體；他還對莫斯格羅夫小姐說了點話，他倆對應自如，似乎關係匪淺；客廳熱鬧異常，來客眾多，人聲鼎沸，但不到幾分鐘，一切便畫上句點。

變化散文節奏，通常表示有新的發現或人物改變情緒；這種突然的轉變也能加強角色、情節和態度上的對比。美國著名小說家提姆・歐布萊恩（Tim O'Brien）在〈負重〉（"The Things They Carried"）中，展示了各種節奏，達到不同的效果。以下是其中一個範例：

他們要帶什麼東西，通常會看是否有必要。必需品或可算必需品的東西包括開罐器、小刀、接著劑、手錶、識別牌、驅蚊劑、口香糖、糖果、香煙、鹽片、飲料包、打火機、火柴和針線包、軍隊付款證明、口糧，以及兩到三箱的水。這些物品加在一起，重量介於十五到二十磅。

在這段文字中，一件一件列出東西，就好像讓這些男人逐一揹上東西，同時也暗示他們即將「駝著背」前行的節奏。這個故事還有其他的類似條列清單，營造了連貫的節奏，而其中的變化和停頓則強調情緒的變化和突發的危機。

▶技巧總結

重要的細節、主動語態和散文節奏是賦予小說情感的技巧。套用約翰‧加德納的話，這些手段能讓讀者「陷入小說營造的夢境」。然而，如果讀者看到拼錯字或語法有錯而被活生生拖回到字面，這些技巧的效果都將大打折扣，因為讀者一旦從小說「生動連貫的夢境」驚醒，便再也無法返回夢裡。

拼字、文法、分段和標點符號是一種魔術，重點在於隱形，讓人視而不見。如果作者心靈手巧，讀者不會留意逗號或引號，而是會立即將其轉化為停頓或耳畔響起的提示；讀者不會著眼於單詞，而是會提取整體含義。如果誤用技巧，竅門就會破功，這樣的魔術就失敗了。讀者的注意力會從故事情節回到文字表面。此時，讀者會對作者很惱火，在讀者願意經歷的所有情緒中，最不喜歡的就是對作者感覺惱火。

> 想法必須在它的鞋子上沾點泥巴，否則就是空氣。
> ——美國詩人馬文‧貝爾（Marvin Bell）

標準化的技巧沒有一成不變的規則。只要營造的效果足以彌補讓讀者分心的後果，不依循標準技巧也無妨。但是唯有這種情況才能例外。行文技巧拙劣，只會讓編輯覺得你不專業，還會讓人認為你寫的

故事可能也有缺陷。不同於敘事技巧，只要到英語系的國家，隨處皆能學習拼字、文法和使用標點符號的規則。任何有志文字創作的人都應該學習這些正確運用文字的規則。

📖 延伸閱讀　展現與講述巧妙技術典範

〈基拉里峽灣〉（"Fjords of Killarney"）

　　——凱文・巴瑞（Kevin Barry）

〈寡婦水域〉（"Widow Water"）

　　——弗雷德里克・布施（Frederick Busch）

〈油氈玫瑰〉（"Linoleum Rose"）

　　——桑德拉・希斯內羅絲（Sandra Cisneros）

〈未經檢查〉（"Without Inspection"）

　　——艾德維奇・丹提卡特（Edwidge Danticat）

〈期待〉（"Expecting"）

　　——埃米莉・弗萊德倫（Emily Fridlund）

〈少年狙擊手〉（"Teen Sniper"）

　　——亞當・強森（Adam Johnson）

〈緊迫情況〉（"Emergency"）

　　——丹尼斯・強森（Denis Johnson）

〈何去何從〉（"Where Are You Going, Where Have You Been?"）

　　——喬伊斯・卡羅爾・奧茨（Joyce Carol Oates）

〈負重〉（"The Things They Carried"）

　　——提姆・歐布萊恩（Tim O'Brien）

〈凡興者必合〉（"Everything That Rises Must Converge"）

　　——弗蘭納里・奧康納（Flannery O'Connor）

✍ 寫作練習　幾個「展現與講述」的扎實練習

1. 描述重要的細節和運用主動動詞寫出一段文字去描繪一個角色，該角色展現以下的特徵或狀況：
   - 親切可愛
   - 完全是個書呆子
   - 腦筋打結
   - 精神病患
   - 正在靠著某個東西
   - 他認為自己是誰？

2. 挑選一個你描寫過的場景，然後「自我縮小來審視細節」。想像你變得很小（不大於鈕釦、耳垂或豆子），從那個視角去觀察，將你看到細節寫成一頁長度的文字。

3. 寫一段文字，讓角色進入某個地方，使其主要透過嗅覺來體驗場景。

4. 想像一個面對困境或處於驚懼狀態的角色。先寫這個角色的動作，然後通過角色的眼睛向讀者展示場景。不要使用任何「過濾詞」。

5. 讓角色生病或受傷。準確描述身體哪個部位感到疼痛或不舒服；詳細說明疼痛的性質。（這可是很難寫的！）

6. 將概括文字或判斷與細節結合在一起，簡短描述一個人或一種經驗。將細節描寫得有意義且具體。改寫文字，把細節推向極端。再改寫一次，讓細節聳人聽聞。哪個版本的效果最好？最後一個版本很有趣嗎？

7. 描述以下的其中一個內容，在文中暗中透露主題的節奏：一台機
   器、一段音樂、性愛、在軌道飛行的太空船、尖峰時段的汽車和雪
   崩。

第三章

刻畫性格
人物塑造（一）

　　人物性格是所有小說的重要元素，但人性在作品中可能會隱而不露。將人的特徵賦予自然界可能會遭到科學家的鄙夷，但在文學作品中，這卻是必要手段。華納兔寶寶不是兔子，而是長著一對長耳朵的勇敢青年。彼得兔是個男孩，喜愛調皮搗蛋。布雷爾兔則生性叛逆，粗俗無禮。描寫一群兔子追尋家園的奇幻小說《瓦特希普高原》（*Watership Down*）當中，傳奇主角不是關在籠子的兔子，而是承繼了亞瑟王冒險傳統的英雄。

　　角色會在小說中遊走，逐步推動情節，唯有他們吸引人，你寫的小說才算出色。無論這些人物是取材於現實生活，或者純屬虛構（小說的角色都介於這兩者之間），都必須將他們描繪得活潑有趣，讓他們生動可信，而且仔細斟酌他們經歷的事情。

▶ 直接表現人物性格特徵的方法

　　本書有六種表現人物特徵的基本方法，其中四種是直接手法（「人物對話」、「外貌描繪」、「行為描述」和「想法揭露」），讓角色說話、觀看、行動和感覺時展現他們的性格特徵。本章會介紹這些方法，首先會用長篇幅討論對話，因為對話至關重要，足以使角色栩栩如生，而作者處理對話時，也會發現許多巧門蹊徑，或者遇上諸多困難。間接的方法（亦即「作者詮釋」和「其他角色詮釋」）則會在第四章討論。寫小說時交替運用這些方法，便可塑造豐富飽滿的人物。

▶人物對話

用對話塑造人物與描寫外貌不同，因為對話是角色努力（主要出於自願）將內心世界表露出來，展現的不僅是品味或喜好，更是他的所思所想。人物對話如同小說本身，可讓角色的情緒感覺起來合乎邏輯。

摘要對話、間接對話和直接對話

呈現小說對話的方式有千百種，既可隱約含蓄，也能坦率直白。作者也可將「摘要對話」融入劇情描述，以便壓縮大量對白：

> 奧托・斯特恩眼見還有時間，便鼓勵小喬斯和賈諾斯去效仿米哈利，但開了家庭議會之後，大夥認為這兩個男孩不該離家。另一方面，費倫茨和伊格納卻希望前往維也納，而他們受到某人的影響，要求去讀軍校。
>
> ——匈牙利小說家瓦莫什・米克羅什（Miklós Vámos），《父輩書》（*The Book of Fathers*）

可以由第三人稱轉述話語，使其成為「間接對話」，從而避免使用引號，以此帶出角色交流的情節：

> 他有沒有買咖啡呢？她等著喝咖啡都等了一整天。他們第一天到商店時，就忘了買咖啡。天哪！沒有，他沒買！他現在必須

調頭回去。沒錯，就算會累死，也得再跑一趟。然而，他卻心想，除了咖啡，其他東西不都買齊了。她告訴他，他之所以忘記買咖啡，全是因為他自己不喝咖啡。如果他喝咖啡的話，鐵定不會忘的。

　　──美國小說家凱薩琳・安・波特（Katherine Anne Porter），〈繩索〉（"Rope"）

　　然而，如果人物交流可能包含「發現」或「決定」，進而會衍生戲劇性的劇情時，就應該用標上引號的「直接對話」：

　　「但我一直以為你不了解她，莫寧先生。」

　　他拿起鉛筆，開始在筆記本上亂塗亂畫。

　　「我這樣告訴過你嗎？」

　　「是的，您告訴過我。」

　　「沒錯。我那時的確不怎麼了解她。」

　　「那麼，您到底想追查什麼呢？您在調查的人是誰？」

　　「我也想知道。」

　　──挪威裔美國作家希莉・哈斯特維特（Siri Hustvedt），〈莫寧先生〉（"Mr. Morning"）

　　當然，也可以綜合運用這三種呈現對話的方式，以便善用每種方法的優點：

　　他們對該如何度假看法不同，似乎找不到共識（作者注：摘要對話）。他卻有個主意：為什麼不趁聖誕節期間去加勒比海的小島呢？但他母親希望一起過節吃火雞（作者注：間接對話）。

　　「哦，天哪，是的。我聖誕節就想吃火雞內臟（作者注：直接對話）。」

> 我的角色無法交流。他們很少說出自己的意思，或者爭取自己想要的東西……。我在現實生活中會流露情感，寫小說時卻會迷上無法表達內心世界的角色。
> ──美國作家大衛·詹姆斯·鮑桑（David James Poissant）

如果作者想讓讀者迅速融入場景，或者要讓某個角色將某件讀者知道的事轉告給另一位角色，甚至嫌對話太冗長而無法展現情緒，此時通常可運用摘要和間接對話。

　　每次要給他添購新衣時，兩人就會吵架。他們多番爭吵之後，就會開車到一家青年男裝店，讓很會處理這種情況的店員來處理。最後，等三個人都累癱，衣服便搞定了。他們最常爭論該不該買灰色的西裝。

　　「我已經有西裝了。」

　　「那是夏天穿的。」

　　──美國小說家埃文·S·康奈爾（Evan S. Connell），《布立基太太》（*Mrs. Bridge*）

然而，最令讀者失望的是，作者讓角色在對話時發生了重大事件，卻沒有透過對話來展現劇情張力。

　　他倆整夜對彼此低聲私語。他向她全盤說出自己過去的事情時，她開始意識到，自己已經愛上了他。

　　這種摘要對話只是在「告訴」讀者情節。讀者會感覺作者吝於筆墨，因為他們也想體驗墜入愛河的感覺。

　　小說的直接對話具有雙重性質，乃是在邏輯結構內去鋪陳情緒，絕對不僅用來傳達訊息。對話可以傳遞訊息（用描述更能自然傳達訊息），但需要同時刻畫角色、娓娓闡述、營造場景、鋪陳情節、埋下伏筆或勾起回憶。美國奇幻文學作家威廉・斯隆（William Sloane）在《寫作技巧》（*The Craft of Writing*）中指出：

　　　　小說對話都有一項暫定法則。它要同時完成許多事，否則就太無力了。這聽起來或許很苛刻，但我認為這是必不可缺的法則，姑且叫它「斯隆法則」（Sloane's law）。

　　由於處理對話時必須跟處理重要細節同樣謹慎，作家總得費盡心思去傳達言外之意。如果重要細節必須同時喚起感官意象並傳達意義，那麼角色的對白（可能包含多種意義）也應該同時暗示意象、性格或情緒。

　　此外，對話不是單純轉錄口語對白，而是呈現提煉過的對話。即使言外之意的分量加重，也要刪除現實生活中會聽到的「補白」（亦即客套話，與斷然的聲明相反）。必須字斟句酌，才能寫出自然的對話。在正確之處使用的獨白是一個強而有力的工具。有些角色可能口

若懸河、雄辯滔滔，但自然的對話可能不合文法。它可能充滿俚語、行話、字句重複，以及各種生硬彆扭的字句。總之，對白要簡短有力，注意句子節奏，藉此顯露角色性格，以及他是否吐不出話或不願開口。連蹦幾句話的角色可能會讓讀者感覺他很長舌（這當然可能是作者的意圖）或由作者操縱的傀儡。通常可以刪除角色說話時開頭和結尾單字、短語或句子。角色語無倫次、顛三倒四，或者支吾其詞，便可從中透露他有何意圖與在意什麼。即使老套的對話也能喚起意象。如果某個角色說「幸會幸會！」，另一個卻說「嘿，最近怎樣？」，這兩人顯見截然不同，被塑造出不同的性格。

> 我不知道為什麼要寫作。我討厭說話，也不喜歡愛說話和把自己的事告訴別人的人，更害怕要逼迫這些人（角色）去自我表白。然而，他們必須說話。他們必須揭露內心世界。這樣可以幫助他們，更可怕的是，這樣能幫助其他人。
> ──美國美食作家Ｍ・Ｆ・Ｋ・費雪（M. F. K. Fisher）

　　後面三段簡短的對白描繪了三位小說人物。這三個角色性格不同，說話內容迥異、措辭（選詞用字）有別、語法（用字順序）不同且說話節奏相異。這些下意識的遣詞造句透露角色的階級、所處時代和種族等特性，以及其政治理念或道德觀點。根據這些對話，你對每個角色了解多少？他們各自長得什麼模樣？

　　　　參議員說道：「我曾經有個表姊，好巧不巧，就姓洛克菲勒。她告訴我說，她十五歲、十六歲和十七歲時話不多，只會說：『不，謝謝。』對於那樣年紀和身分的女孩來說，這樣做很好。但他如果是洛克菲勒家族中男性，這種個性就他媽的太無

趣了。」

　　——美國幽默文學作家馮內果，《金錢之河》（原譯名為《上帝
保祐你，羅斯瓦特先生》）（*God Bless You, Mr. Rosewater*）

　　在訓練的第一天早上，阿克塞爾中尉叫安娜回來的原因就很
清楚了。當時，他向三十五名志願者大喊：「這件衣服重二百
磅。光這頂帽子就重達六十六磅。

　　這雙鞋總共重三十五磅。在你們心想要背這麼重的東西而翻
白眼以前，你們應該先了解一下站在那邊的那個女孩。她比一般
的女人還要高，卻不像維修不易的雪曼戰車那樣不管用，就像你
們在這裡看到的許多女性一樣。她不但穿上這套服裝時不抱怨，
穿著這套服裝走路時也不抱怨，還能戴著三指手套解開繩環上一
個單套結。你們這些傢伙有多少人能夠在繩環上綁一個單套結？」

　　——珍妮佛・伊根，《霧中的曼哈頓灘》

　　「你認為你是唯一有這種感覺的人嗎？」他問道。「你以為
我從未有過這種感覺嗎？你以為她從來沒有這種感覺嗎？」他們
走到生命盡頭時，每個人都想放棄。她現在想放棄。你知道嗎？
你知道她病得多重嗎？他走以後不久，她也要走了。我不會再讓
她多活一年了。我希望她相信，他會在那裡等她。你可以幫我，
而你是唯一能這樣做的人。

　　——美國作家恩厄寧斯・甘恩，《死前的最後一堂課》

　　人會遇到各種精神錯亂的情況而聽到不想聽的聲音。我們身為作家，傾聽聲音時不能脫離現實，也要掌控情況。要寫出好的對話，訣竅是多聆聽。問題在於，特定角色該說什麼呢？答案完全在於語言。選詞用字能揭露對話內容、角色特徵、情節衝突和語言風格。

　　如果你想寫出對話時必須設想一些聲音，最好從獨白開始，以此逐步創造出聲音，這是合理的做法。寫日誌時不妨嘗試各種語言模式，從中表現人物特徵。有人說話像發電報一樣，句子很短，說話掉字漏詞。有人口若懸河，繞來繞去，或者說話節奏乏味，帶著長串的修飾詞。有人會一口氣說到底，中間不停頓，講得上氣不接下氣。有人說話緩慢謹慎，或者言簡意賅，甚至話不成句。相信你「內心的耳朵」，寫日誌時去捕捉聲音。自由寫作非常有助於設想出對話內容，因為這種方式最接近口語，礙於時間急迫，根本無暇斟酌字句或校訂內容。無論是在創作過程或寫出的文本，都必須容許修飾、修改和刪除文字。

　　因此，請坐下來，稍微思考要描繪的角色。清楚地看到他或她。將自己置身於角色之中，感受湧現而出的各種感覺。挑選一個該角色可能會說的短語並開始創作，不要停下來，一直寫到難以為繼。如果有另一個角色闖入，將內心獨白成為對話交流，但繼續停留在第一個角色的身體，持續體會他的感受。你可能會覺得沒有抓到正確的聲音，但別管它，繼續寫下去；再多寫一點；再堅持下去。把稿紙丟一邊或把它放進文件夾，然後去喝杯咖啡或小睡一下。之後回頭檢視所寫的內容。你能夠挑出確實像那個角色所說的字句嗎？如果能挑出一到兩句，那就太棒了。

　　若想增強「聆聽」對話的能力，不妨攜帶一本袖珍筆記本，或者使用手機的「筆記」功能，隨時寫下生動的對白，或者一字不漏記下無意聽到的對話。回到家以後，翻看筆記本，看看自己喜歡哪些字句，寫日誌時隨意編撰獨白。別老想用正確的字眼，只要聆聽聲音，任其自由流動。無論是否捕捉到特定的聲音，都能發展出一套自己的聲音範圍；即便「聆聽」出了錯，也能提升聽力。

　　寫日誌時也能做暖身運動，刻意去練習創作對話（或獨白），一次不只做一件事。對話不僅可以揭露角色的性格特徵，也能設定場景。

> 「我們不知道這裡一個人都沒有。我們心想，這個夏令營已經關閉。窗簾全都拉上。這裡什麼都沒有。沒有車子，沒有用具，什麼都沒有。我看它已經結束了。JJ，你認為呢？」
> ──美國作家喬伊・威廉斯（Joy Williams），〈林子〉（"Woods"）

對話也能設定情緒的基調。

> 「我去了一趟費城，沿途很不順，搭飛機返程時，坐得非常不舒服。我透過閉路電視，看到我搭的飛機爆了一個輪胎。我回到辦公室，發現蘇西在哭，蘇西住的公寓只有一個房間，沃倫卻在那裡搭帳篷借住。我回到家，發現老婆已經兩天沒穿衣服了。」
> ──美國的小說家瓊・蒂蒂安，《一本公禱書》（Book of Common Prayer）

對話可以揭示主題，正如威廉‧斯隆所說，角色都會談論故事內容。

他說：「妳真是讓人很難理解。我仍然想知道……」「不，你不想知道。」她撫摸他的腿，讓他靜下來。他說：「妳聽我說。妳是否曾經掉進心中的黑洞？我不是說在夢中。有時我走在路上，或者只是跟人說話，突然之間，我就會什麼都搞不清楚，就像電源關閉了，大腦一片漆黑，好像只要踏出一步，就會掉進洞裡。」

──美國小說家莎朗‧索維茨（Sharon Solwitz），《曾幾何時，在盧德》（*Once, In Lourdes*）

在前面列舉的段落中，對話都符合「斯隆法則」：除了傳達內容，還能鋪陳情節，讓讀者更了解內容。

對話也是揭露過去最簡單的方法（寫劇本的基本手法就是讓一個知道某件事的角色去告訴另一個不知情的角色）。這種方法最有效，因為透過角色回憶和講述事件，讀者便可了解來龍去脈。

> 老愛寫概括劇情的作家就像熱情的醉漢，跌跌撞撞走進你的房子，喃喃自語：「我知道自己現在說不清楚，但你難道感覺不到我的感受嗎？」
> ──美國小說家喬治‧桑德斯

下面這段獨白節錄於童妮‧摩里森的《最藍的眼睛》。講話者勾起回憶，展現特徵性格、設定場景和情緒基調，最終揭露主題。作家只用了不到十行字便辦到了這些。

「我最開心的時刻似乎就是看電影。只要有機會，我就會去，而且去得很早，電影都還沒放映。他們會把燈關掉，現場一片漆黑，然後布幕會亮起來，我會擠到前面，以便看得清楚。電影裡的白人男人把他們的女人照顧得很好，這些女人穿得很漂亮，住的房子又大乾淨，浴缸和馬桶都在同一個房間。我看電影時很快樂，所以不想回家，也不想看到喬莉。我不知道為什麼。」

然而，不要隨意將說明文字塞進對話，亦即讓角色討論他們已經知道的事情，而這樣做只是為了讓讀者更清楚情節。

「我很想你，瑪姬！我們上次在農夫市場碰面，到今天已經有一個多月了。你那天告訴我，你的孫子埃迪被茱莉亞學院錄取了。」

「沒錯，蘇西。在那之前，龍捲風不是剛侵襲市區嗎？警報拉起時，我們怕得要死！你還記得我們當時躲在一張搖搖欲墜的桌子下面，桌子上還有幾顆西瓜嗎？」

這種對話既可笑又無聊。真的要讓讀者知道農夫市場、埃迪被學校錄取和龍捲風侵襲城鎮的事，就用說明文字直接告訴他們。不要把這些無聊的訊息塞進角色的對話，讓對話沉重不堪。

用對話鋪陳情節

如果回憶過往改變了敘事者和聽者的關係，表示你營造了張力十

足的場景，此時可利用對話來「鋪陳情節」。

這是很重要的技巧，因為對話若能用來講述故事，對小說就是非常具有價值。

在下面的對話中，一名幼兒生重病的母親焦急地向放射科醫生詢問：

> 「外科醫生會跟你講。」放射科醫生說道。
>
> 「你們有沒有發現什麼東西？」
>
> 「外科醫生會跟你講。」放射科醫生重複了一遍。「好像有個什麼東西，但外科醫生會跟你解釋。」
>
> 「我叔叔曾經腎臟長了一個東西。」小孩母親說道。
>
> 「他們拿掉了腎臟，結果發現那個東西是良性的。」
>
> 放射科醫生咧嘴笑著，令人感到不祥。他說：「總是這樣的。只有等到把東西取出來放到桶子裡以後，才會知道那是什麼。」
>
> 「放到桶子裡？」母親重覆說道。
>
> 「這是醫生的講法。」放射科醫生回答。
>
> 「這種講法好可怕。」母親說道。「真是太可怕了！」
>
> ──羅麗‧摩爾，〈此處只有像那樣的人〉（"People Like That Are the Only People Here"）

這位母親和放射科醫生簡短講了幾句，便從滿懷期待轉為充滿怨恨。她愈來愈擔心孩子，作者透過對話，改變了情節。

「對話只要能促成改變，便屬於情節。」要做出很關鍵的區分（有時很難辦到），亦即要將只是討論或辯論的對話與屬於戲劇事件或情節的對話區隔開來。如果你不確定，不妨自問：這段角色之間的對話是否真的能改變什麼？例如，兩個角已經表明態度並了解對方的政治或哲學立場時，就算爭論不休，也難以討論出新的觀點或確認想法，因此就不可能改變什麼。無論他們討論的主題多重要，讀者可能會覺得他們呆板無趣。若在故事中提出「接下來會發生什麼？」的問題，只會引來「更多無意義的討論」：

> 「這是河邊村民一千年來的捕魚地點，我們必須幫助居民維護他們的生活方式。如果架上這些鑽塔，可能會破壞生態系統和破壞整個縣的含水層！」
>
> 「西比爾，你務實點好不好。自由企業就是基於技術進展，沒有了它，經濟基礎就會動搖。」

哼，有夠無聊的對話。要讓讀者投入感情去參與角色的爭論，這些故事人物就必須對爭論勝負感到高興或傷心。要讓讀者感到這點，就算他們不太可能改變主意，也可能改變他們的生活。

> 「你要是明天早上把鑽頭打下去，我中午就走人。」
>
> 「西比爾，我也是沒辦法啊！」

此外，如果你發現你的角色不斷陷入爭執（「沒錯，你就是！」

或「不是，我沒有」），你便可以重啟新的情節，因為你要知道：如
果人沒有得到他們非常想要的東西，通常會改變策略，好比開始裝可
愛撒嬌、採取威脅手段、引誘迷惑他人、讓
別人感到內疚等等。如果場景中的每個角色
都想從彼此之間獲取什麼（可能並非同一件
東西），情節張力就會持續累積。當其中一
個角色想退出時，要維持情緒發展的動能會
非常困難（雖然並非不可能）。

> 我愛俚語。我喜歡各種
> 時髦人士講的行話、種
> 族歧視的字眼、壓頭韻
> 的字句和（盜賊用的）
> 黑話暗語。
> ──美國犯罪小說作家
> 詹姆士・艾洛伊
> （James Ellroy）

台詞和潛台詞

　　作者通常能讓角色不明講意圖，從而使對話充滿力道。人若處於
極端的情緒狀態（無論是恐懼、痛苦、憤怒或愛戀），最難以清楚表
達意思。假設兩位戀人焦慮緊張，盡聊些無關緊要的話題，不敢表露
內心感受，這種愛戀場景遠比他們直接上床更能展現敘事張力。怒道
「我恨你！」的角色與隱藏憤怒、假裝屈服而不願表露真實情感的角
色相比，前者的恨意便不如後者濃厚。

　　如果角色過分準確和直白表露情感，對話會平淡無奇，因為人們
彼此交流，通常是既要隱藏也要揭露事情，藉此讓人牢記、傷害別
人、保護他人、引誘對方或拒絕旁人。俄國短篇小說巨匠安東・契訶
夫認為，對話應留下伏筆，讓人感覺原本能說得更多。美國編劇大
衛・馬密（David Mamet）則指出：人偶爾會說真話，有時又想隱
瞞，但總是想從中得到想要的東西。

　　下面的對話摘錄自艾莉絲・孟若的〈改變之前〉（"Before the

Change"）。某位非法替人動流產手術的醫生最近身亡，他的女兒接到了一通電話：

> 電話裡的女人想和醫生講話。
>
> 「很抱歉。他死了。」
>
> 「我要找思特羅恩醫生，我沒打錯電話吧！」
>
> 「你沒打錯，但很抱歉，他死了。」
>
> 「那有沒有誰……他有同事嗎，我想跟他說話？你那裡還有沒有醫生？」
>
> 「沒有。沒有同事。」
>
> 「你能不能給我其他電話號碼？不知道有哪位醫生可以……」
>
> 「沒有。我沒辦法給你。我不認識其他人。」
>
> 「你鐵定知道我為什麼打這通電話。事情非常緊急，情況很特殊……」
>
> 「很抱歉。」

這兩個女人顯然都不想提到墮胎，而醫生的女兒不願（也可能無法）談論她對父親及其職業的複雜感情。這段對話諷刺意味十足，因為無論是這兩個女人還是讀者，都知道她們遮遮掩掩提及「特殊情況」是什麼。然而，只有女兒和讀者才知道與醫生死亡有關的事情以及這名女兒的感受。

請注意，這段對話隱晦含蓄卻張力十足，對這兩位女性來說，實在難以啟齒說出真相。她們融入了情緒，卻話不投機，互不理解。

多數人都熟知「言外之意」的道理，因為在現實生活中，我們不會只聽信實際說出的話，而會根據言語影射的內容去應對。海明威曾用著名的「冰山比喻」來描述台詞和潛台詞的關聯（亦即與情節有關的字面對話和底下潛藏的情緒暗流）：

冰山的八分之七潛藏於水底下。刪除了你知道自己可刪除的東西，你的冰山會變得更強大。那就是沒有露出水面的部分。

如果未講明的話題一直沒被說出，故事緊張局面便會持續升高。當暗藏的張力浮出水面，爆炸性的結果就經常會浮現而引爆危機。傑羅姆・斯特恩在《小說創作的藝術》中提出建議：「如果要累積壓力，別太早掀開鍋蓋。一旦角色坦白真相，一旦未明說的都明說了，緊張局面就會化解。」他建議作家要讓鍋子持續沸騰，直到讀者「感覺對話滾燙不已。」

說「不／沒有」的對話

前文列舉了的艾莉絲・孟若的作品，那段對話也展現了對話衝突的一個重要元素：當角色不斷（以各種形式）向彼此說「不／沒有」時，局面會愈來愈緊張，戲劇張力會更強烈。下面這段對話取材自英國小說家希拉蕊・曼特爾的《狼廳》。亨利八世與未婚妻安妮・博林在神殿前，一位本篤會修女貿然上前攀談。

修女說道：「我從天堂得到啟示，與我交談的聖徒指出，必

須放火燒死陛下身邊的異教徒。陛下若不點燃那把火，您就會被
火燒死。」

「你是說哪些異教徒？他們在何處？朕身旁沒有異教徒。」

「此處便有一位。」

安妮退縮，靠向國王。她猶如融化的蠟，依偎著國王深紅與
金色相配的短上衣。

「倘若陛下執意迎娶這位不合體制的女人，您的皇位將坐不
穩七個月。」

「這位女士，拜託一下，就七個月？要不要四捨五入？哪位
先知會說『七個月』？」

「天堂就是如此啟示我的。」

無論這些角色彼此說什麼（修女堅定告知的神諭，或者亨利八世
的冷嘲熱諷），他們其實在說「不／沒有」：「這是天啟。不，它不
是。你錯了。沒有，我沒錯。」

上面的對話只有幾行，但每句話都同時做了好幾件事！它揭露了
雙方基本的個性和態度，也影射歷來俗世王權與教會權威的爭奪。它
概括了各方對亨利八世即將迎娶異教徒的譴責。修女明確表達意見，
而英王則高傲自大，避重就輕規避重點。此外，安妮沒有說一句話，
但她的身體反應（還有「猶如融化的蠟」的明喻）卻暗示她的態度，
也像我們透露她的情緒反應。當然，不久之後，安妮就會發飆，罵
道：「她是不是瘋了？」最後，這種情緒營造了敘事張力，因為它引
入了可能的情況（如同預言經常發生的事），暗示未來可能會出現令

人不快的事情。

　　然而，請大家注意，衝突不會陷入僵局而不變。各個角色都會想方設法尋找對方的弱點，藉此諷刺奚落，激怒別人。

　　對話如同敘事，角色若講得鉅細靡遺，讀者就會相信；然而，如果人物只是概略描述或不舉證便論斷，讀者便會懷疑他。假設某個角色說：「從他的一舉一動可以看出他非常崇拜我，願意為我做任何事情。」另一個則說：「我的雙手沾滿了泥巴，他便靠前來，替我撥開塞進我眼睛的一縷頭髮。」你認為哪個角色更受對方喜愛？

　　在衝突的對話中也是如此。史蒂芬・費希爾（Stephen Fischer）說道：「細節就是角色拿來相互丟擲的石頭。」不幸的是，我們會長久記住自己遭受的傷害和輕蔑，剛開始只是泛泛指責對方（比如「你從來不曾考慮我的感受」），後來愈吵愈凶，我們就會提出具體的證據（「你說除夕時會在七點接我，結果害我在大雪中苦等了一個小時。」）費希爾如此解釋：「我們的生活都牽涉具體的事物。衝突引燃的火花可能會揭露各種事實，讓讀者了解人物角色。」

　　敘事時單純陳述事實，讓其中情感自行流露，這就表示文字掌控得宜；反之，撰寫對話時，如果要強調說話者的感受，就必須更自然地傳達訊息。「我哥將在下午三點左右抵達，他會把四個孩子都帶來。」這段文字讀起來平淡無奇；如果換個說法：「我哥很白癡，以為他可以在下午三點左右來找我，然後把四個孩子扔給我照顧！」或「我哥下午三點要來，我已經等不及了！你那時就會知道，他的四個小孩超可愛的。」這兩句才像是人在說話，從側面把訊息塞給讀者。

　　不妨檢視你寫的人物對話，看看是否同時做完好幾件事情。能否

從說話者的口音和語法來判斷他們來自哪個地區、教育程度如何以及抱持何種態度？角色的措辭是否表示他們為人死板、個性外向、憤怒無比、懵懂無知、有洞察力、固執己見或擔心害怕？人物之間是否因為彼此用各種方式頻頻說「不」而導致衝突升溫？是否因為角色無法或不願說出全部的真相，使得情節更加戲劇化？

　　只要你能輕鬆駕馭角色說話的語氣，就會了解每個人都會表達許多種語氣，用所屬的詞彙說出什麼話，得看是向誰說話。大家跟醫生說話的語氣和對割草匠講話的口吻絕對不同。在馬克・吐溫的《哈克歷險記》中，主角哈克有獨特的說話語氣，他會對法官說：「是的，法官大人。」對墮落的父親他則會說：「也許我是，也許我不是。」

對話節奏

　　用字精簡（精練對話、避免重複讀者已知的事，以及讓對話同時辦到許多件事情）是營造對話節奏的關鍵。此外，有一點很重要，亦即不要忽略口頭對話所揭露的情節。

　　讀者喜歡對話的原因之一，就是可以直接體驗小說的角色，能夠表達（或透露）內心世界而不受作者干預。你要隨心撰寫對話，使其自由流瀉。你可以稍後刪減或只擷取精髓，但不要太快便認定你的角色已經說完想說的話。你可能會認為，自己知道對話的結果是什麼，但你要允許角色去讓你感到驚訝，也不要把你的想法灌輸在角色身上。我身為作家，（真正）最激動的時刻就是我筆下的角色竟然能打動我，讓我感興趣。我先前以為自己在寫一個配角，專橫無理，不顧極為體諒人的女主角有何感受，結果第一個角色竟然讓第二個角色應

驗惡有惡報的道理。一個頑固的養牛場主人辜負了小孫女的愛，讓孫女感到痛苦。一對夫妻認為自己已進入「後種族」（post-racial）時代，結果卻用自己鄙視的語言去奚落旁人。

小說是一種想像的媒介，可讓讀者幻想他人。與別人交換訊息時，潛台詞就會顯露出來。重要的是要開放心胸，了解人的能力和矛盾，記住被遺棄的角色並非只是被動聆聽的人，或者獄警也有祖母，也會因失去親人而心情沉重。

撰寫對話時，還有其他方法可以調整節奏。如同說相聲，時間掌握至關重要。調整句子長短和改變「說道」或「問道」等「對話標籤」（dialogue tag）的位置。想好要讓讀者在何處停頓以及你想強調什麼。

下面這段文字摘錄自〈雪中獵人〉（"Hunters in the Snow"），作者托比亞斯·沃爾夫（Tobias Wolff）精心調整字句，讓讀者充分感受法蘭克的俏皮幽默：

> 法蘭克把手指張開呈扇形，斜著身子，用指尖撐著腳踏處樹椿的樹皮。他的指關節毛茸茸的，手指戴著沉重的結婚戒指，右手的小指戴著另一只金戒指，表面平坦，猶如鑽石之處刻著F的字樣。他把金戒指轉了轉，說道：「塔布啊！你好幾年都沒看過自己的老二了。」

重複字句是改變節奏並強調某些單字和情緒的有效方法。敘事時最好不要重複字句，但可將角色描寫成不曉得該換字說話，藉此表露

他的特徵。在美國短篇小說家瑞蒙・卡佛的〈大教堂〉中，故事中的妻子顯然擔心他的客人（盲眼的羅伯特）會感受她丈夫的敵意。這位丈夫是敘事者，正在聆聽妻子和客人的對話。

> 我妻子捂住嘴，打了一個哈欠。她伸了個懶腰，說道：「我想上樓穿件袍子，換身衣服。羅伯特，你放輕鬆，讓自己舒服點。」
>
> 「我現在很舒服。」盲人回答。
>
> 「我希望你在我家別太拘束。」她說道。
>
> 「我現在很舒服。」盲人回答。

每重複一次「舒服」這個詞，含義都略有不同，她愈發焦慮，而他則愈有自信。

格式和風格

對話的格式和風格（例如標點符號）要隱而不見。偶爾為了營造特殊效果，可以不遵從這項原則，但這種情況不常見。以下為基本準則：

角色大聲說的話應該放入引號內，但內心想法卻不必。這有助於清楚區分口頭話語和內心獨白，可由此特別表明話語是更為精心思索而成。如果你需要區隔思想與敘述，可考慮使用斜體來代替引號。

每個新開口的人說話，都要另起一段，這樣讀者便清楚知道誰在講話。如果要在兩位說話者的對話中間插入一個動作，將這個動作和

它要描述的說話者放在同一個段落：

> 「我真希望我拍了那張照片。」拉里用食指指向地平線。
>
> 珍妮絲搶走相簿。「你手上沾了雞油。」她說道。「這是唯一的照片！」

請注意「對話標籤」。

對話標籤會讓我們知道誰在講話，這種標籤好比：「約翰說道」、「瑪麗說道」和「提姆宣布」。

使用對話標籤時，即使對話聽起來像是一句完整的句子，好比「今晚我買單」，標籤與句子之間要用標點符號連接。

不要在對話中過度加入對方的名字，這樣聽起來不自然。

> 「班吉，看在老天爺的份上。我們別老玩大富翁遊戲，我的工作比較要緊。」
>
> 「哎呀，媽！你總是搞不清楚狀況。」
>
> 「班吉，你這樣說是不對的。」
>
> 「我沒說錯。媽！你每次都這樣。」

對話標籤就像行李牌或名牌，可用來識別對話，通常用「說（道）」便可。人們還會用「問道」和「回答」，偶爾會使用「接著說」、「回憶道」、「承認」或「提醒道」。然而，某些缺乏自信的寫作者或絞盡腦汁，想出更強而有力的同義詞：「她氣喘噓噓地說

道」、「他抱怨道」、「他們齊聲說道」、「約翰咆哮道」和「瑪麗吵嚷道」。這些字不必要且礙眼。不經意重複用同一個單字，會讓人感覺風格單板，但「說（道）」這個字（詞組）就像標點符號，幾乎是隱形的；讀者幾乎不會注意它，但讀到「她哭泣」時，就會被迫注意這個詞組。如果不用對話標籤就很清楚是誰在講話，那就別用。通常在對話開頭提示誰在說話，然後不時在中間插入提示標記，那就足夠了。假使從對話模式就能辨認出誰在說話，那就更好了。

　　同理，應盡量少用標明語氣的對話標籤，譬如：「他饒有興味地說」或「她有氣無力地接著說」。這類短語擺明是在「告訴」讀者說話者的口氣，但對話如果寫得好，就能傳達語氣。例如：「『放開我的箱子！』她憤怒地說道。」不必告訴讀者她說這句話時很憤怒。然而，如果她說得很溫和，就必須告訴讀者。如果從對話看不出說話者的口氣，那

> 我會從角色和敘事的聲音開始寫。我開始撰寫故事以前，會想聆聽自己耳朵裡的聲音。
> ——徐忠雄

麼用動作來描述，通常會比用副詞來修飾效果更好。「『我會跟里特先生談談。』他斬釘截鐵說道。」和「『我會跟里特先生談談。』他說道，然後拿起了帽子起身離開。」相比，前者的張力就比較弱。

　　將對話標籤插在說話內容的中間，可以使它不顯眼，例：「『想都不用想了。』他說。」或「無論如何我還是要去。」把對話標籤插在中間還有個好處，就是能讓讀者感到說話者短暫停頓或話鋒有所轉變。若把對話標籤置於句首，看起來就像劇本，例如：「他說：『想都不用想了……』」如果把對話標籤放在很後頭，讀者又會困惑或覺得多餘，好比：「『想都不用想了，無論如何我還是要去，我會順路

把這些東西拿到影印店。』他說。」。如果讀者在這個標籤出現之前不知是誰在說話，這時用它便為時已晚，只會分散讀者的注意力。

方言

　　方言很誘人，有時是表現人物特徵的絕佳手段，但要妥善運用方言並不容易，很容易使用過頭。最好謹慎選詞用字以及善用語法來展現方言、地域性和童稚特徵。盡量少用拼寫錯誤，因為錯誤會讓讀者分心且降低閱讀速度，更糟的是，說錯字的角色會顯得很愚蠢。按照實際發音來拼寫英文單字毫無意義，譬如：大家通常把for唸成fur，把of唸成uv，把was唸成wuz，把and唸成an，以及把says唸成sez，甚至還會將ing的g去掉。當你在對話中拼錯這些字時，表示講話者愚蠢無知，誤以為這些字的拼法跟唸法一樣。即使你真的想要表明說話者很愚笨，也可能會因此疏遠了讀者。美國長篇小說家約翰·厄普代克批評湯姆·沃爾夫筆下的某個角色時說得很棒：

　　　　（他的）發音不斷被拼出來，好比將something拼成sump'm，或者把fire fight拼成far fat。美國小說家福克納就不會這樣形塑角色。福克納認為，南方的生活就是生活，但對沃爾夫來說，南方就是鄉下，當地的生活令人好奇。

　　小說家現在都在避免拼錯字，免得遭人指責，說他刻意貶低角色，使其看起來像個「土包子」。

　　如果角色的英語是第二（或第五）外語，要捕捉他們的聲音就更

困難，因為人學習英語時，往往會礙於母語的語法而說出錯誤的英語。除非你懂得法語或馬魯古群島少數民族的語言，否則你故意誤拼的英文也是空穴來風，你的對話聽起來也會像二流情景喜劇的對白。

　　無論是方言土話或標準英語，最基本的原則就是要能唸出來。如果上不了口，那就不叫對話。

　　"Certainly I had had a fright I wouldn't soon forget," Reese would say later, "and as I slipped into bed fully dressed except for my shoes, which I flung God-knows-where, I wondered why I had subjected myself to a danger only a fool would fail to foresee for the dubious pleasure of spending one evening in the company of a somewhat less than brilliant coed."

　　「當然，我在那之前就感到悚懼，不會那麼快就遺忘。」里斯稍後說道。「當我除了脫掉我的鞋子之外連衣服也沒脫便躺到床上，而天曉得我把鞋子踢到不知哪裡去了。我狐疑為何會讓自己陷入只有傻瓜才不會預見的危險，跟一個有點不是那麼聰慧的同校女生共度一個不知能否算是快樂的夜晚。」

　　上面這段話很拗口，非常難唸。它不僅句子冗長，令人費解，押頭韻也壓得很糟（例如："only a fool would fail to foresee for"），讀起來令人喘不過氣。

對話技巧總結：

1. 思考直接、間接或摘要對話何時最有效。

2. 除非有必要，否則讓角色簡短交談，別任其講內心獨白。

3. 你寫的對話一次不只做一件事嗎？它能透露角色特徵、設定心情基調或鋪陳劇情嗎？

4. 讓對話傳達說話者的需求和講述故事內容。

5. 角色彼此說「不／沒有」時，對話會更有趣。

6. 不要在對話中闡述事情。

7. 偶爾讓角色隱藏心思或避免透露想法，不要讓他明確說出來，或者讓他有口難言。

8. 讓角色自相矛盾。給他們轉圜的空間去改變或展露令人驚訝的情緒轉折。

9. 盡量用「說（道）」當作對話標籤。

10. 如果要描繪角色的感覺，要用動作（動詞），別用副詞或其他修飾語。

11. 要傳達方言（或地域性），最好謹慎選詞用字和運用語法，不要刻意拼錯字。

　　大聲唸出對話，確定字句順口順耳，讀起來不會讓人氣喘噓噓。字句只要不真誠、鬆散且無用，就會自我顯露，拖拖拉拉或匆忙急就之處也會表露無遺。唸出對白是判斷字句是否契合無礙的最好方法。

▶外貌描繪

　　眼睛有最強的感知能力，因此透過眼睛得到的非感官訊息多於其他感官。美貌雖是皮相，人卻是具體的。角色無論美醜，都必須表現出來，讓讀者得以感受。表現的途徑包括對話、動作和外貌，但外貌往往是別人給我們的第一印象，他們穿戴之物無不展現內心想法。

　　作家為了描寫超越外貌的東西，有時會忽略描繪外貌所能產生的強烈效果。其實，角色身上的矛盾和衝突大都源自於「人不可貌相」的常理。為了讓讀者明瞭這點，必須先描繪外貌。五官特徵、身形、氣度、穿著或物件可以說明角色的內在價值觀，包括政治觀點、宗教信仰、社會看法、文化水準和其他基本特質。穿合成皮夾克的男人不同於穿破爛運動衫的男人，兩者的品味不同。用香菸濾嘴抽菸的女人也有別於吸食大麻的女人，雙方的風姿是一樣的。一個人即便逃離這個物質享樂的社會且不去超市購物，跑到鄉下種植有機馬鈴薯，他還是會與耕種的鋤頭有著特殊的關係。無論我們多麼不在乎自己的長相，也是因為我們萬般體驗了自己的身體，才會這麼不在乎。二十二歲的阿波羅自六歲起就很帥，他跟另一位幼時臃腫、十六歲才破繭成蝶而變得好看的人當然大不相同。

　　下面兩段文字簡短描繪了兩位女性，主要透過衣著、裝飾和妝扮等細節來描繪人物特徵。然而，讀者絕對不會搞混這兩個角色。

　　　海倫美麗高雅，風華絕代。她令伊斯特‧松福德陶醉，也與埃德溫調情，用紅色指甲碰觸他髒污的西服衣領，讓他神魂顛

倒。

　　她乘坐有專屬司機的轎車翩翩蒞臨，風姿綽約，高貴迷人，穿著純絲長襪，襯裙有蕾絲邊，若隱若現，引人遐思。

　　　　──英國作家費伊·韋爾登（Fay Weldon），《女性友人》
　　　　（*Female Friends*）

　　我一進房間，聞到一股刺鼻的磷味，發現她吞了老鼠藥。她裹著被子，不斷呻吟。床旁的榻榻米濺了很多血。她的頭髮散亂，像一堆廢繩子，交纏錯結，脖子綁的緞帶，白得很不自然……。她滿口鮮血，臉色慘白，像鬼一樣，張著血盆大口，嘴唇好像直裂開到耳朵。

　　　　──日本小說家井伏鱒二，〈多甚古村〉（"Tajinko Village"）

　　上面這兩段文字只描述外貌，便將角色塑造得生動鮮明。

　　各位請注意，除了視覺，其他的感官印象仍然可以描繪角色如何「現身」。軟弱無力的握手、輕柔的臉頰碰觸，或者香奈兒香水、牛至或腐臭的味道，這些感官印象都能描繪角色特徵，功能不亞於描繪外貌，只要敘事文字能夠讓讀者去觸摸、嗅聞或品嘗某個角色。

　　角色名字的發音和關聯意義也能暗示其性格特徵。第二章改寫過兩次描述黛比的段落。富裕的奇蒂迪斯特先生（Mr. Chiddister）自然比有錢的斯特魯姆先生（Mr. Strum[9]）更加優雅，就像哈克·芬

9　strum有撥彈樂器或打手槍的意思。

（Huck Finn）必定與後文會提到的倫布里亞侯爵（Marquis of Lumbria）分屬不同的階級。雖然具有明顯含義的名稱（例如：約瑟夫・瑟菲斯〔Joseph Surface，surface指表面或外觀〕、比利・皮格里姆〔Billy Pilgrim，pilgrim指清教徒〕或瑪莎・奎斯特〔Martha Quest，quest指尋求或募集〕）往往可形塑角色，應謹慎使用。即便要這樣，普通名稱也能暗示你想強調的特徵，不妨去瀏覽名冊（包括電話簿），找出有暗示意味的名字。我今天早上翻閱了電話簿，找到了琳達・霍拉迪（Linda Holladay）、馬文・恩茲明格（Marvin Entzminger）和梅爾巴・皮布爾斯（Melba Peebles）。我看到這幾個名字，就開始想像某個小說角色。

聲音之所以能夠表示人物特徵，成為「外貌」的一部分，因為聲音代表噪聲和言語的音質、音色或品質、聲音的尖銳或粗啞、笑聲的激昂或語流的生硬。

角色的言行舉止是其外貌的另一個層面。舞者兼作家瑪姬・卡斯特（Maggie Kast）指出：「嗅覺、味覺和觸覺比視覺和聽覺更能引起深刻的反應。然而，運動感覺（kinesthetic sense，人對肌肉和關節的位置、運動和張力的感覺）又如何呢？」在加拿大小說家帕德瑪・維斯瓦納坦（Padma Viswanathan）的《丟擲檸檬》（*The Toss of a Lemon*）中，一位被羞辱的女孩從屋子奪門而出，她的情緒是由味道和動作所引起：

　　　　她向後退了同樣的距離，坐倒在地，隨即跌跌撞撞站了起來，又往後退……。亞納基跑進樹林，躲進一顆剛長出的木瓜樹

後頭，瓦魯姆先前也躲到這裡。樹根之間的泥土吸引了她。亞納基一手仍緊緊抱住木瓜樹，另一隻手則將一團泥土塞進嘴裡，團泥就跟孩童放學後當零嘴吃的炭加馬夫炸球一樣大，鬆脆潮溼，帶點苦澀，夾雜幾片茉莉花瓣。黝黑的泥土讓她感到慰藉，這種感覺在嘴裡蔓延開來。她嘆了口氣，額頭靠在樹幹上，雙手緊抱著樹，木瓜葉有如陽傘，在上方微微點頭。

務必理解動作和行為之間的區別，這兩個詞不是同義詞。身體的動作（好比：他雙腿交叉方式，以及她向大廳猛衝的方式）可以表現人物特徵，卻不定會鋪陳情節。動作通常是設定場景的一項環節，可以在帶來改變的行為開始之前便奠定局面。然而，如同前述的場景，也能強化動作，使其推動情節發展。

▶行為描述

小說的重要人物必須既能引發行為，也能被他人的行為改變。我們已經知道，對話若能帶來改變，就會變成行為。如果我們認同故事是在記錄一種變化的過程，這種變化是如何發生的？人總會面臨機會和選擇，或者會發現與做決定——在這兩對情況中，前者是「非主觀意願」，後者是「主觀意願」。就故事而言，這表示被欲望驅動的角色採取了會導致預期結果的行為，但是有外力干預。某個角色之外的力量以訊息、意外事件、他人行為或天候情況的形式出現。未知變成已知，而角色發現這些干預之後，要嘛採取行動，要嘛故意不採取行

動，使讀者陷入緊張情緒，內心不斷詢問：
然後會發生什麼？

> 人人都有矛盾和對瑣事的懸念……。其實，我認為由於弔詭和矛盾撲朔迷離，故事角色才能更貼近真實的人物。
> ——加拿大小說家丹尼斯·博克（Dennis Bock）

下面這段話摘錄自童妮·摩里森的〈宣敘〉（"Recitatif"），描述從動作到發現，最終引發決定的過程：

> 我把咖啡壺加滿，將它們全都放在電爐上，那時就看到了她。她坐在一個小包廂，和兩個男人抽著菸。兩個男的頭髮濃密，一臉絡腮鬍。她的頭髮很膨，凌亂不堪，我幾乎看不到她的臉。眼睛倒還看得見。不論走到哪裡，我都能認出那雙眼睛。她穿著粉藍色的吊帶衫和短褲，戴的耳環跟手鐲一樣大。說到塗口紅和用眉筆的功力。有她在，那些女人就像是修女，根本不會化妝。我在七點以前不能離開櫃台，但我一直盯著包廂，免得他們在那之前離開。接班的人準時到來，我盡快清點並疊好收據，然後簽字離開，朝著包廂走去……

此處「我把咖啡壺加滿，將它們全都放在電爐上」是設置場景和表現人物特徵的動作。重大行為始於發現「我看到了她」。請注意，作者是直接描述外貌來表現「她」的特徵，而敘事者的特徵則是透過她的動作（以主動動詞表示，比如：看、清點、疊好、簽字離開）來表現，直到她做出決定去行動。從發現和決定這兩點來看，我們都在推測可能會發生改變：然後會發生什麼？

下面這段話摘錄自美國小說家約翰·齊佛（John Cheever）的

〈治療〉（"The Cure"），最初的動作看似無傷大雅，隨後卻突然引發懸念：

　　　　我打開客廳的燈，瀏覽瑞琪兒的書，挑了一本名叫林語堂的人所寫的書，然後坐在沙發上，偎著台燈讀了起來。我們的客廳很舒適。那本書很有意思。在我住的社區，居民通常都不鎖門。我家前面的街道，夏夜時非常安靜。住戶養的動物都馴化了，安靜不吵鬧，唯一能聽到的，就是鐵路邊幾隻貓頭鷹的叫聲。所以四周很寧靜。我聽到巴斯多家的狗叫了幾聲，好像是從噩夢驚醒，然後就沒了聲。一切又歸於寧靜。接著，我聽到離我很近的地方有腳步聲和咳嗽聲。

　　　　我頓時全身僵硬，想必大家都懂這種感覺。即便我感覺有人在看著我，但我沒有抬起頭，眼睛還是盯著書。

　　作者用角色動作和一項選擇（挑了那本書）來設定場景，卻沒有提供發生變化的機會，也沒有營造戲劇性的張力。然而，用「接著，我聽到」的字眼，角色便有了發現或體會到另一種情況；突然之間，就有了真正發生變化的可能，因此作者突然之間營造了戲劇性的張力。

　　在第二段中，敘述者發現一個人人熟悉且完全非自願的身體反應「我頓時全身僵硬」，隨後決定不依照本能去採取行動。小說跟現實一樣，克制（決定按兵不動）都會讓人緊張。

　　作家通常不想過於表露技巧，因此會隱藏人物下決定和發現事物

的字句。下面這段話摘錄自約翰・齊佛的〈鄰居〉（"Neighbors"），其中改變的模式（比爾・米勒潛入鄰居家）是根據作者沒有明說的一連串決定。結尾時，故事出現了轉折點，表示故事人物有所發現。

> 比爾回到廚房時，那隻貓在箱子裡亂抓。貓盯著他，看了一會兒，然後回頭去滾弄貓砂。他打開了所有的櫥櫃，檢查罐頭、穀類食品、包裝食品、雞尾酒杯、葡萄酒杯、瓷器和鍋碗瓢盆。他打開冰箱，聞了些芹菜，吃了兩口切達起司，一邊走向臥室，一邊啃蘋果。床看起來很大，蓬鬆的白色床單垂到地板。他拉開床頭櫃的抽屜，發現半包香菸，就把菸塞進口袋，然後走向壁櫥，正要打開壁櫥時，聽見有人在敲前門。

這不算什麼重大竊盜案，但作者用兩種截然不同的手法去描寫人物動作，逐漸累積了張力。首先，作者不斷讓堆積動作：比爾起先只是「檢查」，接著聞了芹菜，然後吃了兩口切達起司，再啃一整顆蘋果，最後吞掉半包香菸。他從廚房走到臥室，乃是更明目張膽侵犯屋主隱私。比爾從檢視櫥櫃到翻冰箱，再去開床頭櫃抽屜和打開壁櫥，每一步都比前一步更為大膽。

第二項手法是，作者暗示比爾感到自己正在偷竊。幻想一個肆無忌憚的小偷做出同樣的一連串動作並不難，但作者卻讓比爾認為那隻貓「盯著他」。這其實無關緊要，比爾卻心裡有鬼。此外，他感覺床很大，這暗示了性的罪惡感。當前門的敲門聲響起時，我們開始覺得（比爾必定也這麼想）他鐵定會被逮住。

因此，內在或心理變化正是行為所在。在故事中，很多動作只是事件而已，這就是為何單純描述行為就如同沉悶戲劇的舞台指令，有時候根本添加不了什麼，甚毫無意義。當一位妻子拿起一杯咖啡時，這只是一個事件。然而，如果他發現杯子上的口紅不是她的口紅顏色時，那就是一個戲劇性事件，也是一種發現，一切局面都會改觀。她決定用把杯子甩向那個嘴唇塗櫻桃冰淇淋顏色口紅的女人。甩杯子是一個動作，但第二個角色意識到（發現）自己被打中時，戲劇性的變化就發生了，依此類推。

每個故事都算一種變化的模式（事件串連在一起，正如英國小說家愛德華・摩根・福斯特所言，事件主要透過因果關係來連結），作者藉由角色發現事物和下決定去引入或大或小的改變。

▶想法揭露

小說有電影和戲劇欠缺的彈性，因為後兩者要呈現觀眾必須知道的一切。閱讀小說時，可以探究角色的內心世界，感受其矛盾和反思並了解故事人物決定和發現這兩個至關重要的過程。跟對話一樣，角色的想法可以概括表達（他討厭她吃東西的模樣）、間接描述（她為什麼把叉子那樣立起來？）或直接表達，讀者彷彿可以偷聽角色的內心想法（天哪，她要把蛋黃去掉！）。跟對話一樣，這三種方法可以在同一個段落中交替使用，藉此達成即時效果和控制節奏。

第七章的「視角」將更詳細解釋表現角色想法的方法。形塑角色時最重要的是，想法就如同對話，揭示的不僅是訊息而已。它還能設

定情緒基調、顯示或揭露欲望,以及發展主題等等。它也可以鋪陳情節,因為虛構角色跟現實人物一樣,不會去考慮已經知道的事情。他們會思考正在發生的事情、他們擔心會發生的事情、困擾他們的事情,或者想起來依舊情緒激動的事情。人們會「不斷」重複內心的話,好比「我不怕冷,而是怕風……」,而這樣做不是他們一直掛念著天候,而是剛才又起了風,而人此時又會對此做出回應。書中的人物通常會遭遇新的情況,必須去努力理出頭緒,或者他們遭遇到先前遇過的情況,必須從全新的角度去思索。

其實,角色的所思所想很可能是行為的核心。亞里斯多德說過:「人就是本身的欲望。」換句話說,人的性格是由本身的最終目的(無論好壞)所決定。亞里斯多德指出,思想是一個過程,人會在心中思考目標,決定採取何種行為,以便在特定時刻達成該目標。

例如,閱讀本書也許不是你最終的願望。你很可能根本不「想」讀它,寧願去睡覺、慢跑或做愛。然而,如果你的最終願望是變成有錢和受人尊敬的知名作家。為了達到這個目標,你深思熟慮後了解到你必須盡量學習寫作方面的技巧。為此,你想就參加愛荷華作家工作坊去取得碩士學位。為此,你必須在_____取得大學學歷,而且必須在_____教授的創意寫作課程獲得高分。為此,你必須在星期二開始的一個星期之內,從本章後頭的練習中挑選一項,概略勾勒出某個小說人物。為此,你必須坐在這裡閱讀本章,不能去睡覺、慢跑或做愛。你根據最終願望,理性思考之後退一步,謹慎做出「正確的」決定,在這個小小的十字路口採取合理的行動。歸根究柢,你還是想讀這本書的。

對我而言，亞里斯多德針對欲望、想法和行動之間闡述的關係對作者很有用，能協助他們構思情節和創造人物。主角希望故事結尾發生什麼事情？這個主角在故事開頭所處的情況下，需要經歷哪種特殊的思想過程去盤算當下該如何做？

> 角色會從你眼前走過，彷彿你正走在街上，注意到某人，然後又再度遇到他們，最後你們就成了朋友。事情就有點像那樣。
> ——印度作家阿蘭達蒂・洛伊

　　那天下午，我事先想妥了該說哪些話來回應麗蓓嘉。我很怕她對我評價太好，知道我不是我擔心自己看起來就像的那種鄉巴佬……我於是坐在桌前，練習擺一張冰冷的面孔，表情冷漠，肌肉完全不動，眼神呆滯，但眉頭還是稍微動了一下。

　　——美國小說家奧特薩・莫什費格（Ottessa Moshfegh），《艾琳》（*Eileen*）

當然，人物的行為可能是錯誤的。如果我們礙於想法而做出錯誤的選擇，或者腦中充滿相互衝突的欲望和始終存在的矛盾，甚至壓抑的思想與表達的思想之間存在著巨大落差，此時想法便會阻撓我們達成目標：

　　他關掉了蓮蓬頭，聽到電話在響。他感覺電話已經想了半天了，心想這種機械噪音也會鍥而不捨嗎？他光著身子衝到客廳，身上不停滴著水。他拿起電話，來電者是美惠子，就跟他料想的一樣……他聽到第一聲招呼以後，就有點煩了。美惠子的英語非

常流利，但她的聲音又尖又高，帶著典型的日本口音。「喂，美惠子。」他對著電話說道，聽上去有點惱火。

　　——美國小說珍妮・斯米利（Jane Smiley），〈長途電話〉（"Long Distance"）

　　在喬伊斯・卡羅爾・奧茨的〈何去何從〉中，主角康妮千方百計想逃離她所鄙視的某個家庭。打從故事開始，她便想了一些花招，免得碰上這家人。有一次她想耍花樣時，卻碰上了對方也在耍心機，但這個人卻比她更聰明。到了故事的結尾，康妮永遠逃避了這家人，不過也付出自己未曾料想的代價。康妮在這個故事中個性鮮明，富有特色，善用兩種性格，一心一意追求自由，最終卻陷入相互衝突的欲望之間，令其動彈不得。

　　無論真實的人或故事人物都控制不了欲望；他們本身就是欲望（換句話說，角色本身就是欲望）。我們能主觀選擇的就是自己的行為，亦即我們在特定情況下所採取的行動。如果欲望和行為之間的思維過程沒有如此的落差和偏離，或者假使我們的所思所想和我們願意且能夠表達的思想之間沒有那麼巨大的鴻溝，滿足我們的欲望便很簡單。

📖 延伸閱讀　以言行塑造人物的精采之作

〈我的男人伯灣〉（"My Man Bovanne"）

　　──托妮・凱德・芭芭拉（Toni Cade Bambara）

〈坦道夫大帝〉（"Tandolfo the Great"）

　　──理查・鮑施（Richard Bausch）

〈每個舌頭都要認罪〉（"Every Tongue Shall Confess"）

　　──Z・Z・帕克（ZZ Packer）

〈賽狗場的女人〉（"Rock Springs"）

　　──理查・福特（Richard Ford）

〈你的東西〉（"Yours"）

　　──瑪麗・羅賓遜（Mary Robinson）

〈貓派〉（"Cat Person"）

　　──克莉絲汀・魯潘妮安（Kristen Roupenian）

〈六、他離開了辦公室〉（"6. 'He leaves the office . . .'"）

　　──大衛・斯拉（David Szalay）

〈鈴鼓女士〉（"The Tambourine Lady"）

　　──約翰・愛德嘉・魏德曼（John Edgar Wideman）

〈腦中子彈〉（"Bullet in the Brain"）

　　──托比亞斯・沃爾夫（Tobias Wolff）

〈謝謝你〉（"Thank You"）

　　──亞歷山卓・桑巴（Alejandro Zambra）

✎寫作練習　在指定情境和特殊條件之中呈現人物

1. 兩個角色愈吵愈凶。其中一位毫不遮掩，全盤說出自己的想法，另一個則無法或不願意暢所欲言。寫下第二個角色的想法，讓我們知道他有何難言之隱。

2. 調情。兩個人正彼此試探，但誰也摸不清對方的想法，不知該不該進一步表白；雙方都不確定，仍然在摸索當中。

3. 某個說話時滿口俚語或帶有外國口音的角色（或許是個孩子）遇到一個人，這個人自認為什麼都懂。請用手勢和對話，讓我們知道這兩個人的想法。

4. 誰家沒有怪胎？無論那個人是害群之馬、讓人尷尬的傢伙、總是要靠別人的廢柴、凶神惡煞，或自以為是的萬事通。請試著讓這個角色在家庭聚會上大發議論。誰會對這個傢伙嗆聲？寫下你挑選的嗆聲者有何想法。

5. 兩個角色待在一個房間，其中一個想丟掉某個東西，另一個卻想保留它。運用對話、外貌、物件和行動來形塑角色。

6. 寫一段對白，開頭用「很抱歉，但是……」在「但是」後面會發生什麼？另一個角色對此有何回應？讓兩人聊一會。然後再等一陣子。讓他們繼續交談。

7. 讓兩個角色被迫相互表現得熱情友好。描繪他們的外貌（包括：手勢、語氣和動作，那氣味呢？）來形塑他們，讓我們了解這個角色對彼此的看法，無論正面或負面皆可。

第四章

肉身成文字
人物塑造（二）

▶間接表現人物性格特徵的方法

直接表現人物性格特徵的方法是「展現」形式，使角色活靈活現，躍然紙上。然而，你偶爾會希望「講述」角色，替讀者批判和詮釋，從中改變讀者對該角色的看法和反應。某些論述顛倒直接和間接的類別（根據那些論述，作者詮釋時是直接向讀者訴說故事），但我認為，直接對話和間接對話有相似之處：一方面，讀者可以直接汲取角色的對話，或者思想、行為和外貌；另一方面，在摘要對話中，作者利用詮釋或總結去介入（其實，間接和摘要對話可以視為間接表現人物性格特徵的形式）。

有兩種間接表現人物性格特徵的方法，而所謂間接，就是作者或其他說話者用「摘要」、「抽象」或「批判性詞語」去描述角色。這兩種方法皆屬於「講述」，可形塑讀者的整體視野。

作者詮釋

第一種表現角色性格的間接方法是「作者詮釋」，亦即「告訴」讀者角色的背景、動機、價值觀和品德等等。這種方法有很多優點，因為作者能隨意穿梭於時空，打探自己想知道的事，不管故事角色是否也知道那件事。作者也跟神一樣，能告訴讀者他們即將感受什麼，從而立即傳遞大量的訊息。

> 出色的倫布里亞侯爵和家人住一起。他有兩個女兒，大的名叫卡洛琳，小的叫路易莎，第二任妻子叫多娜·維森塔。多娜腦

筋不靈活，只要醒著就在抱怨，啥事都不滿，特別愛抱怨噪音……。

　　倫布里亞侯爵沒有兒子，這是他心頭的刺痛。他喪偶之後，不久便娶了現任妻子多娜，原本想生個寶貝兒子，多娜卻懷不上胎。

　　侯爵的生活單調乏味，一成不變，如同峭壁底下的潺潺流水或教堂的禮拜儀式。

　　──西班牙作家米蓋爾・德・烏納穆諾（Miguel de Unamuno），〈倫布里亞侯爵〉（"The Marquis of Lumbria"）

　　這種間接方法有個缺點，就是它跟摘要和抽象描述一樣，會讓讀者和作者疏遠。在上面的例文中，烏納穆諾或許想簡短描述事實、指出動機和提出批判，從中與讀者拉開距離，描繪侯爵「單調乏味」和「一成不變」的特質。幾乎每位作家都會使用間接方法。若想快速說明來龍去脈，這招非常管用。話雖如此，直接呈現角色，描述其行為，讓讀者自行得出結論，還是更能讓作品吸引人。

　　然而，作者介紹角色時並不一定得疏離讀者，或許娓娓闡述角色和情境的特徵，便能吸引讀者。下面的範例節錄自美國小說家安東尼・杜爾的《呼喚奇蹟的光》。敘事者起初用中性口吻描述情況，因此與讀者有隔閡，然後逐漸拉近與讀者的距離，猶如攝影機由遠拉近，照出特寫鏡頭：

　　在這座城市的一隅，有一棟高大狹窄的房子，坐落於烏布亥

街四號。房子最高為第六層，裡頭住著一位十六歲的盲眼女孩，名叫瑪莉蘿兒·勒布朗。她跪在一張矮桌子上，桌上擺著一個縮影城市的模型。瑪莉蘿兒跪在城內，城牆內有數百棟按比例縮小的建築、商店和旅館複製品，有大教堂的開孔尖塔和龐大的古老聖馬洛城堡……

敘事者把眼光停留在這個精緻模型上，用幾行字娓娓描述，難怪讀者後來會讀到盲眼女孩「用手指撫摸幾公分寬的護城牆」，向它低語幾句，讓「手指順著一道小樓梯往下摸」。此時，讀者已經有點喜歡她了。

請注意，雖然「作者」可能只是在概括某段時期或某個人的生活，但那個聲音可能只有一半是敘事角色的內心話，不僅能營造氛圍，也能傳達被描述者的情況：

他從來沒有被告知要穿西裝去面試，也從未被告知必須帶一份履歷表。他在上個星期以前，甚至連簡歷都沒有。他當時去了三十四街和麥迪遜大道交叉口的圖書館，有位全職志工顧問替他寫了一份簡歷，洋洋灑灑列出他的工作經驗，表示他成就斐然。這些經歷包括負責耕地和種植有機作物的農民，以及確保林貝鎮美麗清潔的街道清潔工。

——美國小說家伊姆博羅·姆布（Imbolo Mbue），《夢想者，你瞧！》（*Behold the Dreamers*）

其他角色詮釋

作者也能透過其他角色的觀點來表現人物的性格特徵，這可算是第二種間接手段。然而，採用這種方法時，第二個角色必須用語言、行動或思想來表達自身的想法。在這個過程中，這個觀察別人的角色也會被揭露其性格特徵，這是無法避免的。讀者是否接受其意見，取決於他們對於被如此直接揭露的角色有何看法。下面的範例摘錄自珍‧奧斯汀的《曼斯菲爾德莊園》。好管閒事的諾里斯太太如此評價女主角：

> 「我總覺得芬妮有點毛病。她喜歡我行我素，討厭被人使喚，只要有空閒，就會一個人去散步。她當然會保守自己的祕密，而且獨立自主，但也有點冒失無禮，最好能改了這些缺點。」
>
> 托馬斯爵士最近也表達過同樣的想法，但總體來說，他認為對芬妮的這種看法最不客觀公正，於是設法轉移話題，試了好幾次才成功。

諾里斯太太在對話中直接表達她的想法，而托馬斯爵士則是透過內心思想來表達觀點。這兩個角色的個性特徵都藉此被表現出來。至於誰的觀點比較可信，就讓讀者去決定（應該不難）。

下面的範例摘錄自美國原住民作家斯蒂芬‧格雷厄姆‧瓊斯（Stephen Graham Jones）的《受引領的羽毛》（*Ledfeather*）。作者針

對女性暴力提出四種不同的批判：「過去的」觀點、女人本人的看法、一群當地男孩的想法，以及女人兒子的視角。

> 這個男孩的媽媽以前因為行為舉止而被人取綽號，好比「射汽車兩槍」、「玻璃杯上四個洞」、「學都學不會」或「打不停」。
> 現在大家都還是用她的本名來叫她。然而，當她出現時，有些孩子仍然會比開槍的手勢去瞄準她。這個男孩長大時不會理解這一點。他會悶在心裡，也不會去問人，一開始會想，他的母親或多或少被視為部落勇士……如果「黑腳」居留區的印地安人願意讓女人幹酋長，他的母親大概就是頭目了。他們可能會開先例，就為了她。

請注意，這段文字雖然簡短，卻能引爆男孩和部落、女人和部落，以及男孩的想法和不久後他會得知的真相之間的衝突。

也請各位注意，讀者要面對敘事者（亦即某個述說本身故事的角色）時，這個兼具作者的角色可能會說出讀者不認同的概括性話語，或者發表讀者無法認同的評論。第七章會更詳細討論這種現象。下面是某個身兼作者的角色，他想表達許多觀點，讀者從中知道他的訊息會遠多於他所置身的場景：

> 每個人唱歌時看起來更有精神，尤其是十五歲的年輕人。同樣盡責的大人也來聽這些高中音樂劇。我今晚來得很早，占了兩個前排座位，攤開受潮的大衣……

　　現在是十一月，天氣寒冷，掛在市內的雨衣皺皺的，溼答答的，死氣沉沉。舞台上的孩子，一年比一年更苗條，而且更有才華。他們助興演出和演唱歌曲時，個個輕盈靈動。孩子們這樣熱情活潑，我們這些贊助活動的大人顯得慵懶疲憊，為什麼會這樣呢？我今晚想看到這群聞著溼羊毛衣味道的大人展現出活力，只要一次就好。

　　——美國小說家艾倫·戈甘納斯（Allan Gurganus），〈序曲〉（"Overture"）

▶表現人物特徵時，不同方法之間的衝突

　　衝突是小說角色的核心，可以讓不同表現方法彼此衝突，有效引發這類矛盾。它既能自然產生，也能藉由有意識的方法來達成。作者可運用外貌、對話、動作和思想，直接向讀者展現角色的性格特徵。如果讓其中一種（最常被想到的）方法與其他方法發生衝突，便可營造戲劇張力。假使某個角色穿著講究氣派、口若懸河且做事果斷，讀者也知道他心思縝密和果敢堅毅，那他必定是個死板角色。然而，如果這個角色

> 除非想展現角色的氣質和性格，否則切勿表露其想法。
> ——法國作家安德烈·紀德

穿著講究、雄辯滔滔、為人果斷，但內心卻受創嚴重且惶恐不安，他立刻就顯得活靈活現。

　　下面的範例是美國作家索爾·貝婁（Saul Bellow）《抓住這一天》（*Seize the Day*）的開篇段落，故事角色的外表和行為與內心世

界背道而馳：

談到掩飾煩惱，湯米·威廉的本事一點都不比身旁的傢伙差。至少他是這麼認為的，而且有些證據足以佐證這點。湯米當過演員，不，不是演員，只是個跑龍套的，所以知道表演是怎麼一回事。他也抽雪茄，男人戴著帽子抽雪茄，就顯得高人一等，而且旁人比較無法看穿他的心思。湯米從二十三樓下來吃早餐之前，先到夾樓層大廳去取信件。他認為（而他也相信），自己看上去還過得去：一切都還不錯。

湯米·威廉外表沉穩鎮定，內心卻焦慮不安。下面這段範例摘錄自法國作家薩繆爾·貝克特（Samuel Beckett）的《墨菲》（*Murphy*），恰好描繪相反情況，女房東卡麗奇小姐發現，有個人在她的出租屋裡自殺了。她雖然看似緊張，內心卻很鎮定。

她飛奔下樓，速度飛快，好像腳踩履帶一樣，用食指拚命鋸著喉嚨，讓西莉亞知道出了什麼事。她跟跟蹌蹌，走到屋前台階，突然止步，發出尖叫聲，呼喊警察。她像一頭受驚的鴕鳥，在街上橫衝直撞，哭聲哽咽，魂不守舍，朝著約克路和加里多尼亞路跑去，模樣狼狽，不輸才剛發生的悲劇。她舉起手臂，向警察求助，搞得大汗淋漓，先前洗澡爽身都白費了。然而，她此時頭腦冷靜，明白這樣非常失態。

　　第三個範例出自於美國作家佐拉・尼爾・赫斯頓（Zora Neale Hurston）的〈鍍金的七角五分〉（"The Gilded Six-Bits"），劇中角色內心矛盾，想要行動卻猶豫不決：

　　　　米西・梅啜泣著，悲痛萬分，一語不發。喬站在那裡，過了一會兒，才發現手裡握著東西。他依舊站著不動，腦筋一片空白，什麼也瞧不見。米西・梅還是哭個不停，喬飽受衝擊，不知如何是好，便把斯萊蒙的手錶掛飾放進褲袋，大笑一陣，然後上床睡覺。

　　我先前說過，角色的內心思想往往與一種或多種直接表現人物特徵的方式衝突，這便反映人總是難以坦率或準確表達想法，但情況並非總是如此。角色也許能全然冷靜，甚至流利表達觀點，卻因為扯耳朵或拽裙子等小動作而洩漏真正的想法。在美國小說家赫爾曼・沃克（Herman Wouk）的《凱恩號嘩變》（*The Caine Mutiny*）中，奎格艦長就令人印象深刻。他替自己訂定的處分規則辯護時，會不停把玩手中的鋼珠。

　　讀者通常無法得知某個角色的想法，必須用直接表現人物性格特徵的外部方法（比如外貌描繪、人物對話和行為描述）之間的衝突來展現人物的內心矛盾。角色甲可能熱情洋溢，滿口歡迎之詞，人卻不停往後退，從而顯露他的真實感受。角色乙可能身穿范倫鐵諾絲質衣衫，腳上穿著Jimmy Choo高級涼鞋，卻替窮人的苦難而悲憫痛哭。請注意，「洩漏自身想法」是很重要的概念：相較於刻意表達的意

見，讀者更願意相信角色無意洩露的證據。

　　我們可以從俄國大文豪列夫・托爾斯泰的《伊凡・伊里奇之死》中找到「洩漏自身想法」典型的例子。小說中的寡婦在喪禮上碰到亡夫的同事：

　　　　她看到菸灰掉落在桌子上，便立即遞過菸灰缸，說道：「我要是硬說自己悲傷過度而無法辦事，就太做作了。如果有什麼能讓我分心而不感到痛苦，我不敢說那樣是否能寬慰我，就是操辦先夫的後事。」她又掏出手帕，似乎要落淚，卻突然打起精神，彷彿強忍住悲傷，悠悠說道：「有件事我想跟您商量。」

　　無論這位同事或讀者，大家都心知肚明，這位名叫普拉斯科維亞・費奧多羅夫娜的寡婦想要談的就是錢。

　　最後，可以交替運用直接和間接表現方法來營造張力，從中展現角色的矛盾，這是營造諷刺效果的一種方法。作者向讀者批判角色，然後讓該角色用言語、舉止、行為或想法來駁斥這項批判。

　　　　六十年來，他依舊很敏捷，身體反應如同心理反應，始終是由堅強的意志和性格來掌控。從他的五官特徵，便能清楚瞧見這點。他的臉很長，像根管子，張開的下巴又圓又長，還有一個又長又低垂的鼻子。

　　　　　　——弗蘭納里・奧康納，〈人造黑鬼〉（"The Artificial Nigger"）

前述文字詳細描述黑德先生的特徵，但讀者無法感受他的堅強意志和性格，反而看到令人厭惡的五官。「像根管子」的長臉就很醜，「張開的下巴」暗示他很笨，「低垂」指的可能不僅是鼻子形狀，而作者不停重複「長」，就讓黑德先生的臉十分怪異。

評論家經常稱讚同時展現個人性格、典型特質和普世性的文學作品，但我認為這樣對於仍在磨練文字的作家並無大用。你可以絞盡腦汁去塑造個別角色，並且讓該角色展現典型特質，但我不認為你可以創造展現「普世共性」的角色。沒錯，倘若文學有任何社會意義或功用，便是讀者雖與故事人物身處不同的時代和地域，彼此性別也不同，文化與想法更是迥異，卻能從角色中發現、甚至認同角色展現的共通人性，從而讓自己更富有同理心。然而，弔詭的是，你若想要展現普世共性，很可能會華而不實，但假使你專注於表現個體，便很容易塑造一個角色，讓讀者從中看到自己的某個面向。

> 即使我的初稿混亂不堪，即使這些稿子最後會被刪減到只剩三分之一，但我在探索各個角色的生活時，卻能了解我寫的是怎樣的故事。
> ──美國作家安德魯・波特（Andrew Porter）

想像一下這個場景：有個小孩跑到街上去撿球。忽然聽到輪胎發出尖銳的刺耳聲和保險桿撞到人的聲音，鮮血濺灑到半空，小小的身軀倒臥在路上，一動也不動，血肉模糊。路人會如何反應？（這是普世共性嗎？）剛好路過的醫生會如何反應？（這是典型特質嗎？）亨利・洛斯醫生剛從醫院婦產科病房回家，妻子剛剛流產了第四次，他看到這個場面會如何反應？（這是個人性格嗎？）每個問題都會縮小角色的回應方式來讓人信服。身為作家，描述每種回應方式時都要能

說服讀者。如果你能達成第三個目標，很可能也達成了前兩個目標。

　　我建議各位多下點功夫去展現人物個性。如果你想塑造一個展現普世人性的角色，最後可能描繪出模糊、呆板或空洞的人物。如果你打算寫一個典型的人物，很可能會創造出漫畫角色，因為人身上只有籠統的特質才算是典型的。在作家的字典中，「典型」這個字最狹隘，表示作家只替與他們有「相同假設」的讀者創作。在非洲坦桑尼亞沙蘭港的「典型」女學生截然不同於舊金山的女學生。此外，每個人會陸續或同時展現許多典型的面向。某個女人可能依次是典型的女學生、新娘、離婚婦女和女權主義者。某個男人可能同時是典型的紐約客、數學教授、溺愛孩子的父親和背叛家庭的姦夫。不同特質類型彼此對抗和交流，才能展現出角色的個性。

　　光描寫普世共性和典型特質，便會淪於執迷和偏執，只看到眾生的相似之處，卻沒發現個人的獨特之處。透過某個角色描述某種類型時，一旦順利成功，就表示該角色缺乏個性。如果作者刻意去營造某些類型的角色而非個體，這位作家鐵定想要譴責或嘲笑這種類型的人。美國小說家馬克・赫平（Mark Helprin）在〈施羅伊德斯貝茲山〉（"The Schreuderspitze"）中極盡所能嘲諷某個類型的人：

　　　　慕尼黑有很多長得像黃鼠狼的人。不用管那是基因突變、悉心雜交、神祕莫測的遠古遷徙、因緣巧合或不可知因素，這些傢伙多如牛毛。奇特的是，他們長這付德性已經夠慘了，還留著山羊鬍，戴阿爾卑斯式尖頂帽子，甚至穿粗呢裝，顯得更猥褻醜陋。人長得像齧齒動物，就別穿粗呢裝。

　　並不是說必須充分描繪所有角色或使其成為「圓形人物」。只用來展現某種功能或特點的「扁平人物」也是有其功用且不可或缺的。艾利克‧本特利在《戲劇的生命力》中指出，如果某個角色的功能只是傳遞訊息，讓讀者停下來去了解這個人物的想法就顯得累贅乏味。小說亦是如此：在瑪格麗特‧愛特伍的〈幸福結局〉（"Happy Endings"）中，名叫詹姆斯的角色「擁有一輛摩托車，而且收集許多珍貴唱片」。這個角色存在的目的，無非是要讓瑪麗的姦夫約翰嫉妒。讀者並不想要讀到詹姆斯「騎著摩托車，自由自在邀遊天地。」然而，在舞台表演的扁平人物也會露臉和穿著戲服。寫小說時，可以描繪呆板角色的細節，從中展現其側面和輪廓。讀者讀到摩托車和唱片收藏，立即會對詹姆斯有個印象，但這樣就足夠了。眾所周知，在美國作家亨利‧詹姆斯的小說中，彷彿沒有僕人這種階層，因為他們只被用來替別人服務（那個能幹的「生物」已經收拾好行李了）。相較之下，查爾斯‧狄更斯將數十位扁平人物納入小說創作，並且仔細描繪，使這些人物活靈活現：

　　　　米芙是個老太太，身軀乾癟，氣喘噓噓，力氣卻不小，衣服穿得很少，全身上下沒有任何豐滿之處。她在教堂擔任領座，今天人也在那裡。

　　　　　　　　　　　　　　　　　──《董貝父子》（*Dombey and Son*）

　　我想套用喬治‧歐威爾在《動物農莊》提出的概念：好的角色都是圓形的，只是某些角色更圓。

▶角色的可信度

即便你想要展現角色的個性，而非典型特質，但從「適當得體」的角度來看，那些角色依然會展現典型特質。德州浸信會教友和義大利修女的舉止會有所不同。鄉村小學生的行為與哈佛榮譽教授的行為也會不一樣。若想形塑個性鮮明而又活潑的個別角色，必須知道哪些行為對那種人是得體的，也要盡量讓讀者去感受那些角色的舉止是恰當的。

例如，讀者需要盡早（最好在第一段中）知道角色的性別、年齡或種族，也要知道該角色的階級、所處時代和地區，若能知道他的職業（或明確知道他沒工作）和婚姻狀況，自然更好。「讀者幾乎都能理解各種故事人物，他們理解不了的，就是描繪得令人費解的角色。」當讀者不知道角色的某些基本特質時（不知是男是女、成人或小孩），他們便無法去理解角色，小說的節奏便會拖慢而無法吸引讀者。

這些訊息都不需要以訊息的方式呈現，可以透過角色的外貌、語氣、動作或細節來暗示。以下範例出自於《毒木聖經》，作者芭芭拉・金索沃讓名為利亞・普萊斯的角色及其家人措手不及，突然得面對全新的生活，身處未知的環境。儘管他們都在討論目的地，但讀完這兩段文字，便能十分了解這個家庭的狀況和他們的文化背景。

　　我們來自喬治亞州的伯利恆，要攜帶貝蒂蛋糕粉進入叢林。我們的行程長達十二個月，我和幾位姊姊希望每個人過生日時都

能吃上蛋糕。我媽說道：「誰曉得剛果買不買得到貝蒂蛋糕粉。」

　　我爸糾正我媽：「我們要去的地方，沒有人買東西，也沒有人賣東西。」從老爸說話的口氣，就表示他認為老媽搞不清楚這次行程的宗旨。她擔心買不到貝蒂蛋糕粉，就像在聖殿把錢幣弄得叮噹響的商人，把耶穌惹惱了，他才大發脾氣，將這些罪人轟出聖殿。老爸想把事情徹底說個清楚：「我們要去的地方，不是小豬商店。」老爸顯然認為這樣說可以替剛果加分。我稍微想像了一下，一股寒意便從心中升起。

　　讀者知道這個家庭來自美國南部，不僅因為作者提到他們的家鄉，還能從他們的用字來推斷出，好比「惹惱了」和「大發脾氣」。讀者還知道這家人的社會階層，因為他們會去小豬連鎖超市購物。讀者不但知道他們是傳教士，聽到這位父親重複說「我們要去的地方」時，彷彿耳聞佈道之音，迴盪於天際，暗示那位母親跟「把錢幣弄得叮噹響的商人」一樣「同流合污」。讀者還能隱隱感覺，父親日後看到一家人生活艱難時將會苦中作樂。文中提到貝蒂蛋糕粉，表示這些女人想保有一丁點舒適的居家生活，而與此同時，這家人要將一九五〇年代的美國文化帶進蠻荒異域。老實說，剛果叢林溼氣重，蛋糕粉很快就會壞掉。讀者不知敘事者的確切年齡，但她似乎是十幾歲的少女，能聽懂父親駁斥母親的言外之意，也能貌似高雅，說出文謅謅的「一股寒意便從心中升起」。金索沃只用了幾句話，便簡潔扼要描繪出這個家庭、讓他們陷入險境的無知，以及這位父親堅定不移卻會傷害家人的決心。

下面這段表達言外之意的手法更加驚人：

> 　　每次都是這樣。妳的芭比娃娃和我的芭比娃娃是室友，我的
> 芭比娃娃的男朋友過來了，妳的芭比娃娃卻偷走了他的心。兩個
> 人吻了又吻。然後，兩個芭比娃娃就打起來了。妳這個賤女人！
> 他是我的。他才不是，妳這個臭女人！只有肯尼不見蹤影，對
> 吧？因為我倆在明年聖誕節時要替芭比添購新衣服，才沒那個閒
> 錢去買呆頭呆腦的男洋娃娃。我們現在只能湊合著，玩妳那個眼
> 神凶巴巴的芭比娃娃和我那個長相愚蠢的芭比娃娃，而我們的芭
> 比各自只有一套衣服，還沒有襪子穿。
> ──桑德拉·希斯內羅絲（Sandra Cisneros），〈Q版芭比娃娃〉
> （"Barbie-Q"）

作者沒有描述角色，除了用「妳」和「我」，沒有直接稱呼她們。然而，對於這兩個角色的性別、年齡、有沒有零用錢、所處的年代、個性、態度、彼此的關係和敘事者的情緒，讀者是否略知一、二了呢？

學習寫作的學生有時會因為要立即提供大量訊息而畏縮，但要牢記在心的是，角色是否可信，取決於他是否得體恰當，以及他是否被具體描述。訣竅是能找出傳達訊息的細節，又能讓讀者的注意力停留在角色的欲望或情緒。沒有人喜歡故事劈頭就說：「她是個美國婦女，現年二十八歲，住在郊區，比一般人更有錢。當她的丈夫彼得離開她時，她非常痛苦。」只要善用一些細節，便可納入大部分的上述

訊息：

> 　　彼得離她而去，只留下錄影機、微波爐和車庫鑰匙。她到樓下廚房，連嘗都沒嘗一匙花生醬，便連吃了三罐。

　　我不是說要在極短的時間內呈現某種角色的主要特徵很容易。更準確的說法是，這件事很重要卻很難辦到。開篇的第一個段落能夠強力陳述情節（威力僅次於最後一段），並且替後續的故事定下基調。如果你欠缺靈感，想不出合適的字眼來開頭，可能必須端坐許久，推敲斟酌和刪除字句來去蕪存菁，方能寫出清晰簡練且引人入勝的開篇文字。

▶角色的意圖

　　讀者會多麼理解和認同你的角色，或者會如何評斷他，取決於該角色的意圖，而意圖就是促使他採取行動的欲望。

　　亞里斯多德在《詩學》一書中指出：「如果某個人的言行舉止有一定的道德目的，這個人便有了性格元素；如果意圖是良善的，那人便是有良好的性格元素。」現代文學作品充斥各類人面獸心的傢伙、暴徒、恃強凌弱者、妓女、變態狂和流浪漢，這些人物很少具有良好的道德意圖。西方文學史展現出一種向下和內縮的趨勢：向下趨勢是從皇室家族開始，往下至豪門貴族和中產階級，接著到下層階級，最

> 我們的年齡日增……生活愈來愈受到限制，能夠進入與自己不同的人的皮相之內去探索內心世界，真是太好了。
> ——美國科幻作家李‧史密斯（Lee Smith）

後到被社會遺棄的群體；內縮趨勢是從英雄史詩到社會戲劇，再從個人意識到潛意識，最終抵達無意識。唯一不變的是，讀者沉浸於作者創造的世界時，會與男主角或女主角站在同一陣線，從「他們的觀點來觀看」，而小說為何能吸引人，主因是讀者雖然不願意承認現實世界的人有某種善良品性，卻願意承認小說主角有這種特質。閱讀小說時會擴展心靈視野，暫時「化身為」書中人物，感受不同的想法。正如評論家勞倫斯‧岡薩雷斯（Laurence Gonzales）對搖滾音樂的見解，小說可以「讓讀者在他人的地獄裡遊蕩一段時間，發現別人的景況與自己的情形何其相似！」

讀者當然無法完全理解所有的角色。只要角色的意圖模棱兩可或邪惡可憎，便會引來程度不一的批判。伊麗莎白‧斯特勞特（Elizabeth Strout）的小說《我的名字叫露西‧巴頓》（*My Name Is Lucy Barton*）中，女主角露西被送往醫院。

> 我被送到一個房間，有人把一根小管子刺入我的手臂，又將另一根管子插進我的喉嚨。他們說：「妳別動。」我甚至連點個頭都不行。
>
> 過了很長的一段時間（但我的意思是，我不知道確實的時間，也不知道該怎麼講），我被推進電腦斷層掃描的圓洞，聽到一些咔嗒聲，然後就沒了。後面有個人說：「媽的！」我在那裡躺了很久。那個人又說：「機器壞了，但我們得給她掃描，不然

醫生會宰了我們。」我又躺了很久，冷得要命。我發現醫院通常都很冷。我不停發抖，但沒人注意到。我想他們會給我蓋一條毯子，但他們只想弄好機器，這一點我了解。

作者沒有明顯做出批判，卻能讓讀者對護士的麻木不仁感到憤怒，然後又發現護士其實也是被人虐待，然後心裡又想，露西會不會太過於仁慈。

▶角色的複雜性

如果你的小說人物因為恰當得體且個性鮮明而讓讀者相信，而且他們也因為表現某種意圖而讓讀者認同或批判，這些角色也必須顯得複雜。他們需要展現衝突和矛盾，讓讀者覺得這些人物屬於內心矛盾的人，應該會帶來某些可能性，隨著小說情節的起伏變化，角色的意圖或道德感也會跟著改變。換句話說，小說人物必須能夠改變。

衝突是描繪小說人物的核心，也是情節發展的關鍵。如果情節始於困境，也要先讓陷入困境的角色登場，然後困境便會紛沓而至，因為人都有各種特質、傾向和欲望，它們不僅會跟現實世界和旁人起衝突，也會與人本身的特質、傾向和欲望相互衝突。大家都知道，女人若是個性強悍、昂首闊步且為人獨立，只能吸引喜歡這種特質的男人。一旦她墜入愛河呢？她立馬小鳥依人，成了多愁善感的弱女子。假使某位父親慷慨、寬容又可靠，但孩子踰越了他的底線呢？他會把陶器砸個粉碎，輪起皮鞭猛抽孩子。人人都既溫柔又暴力、既理性又

感性、既堅強又脆弱、既放肆又規矩、既大意又謹慎、既熱情又冷漠、既狂熱又抑鬱。也許你沒有這些矛盾性格，但你的內心還是矛盾得非常嚴重，因此你身為作家，內心潛藏各種角色，足夠你用一輩子去創造小說人物。你只要去找出這些角色內心的衝突矛盾（亞里斯多德稱之為「始終一致的不一致」[10]），然後加以發揮並將其戲劇化。

　　如果你回顧文學作品的經典人物，會發現這些角色礙於內心的矛盾（始終一致的不一致）而陷入關鍵的兩難境地。哈姆雷特堅決果斷，卻也優柔寡斷。在英國作家喬治‧艾略特的《米德爾馬契》（*Middlemarch*）的小說中，女主角多蘿西婭‧布魯克聰慧機敏，胸懷理想，情商卻極低。海明威筆下的法蘭西斯‧麥坎伯（Francis Macomber）想在獅子面前耍威風，卻怯懦得不敢面對獅子。下段文字節錄自《殺死自己和孩子的媽媽》（*Mom Kills Self and Kids*），作者阿倫‧薩伯斯坦（Alan Saperstein）開場便引爆危機，簡短幾句便揭露男主角內心「始終一致的不一致」。他不常陪伴家人，但是當家人離世之後，他才明白自己有多麼依賴他們。

　　我下班回到家，發現老婆殺死了兩個兒子，她也已經自殺身亡。我掀開爐子上的鍋子，一股黑臭的蒸氣衝上來。我說道：「嗨，寶貝，今天晚餐吃什麼？」但她沒有笑。她沒有蹦蹦跳跳，單腳跳進廚房來迎接我。我的小兒子沒有衝過來抱我的腿，問我給他帶了什麼。七歲的老大也沒跑來求我跟他玩遊戲，即便

10　原文consistent inconsistencies，又譯「永久的矛盾」。

他知道我會一臉疲憊，告訴他：「待會再玩吧！」

在〈以自我為泉源〉（"The Self as Source"）一書中，作者謝麗爾‧莫斯科維茲（Cheryl Moskowitz）提出一種小說寫作技巧，亦即著眼於發現作者性格中的矛盾之處來寫小說。她指出，蘇格蘭小說家羅伯特‧路易斯‧史蒂文森的《化身博士》就是這類創作手法的典範：

> 我逐漸明白了這個真理……每個人不是只有一個人，而是兩個人。我說兩個，是因為我現有的知識水準還無法超越這點……我大膽猜測，人們最終會發現，人只是有多面向、矛盾對立和獨立自主的多人複合動物。

我們當然無法得知莎士比亞、艾略特、海明威或薩伯斯坦到底多大程度上有意識地運用內心矛盾，以此塑造和戲劇化作品的角色。作家不僅仰賴本身的性格來創作，還會根據觀察和想像來行文。我堅決認為，唯有融合這三項因素，作家方能全力以赴。自傳文學說來複雜，自傳作者經常不知道哪些是親身經歷、哪些是自己觀察到的，哪些又是憑空杜撰的。回顧第二章，女演員米爾德雷德‧鄧諾克曾說：「觀眾可以感受他們從未體驗過的事物。」這種觀點當然適用於創作和閱讀小說。如果你強迫自己去寫心靈體驗外圍的事物（幻想自己會做的事，但在現實生活中卻不敢嘗試），你寫的就是自傳，因為這些事件都曾掠過你的腦海。

▶變化

　　故事不同於小品文或軼事，因為人物和情況會有重大的變化。檢視故事情節的最簡單方法就是：「我的角色是否從頭到尾都沒變？」以及「我是否讓人感覺角色的命運將完全改觀？」。或者正如小說家查爾斯‧巴克斯特（Charles Baxter）所說：「你只要問自己，『哪些故事結尾出現的東西是開頭時所沒有的？』故事角色偶爾看不見浮上檯面的東西，但讀者卻可以。」

　　新手常常誤解「變化」這個概念，以為變化是突然發生，例如一個人瞬間從狄更斯《小氣財神》中守財奴斯科魯奇轉變成大善人。然而，無論是現實生活或在令人信服的小說中，這種變化很少發生。變化應該是微妙的，好比朝著新方向邁出一小步、稍微改變信仰、願意質疑僵化的觀點，或者願意承認從某個人身上或某個情況看到了以往忽略的價值。所謂變化，就是某些東西以往看不見，現在卻看得見了。閱讀小說可讓讀者對角色感同身受，經歷角色的內心世界是如何改變，從中體會無窮的樂趣。

　　美國作家約翰‧勒休爾（John L'Heureux）從心理層面解釋變化：「故事就是某個角色在生命的某個時刻做出關鍵的抉擇，此後便一切改觀。」主角在這個關鍵時刻做出的決定攸關（並決定）他的基本完整性。勒休爾強調了這個概念，所謂完整性就是最初的「整體」，因為在抉擇的那一刻，角色就是選擇要與最好的自我和平相處或與其抗衡對立。那一刻的決定將永遠影響角色與自我的關係。

　　美國作家南希‧哈德斯頓‧帕克（Nancy Huddleston Packer）也

認同這種觀點：「現在的決定將影響未來。故事的因果來自於決定事件的角色。我們的決定使我們成為後來的我們。」

▶ 重新創造角色

有數種方法可讓人提筆之前構思鮮活的角色，茲列舉如下：

假使角色是以你自己或你認識的人作為原型，不妨大幅更動外貌：將金髮變黑髮或讓稀疏的頭髮變得濃密；轉換角色的性別或徹底改變角色要行動的場景。直接靠經驗來創作會有問題，就是你知道得太多，了解「他們」（角色）做了什麼以及自己當時有什麼感受，因此很難知道是否將腦海的一切落筆成文。改變角色的外貌之後，你就被迫去重新審視，因此能看得更清楚，將看到的一切更明確表達出來。

> 我們不是單一的自我……我們是多形態的。要讓書中的人物生動有趣，他們就必須表現得像那樣。如果他們只有單一面向，必定死氣沉沉。
> ──薩爾曼・魯西迪

如果角色主要是根據你的觀察或想像而塑造出來的，與你本人不一樣，就要去尋找你和這個角色有哪些共同的想法。假使妳是個年輕苗條的金髮女子，而角色是個肥胖禿頂的男人，你們是否都喜歡高級的法國美食呢？你們是否經常做同樣的夢？你們是否都害怕在眾人面前表演或不適應晴空烈日呢？

我只能用自己的作品來說明這些技巧，因為我是唯一可以確定虛構人角色與自我牽連多少的作者。在我的某部小說中，開篇的場景是女主角在後院埋葬了一隻狗。我想捕捉日出時喬治亞大地的紅色景

致、盤繞糾結的樹根和瀰漫的腐臭味。然而,要是這樣寫,屬於我的經歷就會太多,屬於角色的東西會太少。我開始讓這個角色不像我。我留著黑色的長髮且身材普通,經常穿牛仔褲,於是塑造了叫莎拉．蘇爾的角色。

　　她的骨架很大,身材瘦長,胸部又大又圓,最大的特點是留著一頭像生鏽鋼絲網的頭髮,所以她的衣櫃裡擺滿圍巾和頭巾之類的東西,以便拿來包覆頭髮。她跟多數的服裝設計師一樣,穿著不見得高雅卻很有創意,經常帶有東方人或波里尼西亞人的風格,有時會在普通襯衫上搭配很多圈的寬大皮帶或粗面金屬飾品。在喬治亞州的哈巴德鎮,這種裝扮有點另類,莎拉卻絲毫不在意,以免顯得愚蠢笨拙。

　　這樣一來,我就將自己和莎拉區隔開來,能夠用她的(而不是我的)手和眼睛去埋葬那條狗。寫了幾頁之後,我遇到一個難題,不知該如何介紹她的前夫博伊德．蘇爾。我對這個角色打了很多草稿,心想他跟我幾乎完全不同。首先,他是個男人,塊頭很大,又是個戲劇導演,自然有種威嚴的氣質,但對家事毫無興趣。然而,我枯坐於桌前數日,無法將他描繪得令人信服。我的書桌壓迫著我,我感到被困住了,渾身不舒服,那把椅子和打字機似乎在阻撓我創作。突然之間,我想到博伊德也坐在桌前賣力工作。

　　「校園一隅」公寓的梳妝台大概窄了四英寸,矮了三英寸。

如果他的腳踏在地板上，膝蓋就會高過抽屜，必須向左或向右內縮，但這樣人就很不自在。如果他翹著二郎腿，右腳就可以舒服地擺在台下容膝空間的左側之外，但這樣大腿就會被梳妝台挫傷。如果他往後頭坐，身體就會離稿紙太遠，根本無法寫字。

我寫了這段文字，並不能立即進入博伊德·蘇爾的內心，也無法讓我擺脫為了描述他性格特徵的問題。然而，我卻能由此推進情節，讓我與他產生一絲共鳴，我後來寫出的這個角色比原本設想的深刻許多。

只要你能與你的角色共鳴，通常就會了解這個角色的哪些特質對小說很重要，亦即你為何要描繪這樣的人物。即使角色是個惡棍，你們也有共通點，但我指的並非萬惡不赦之徒。如果角色自視甚高，不妨照著鏡子，私下模擬自負的姿勢，然後把它描述出來。如果角色殘酷無情，想想你去釣魚時如何將蟲餌刺進魚鉤。

絕對沒有人要求作家在現實生活中必須老老實實、規規矩矩。某些偉大的作家曾在公眾場合醜態百出，或在家裡頤指氣使，或是情場騙子，或是納粹份子。要寫出好的作品，就必須在紙上吐露真言，不是描述角色

> 很難想像我們仍然願意去表演或閱讀契訶夫的作品，他筆下的人物總是比我們更忙碌、更開朗，也更善於應變……因為對我來說，角色通常要等到開始引起爭議時，才會變得有趣。
> ——羅塞倫·布朗

在葬禮、驚喜派對和床上應該如何表現，而是呈現他們可能會如何表現。為了能在稿紙上誠實描繪你的觀察，你先得願意去誠實觀察自己（幸好不是審視你的行為）。

▶塑造角色群體

　　有時需要在同一場景中介紹幾個或很多角色，但這不應該成為問題，因為塑造群體的原則幾乎不變，而且類似於拍片手法：先取全景，然後特寫。換句話說，先讓讀者看到大場面，然後再透過細節去表現個體特徵。如果剛開始便用過多筆墨去描繪某個角色，讀者會以為他是獨自一人。

　　　　赫姆透過擋風玻璃向外看，放開了踩在油門上的腳。他心想，媽的，應該要塞車了。黃色路燈沿著路肩打下亮麗的光圈。他撥弄著錶盤，只能聽到收音機的嘈雜聲響或兜售塑膠擋板的廣告。他的背很痛，眼睛也在發癢，還得再開一百四十英里。

　　如果此時再去介紹赫姆的妻子、兩個孩子和一隻狗，讀者就得快速轉換腦中的場景，便會很不舒服。因此，最好先描述整車的人，然後再聚焦於赫姆身上：

　　　　赫姆透過擋風玻璃向外看，然後瞄了英佳一眼，她正靠著窗戶睡覺，輕聲打著呼。孩子們大概已經有半小時沒有發出聲音了，只有狗兒切扎不時從他頸後吐氣。他放開了踩在油門的腳，心想，媽的！……

　　如果情節包含好幾個角色，必須立即讓他們出場。先一起介紹他

們，再去引入細節：

> 有好幾把槍同時指著他，他定了定神，才搞清楚有幾個人。
> 他再度發聲：「有話好說！」有三個老傢伙，其中一個身材五
> 短，比侏儒高不了多少，還有一個胖嘟嘟的年輕人。有個老傢伙
> 穿著軍裝夾克，但衣服過於寬鬆，好像掛在他鬆垮垮的胸前。那
> 個年輕傢伙連珠炮似地對他講了一串話。

如果要塑造群體角色，讓讀者知道有一群人之後，還得提供細
節，這點很重要。只要你提供某個意象，讀者就會更相信此時有一群
人。下面的範例節錄於美國小說家唐・德里羅《地下世界》
（*Underworld*），作者分開介紹了一群人物：一群是打算偷偷潛入棒
球場的男孩，另一群是有買票進場卻姍姍來遲的男孩：

> 他們眼睛尖，認出了彼此，也發現那個傻大膽。他們站在這
> 裡，有搭地鐵或從哈林街頭前來的黑人和白人小孩，也有一些混
> 江湖的，總共有十五個人。根據熱線，每次被逮住一個人，就有
> 四個人能溜進球場。
> 　他們焦急等待著，看到有票的人魚貫穿過旋轉柵門進場，還
> 有成群結伴的球迷、落在後頭的人和四處閒晃的人。他們看著從
> 市區趕來的計程車，車裡下來的人個個一頭油髮，衣冠楚楚，邁
> 步走向售票窗口，其中有以國家利益為目標的政策性銀行家、高
> 級夜總會座上賓、百老匯巨星和高官顯貴，他們不時從高級的馬

海毛毛衣上摘掉絨屑飛花。

　　請注意，在第一段中，作者文筆嫻熟，使用行話俚語（「眼神尖」、「傻大膽」、「混江湖的」、「熱線」）來呈現這群令人熟悉的男孩；第二段又用了某些細節（「成群結伴的球迷」、「一頭油髮」、「衣冠楚楚」、「高級夜總會座上賓」、「百老匯巨星」），讓讀者看到一群身分不明的人。請各位也去注意，

> 無聊的人總會遇到閒聊家常的人。
> ——維吉尼亞·吳爾芙

德里羅將最重要的意象（從高級的馬海毛毛衣上摘掉絨屑飛花）擺在最後頭，有畫龍點睛之妙，讓那段文字頓時鮮活起來。

　　在下面的場景中，作者逐漸聚焦於博學多聞的角色：「在硝石庫慈善醫院大廳裡，場面相對平靜」，哲學家羅蘭·巴特處於昏迷狀態。作者在此運用的特寫技巧類似於前面的範例：

> 　　朋友、仰慕者、熟人和好奇的民眾都在排隊，依序等著去坐在這個偉人的床邊；他們擠滿了醫院的門廳，低聲交談著，有人手裡叼著香菸，有人拿著三明治或報紙，甚至有人手捧法國哲學家居伊·德波的書或捷克作家米蘭·昆德拉的小說。
> 　　——法國作家勞倫·比內，《誰殺了羅蘭巴特？（解碼關鍵字：語言的第七種功能）》

　　請各位再注意，細節是如何變得愈來愈具體，讓讀者更深入看見可以從人群中找到的人，從低聲交談的民眾到手裡叼著香菸和拿著報

紙或三明治的人，最後停在品味獨到的高雅書香之士。

　　如果由敘事角色所介紹人群，敘事角色也會跟群眾一下被描繪出來。前面列舉過艾倫‧戈甘納斯的〈序曲〉節錄，那段文字適切展現了這種技巧。

▶角色日誌

　　無論使用間接、直接或最常見的直接間接混用方法，要描繪出完整豐富的小說角色，就必須讓他既可信又複雜，藉此表現他的意圖（這會揭露該角色的道德修養）並且在鋪陳故事時讓他經歷某些改變，這些改變也許很小卻十分重要。為了探索角色的這些元素，寫日誌就能派得上用場。

　　你寫作時，偶爾可能會天賜靈感、想像力十足，寫出的角色活靈活現、手勢姿態齊備不缺、經歷詳實豐富且熱情洋溢。或者，你可能得深思熟慮、精心構思，逐步刻畫出角色，使其幻化成形。能辦到這點也很幸運。

　　不管是哪一種情況（尤其是後者），寫日誌都能讓你慢慢探索和引導角色，不必急於將某些事或某些人寫進小說。你會全盤了解你的角色，不管你日後是否用他。將角色寫進小說之前，要知道該角色睡得好不好、午餐吃什麼、買了什麼東西，以及如何付帳單。你要知道你的角色如何度過晚上和週末、為何計畫沒有實現，以及他對於寵物、雙親、城市、下雪或學校有哪些記憶。你可能最後都用不到這些，但知道這些訊息，便能想像書中的人物如何去玩弄鉛筆或撥弄頭

髮，以及何時和為何這樣做。一旦知道這些，就比憑空創造更向前邁進一步，能夠透過想像去成為故事角色，住在他的身體裡，讓他的一舉一動令讀者信服。

寫日誌去記錄你對其他人的觀察。嘗試寫下惹怒你的圖書館館員，或者記下在酒吧讓你印象深刻的獨酌者。嘗試去捕捉的某個手勢，或者描繪肢體特徵和服裝穿著所傳達的訊息。想像一下圖書館館員為何待人無禮，或者那個人為何獨自飲酒；想像一下他們的過往。然後試著將該角色從某個場景移到另一個場景。讓你的角色陷入困境，這樣一來，或許能夠寫出一則短篇故事。

角色塑造技巧總結：

下面總結本章和上一章中如何塑造角色的實用建議。

1. 直接表現人物性格特徵的方法有四種，包括「外貌描繪」、「人物對話」、「行為描述」和「想法揭露」，間接的方法則有「作者詮釋」和「其他角色詮釋」。

2. 至少使用上述其中一種方法，以此展現某個角色與其他角色相衝突的特質，從而呈現該角色的內心矛盾。

3. 了解影響角色類型的所有因素，包括：年齡、性別、種族、國籍、婚姻狀況、所處地區、教育程度、宗教信仰和職業。

4. 突顯角色的外貌、衣著打扮和所有物，以及該角色的行為舉止。也讓讀者能夠注意這些。

5. 檢視角色的對話，以確保內容不只是傳達訊息。對話能描繪角色

的個性特徵、闡述情況、揭露情緒、表達意圖或指出變化嗎？它是否透過「不／沒有」的對話讓衝突升溫？大聲說出來：對話是否使用了「說（道）」的對話標籤？

6. 寫日誌來探索和構思你對角色的想法。掌握角色的生活細節：他時時刻刻在做什麼、想什麼、記住什麼、想要什麼、喜歡和討厭什麼、吃什麼、說什麼，以及表示什麼。

7. 知道你的角色想要什麼，無論是脫離現實生活或者特別是在故事情境中。牢記角色的欲望，跟著角色去「逆向思考」，從中決定在任何情況下會做什麼舉動。

8. 找出和突顯「始終一致的不一致」並將其戲劇化。角色想要的哪些東西跟他想要的其他東西相互衝突。哪些思想和行為模式與他的主要目標背道而馳？

9. 如果角色是基於現實生活中的原型（無論是你自己或別人），請大幅改造該角色的外貌。

10. 如果角色與你不同或者你對他很陌生，請找出你能與其共鳴的地方。

11. 讓你的角色去發現和做決定，以此建構他們的行為。請確定發生的是行動，而不僅是事件或動作，換句話說，發生的事情有可能改變人物。

📖 延伸閱讀　用各種細節塑造角色的經典手筆

〈戰地姑娘〉（"Girls at War"）

　　——奇努瓦・阿契貝（Chinua Achebe）

〈你不為我高興嗎？〉（"Aren't You Happy for Me"）

　　——理查・鮑施（Richard Bausch）

〈聖瑪利〉（"Saint Marie"）

　　——路易斯・厄德里奇（Louise Erdrich）

〈女孩〉（"Girl"）

　　——牙買加・琴凱德（Jamaica Kincaid）

〈溫情〉（"Kindness"）

　　——李翊雲（Yiyun Li）

〈繞行〉（"Orbiting"）

　　——巴拉蒂・穆克吉（Bharati Mukherjee）

〈聖露西的狼女之家〉（"St. Lucy's Home for Girls Raised by Wolves"）

　　——卡倫・羅素（Karen Russell）

〈愛與氫〉（"Love and Hydrogen"）

　　——吉姆・舍帕爾德（Jim Shepard）

〈不同的路〉（"A Different Road"）

　　——伊麗莎白・斯特勞特（Elizabeth Strout）

〈花〉（"The Flowers"）

　　——愛麗絲・華克（Alice Walker）

✍ 寫作練習　在指定條件中完成一人或多人的描寫

1. 某個角色試著教另一個角色去做特定的事情（實用的事、家事或者牽涉機械或技術的事）。但這位老師不能算老師，而學生也不算是學生。運用「作者詮釋」去呈現其中一個角色，然後透過對話來展現另一個角色。

2. 描繪一個場景，某個男人（或男孩）打探某個女人（或女孩）的母親。描寫這三個角色的性格特徵。

3. 運用四種直接手法（「外貌描繪」、「行為描述」、「人物對話」和「想法揭露」）來描繪某個場景。讓其中一種手法與另外三種相互衝突。

4. 用作者詮釋去塑造某個角色，概略加以描繪並提出批判，也別忘了納入細節。讓細節與概略描述相互矛盾。（拉里是當地最友善的孩子。他收藏了鬥毆用的指節銅套，只要給五十美分，他就會讓你瞧瞧。如果你願意高舉射擊目標，他會讓你替他的 BB 槍扣上扳機。）這個角色說了什麼？說給誰聽？隨後發生做出何種行為？

5. 讓你的角色搭一個陌生人的便車。使用間接的作者口吻，讓讀者了解那輛車，包括品牌、型號、顏色、狀況等等。使用直接手法去塑造角色，讓讀者知道這些人是誰、他們說什麼，以及發生了什麼。你以作者的身分告訴讀者結果。

6. 去塑造一群人，然後從中（或視角依舊位於人群內）挑選兩個角色，直接描繪他們，利用對話讓讀者知道這兩人對事件或經歷的看法有何不同。待你將目光移回那群人時，重新用作者的口吻。如此多次切換描寫手法。

第五章

昔日之事，遙遠之地
小說背景

　　我們與地點、時間和天氣的關係如同我們和衣服與其他物體的關係，其中或多或少充滿微妙或深刻的情感，也牽涉溫和或嚴苛的批判。這種關係會根據發生在我們身上的事情而改變。譬如，你總是會困在某些地方，進去時憂慮沮喪，恨不得儘快脫逃。有些地方則讓你倍感安心舒適，甚至能狂歡作樂。你看到某些風景會振奮，看到其他風景則會感到抑鬱。寒冷的天氣會使你精力旺盛，活蹦亂跳，也可能讓你頭昏腦脹，蜷縮身子，掙扎萬分。你也可能認為自己是夜貓子或習慣早起的人。你幼年時鍾愛的房子，如今卻令你感慨生死有命、人生如寄（正因為你在那裡有過一段美好的歲月）。

　　可以運用、放大或幻想這類情感，將其寫入小說來營造戲劇張力。重要的細節會喚起人的感官印象或抽象感覺，故事背景也能傳遞訊息和激發情感。散文節奏必須與作者的意圖吻合，不能相互違背，因此敘事地點和時間也必須符合你的最終意義，不能彼此矛盾。背景如同對話，必須發揮多重作用，好比表現情感、烘托角色和揭露故事隱含的象徵。

　　角色本身是地點和文化的產物。讀者必須知道某個角色身處何種環境，才能了解其行為舉止有何重要。在瑪格麗特‧米契爾的《飄》中，郝思嘉會有那般言行舉止，乃是因為她生長於炎熱潮溼的環境，家境富裕，身旁圍繞著忠誠的奴隸，壓根不用去理會他們過何種苦日子。在美國非裔作家童妮‧摩里森的《寵兒》中，主角賽絲會有那樣的舉動，乃是因為她也生長在炎熱潮溼的環境，不過卻是個奴隸，獲得自由之後，仍然懼怕欺壓她和小孩的主人。小說作家邁可‧馬通（Michael Martone）指出，小說背景要能真正激起情感，可能要像一

九三〇年代和一九四〇年代初期的新政[11]郵局壁畫。在這類壁畫中，每個人物都有自己的故事，被嵌入整幅畫面之後，又集體形塑出更加宏偉的故事。觀察這些人物時，可能會看到他們如何互動，也能從他們的建築、發明、裝備、交通工具、農耕以及馴服和控制大自然的企圖中，綜觀歷史脈絡，了解當時在社會勞動的人物。

馬通說道：「這些壁畫包含數百個細節，不僅展現個別人物的拚搏奮鬥，也傳達社區的生活景況，更反映了當代的人文歷史。純粹從實務角度出發，將故事融入如此豐富的媒介，事情便更容易發生，人物也更好辦事。」

▶氛圍：時間、地點和氣氛

小說必須營造氛圍。缺乏氛圍，角色便會失去活力。

故事氛圍有一部分是背景，包括地點、時期、天氣和一日的具體時間。另一部分則是調子，這是敘事者傳達的一種態度，可以用情緒、情感或品質（險惡、諷刺、正式、莊重、嘲弄）來描述。氛圍的這兩種層面經常彼此融合、協同作用來達成最終效果：作者可以善用句法、節奏和措詞，搭配暗夜、薄霧和荒涼景致，從中描摹險惡環境。作者也能直接告訴讀者時間和地點（一九六九年的

> 我的書都以同樣的方式開頭……通常用強烈的意象點出時間和地點，營造出身歷其境的氛圍。我都是這樣去切入故事。
>
> ——珍妮佛・伊根

11　新政（New Deal），羅斯福總統推行的改革政策，旨在保障社會和復興經濟。

盛夏，在巴約河南岸⋯⋯），如此開門見山可能有助於達到寫作目的；然而，如同描繪角色的情況，最好用具體細節去強力透露背景特徵（河面黝黑污濁，上方盤繞一群蟲子，不停嗡嗡作響⋯⋯）。此處的訊息是間接的，讀者可能要等待更多的訊息，但他們卻有直接的體驗，能立即置身場景，而且這樣也能暗示角色與場景的關聯。

用來設定背景的語言會提供重要線索，暗示作品的最終意義。下面這段文字節錄於美國小說家戈馬克・麥卡錫的作品《天下駿馬》（*All the Pretty Horses*）。敘事者嗓音渾厚，隱隱透露歷代流傳的智慧：

> 據說人離鄉背井時，仍帶不走許多東西。據說人出生於何處，乃命中注定，絕非偶然。據說寒暑冷暖，四季遞嬗，皆屬故土風情，人代代相傳，生於斯，長於斯，對土地心懷一分熱愛。

相較之下，在我的小說《切割石》（*Cutting Stone*）中，女主角必須離開祖國而感到痛苦，從個人觀點體會到更為平淡的感覺：

> 她心想：「隨著時光流逝，地貌會逐漸成形，然後隨著時間推移，地貌會逐漸在人的心中成形。我就是此地已在心中成形的一個人。」

字詞帶有日積月累的含義，因此年代和地點也能隱約營造氛圍。童話開場時，通常會塑造遙遠神奇的場景，同時埋下伏筆，預示可能發生什麼事情。任何細節都會增添變數。例如，你從下列的童話開篇

文字中會期待什麼？

> 很久很久以前，有一個位於海邊的王國……
>
> 很久很久以前，在一個白菜園旁邊有一間簡陋的小屋子……
>
> 很久很久以前，在一處最深、最黑暗的森林裡……

「王國」和「海邊」、「簡陋的小屋子」和「白菜園」或「最深、最黑暗的森林」都帶有含義，小朋友會立即知道他們讀的是怎樣的故事。作者不妨斟酌文字去善用或強化氛圍，讓年代和地點更生動鮮明。下面列出三位當代作家的作品，他們分別對北韓、非洲和倫敦設定背景。哪些單字和短語讓讀者推測可能發生什麼事情？此外，哪個地方最危險？

> 主體紀年八十五年[12]，洪水氾濫。下了三週的雨，但沒人用擴音器宣布梯田塌陷，土壩潰堤，村莊被沖毀，逐一從上游堆疊而下。眼看河水暴漲，陸軍忙著搶救製造勝利85貨車的工廠，因此「漫長明日」孤兒院的院童便拿著繩子和長柄手鉤，試圖將災民從清津河拉起來，免得他們被沖入港口。
>
> ──美國作家亞當・強森（Adam Johnson），《孤兒院院長的兒子》（*The Orphan Master's Son*）

---

12 主體曆（Juche calendar，주체력）是北韓自一九九七年起使用的曆法，以金日成的出生年一九一二年為主體元年，因此主體紀年八十五年等同於一九九六年。

　　他們輕鬆通過檢查站，不久便行駛於空曠道路，環繞著下方蒼白的城市前行。多莉看到路邊有小販在兜售東西，大部分是孩子，吉普車一靠近，孩子們便雙手高舉水果或拿著紙板標牌圍攏過來。他們駛離城市，總算鬆了一口氣，開始穿越看似沙漠的空曠地，看見羚羊和野牛嚙咬著稀稀落落的植物。

──珍妮佛・伊根，《時間裡的癡人》

　　倫敦的電網十分複雜，賽義德和納迪亞地區夜間仍有點點亮光，這些亮光出自於邊緣地帶的建物，靠近武裝部隊駐紮的路障和檢查站。此外，不知為何，四散各處的小區塊很難斷電，而且有一棟怪異的建築，住在那裡的移工很積極，甘願冒著危險，甚至可能被電刑處死的風險，設法接通了一條仍未斷電的高壓線路。

──巴基斯坦小說家莫欣・哈密，《門》

角色與地點之間的和諧與衝突

　　如果說角色是小說的前景，地點就是在烘托小說（小說背景）。正如同繪畫構圖，前景可能與背景保持和諧或彼此衝突。打個比方，在喬治・秀拉（Georges Seurat）的著名的印象派繪畫《大傑特島的星期日下午》（*Sunday Afternoon on the Grande Jatte*）中，可見仕女撐著散射光點的洋傘，於散射光點的綠樹下，漫步於夏日風景中。相較之下，在《第一次聖餐》（*Primera comunión*）中，西班牙畫家弗朗西斯科・科蒂喬（Francisco Cortijo）描繪了聖餐當天某個女孩的肖

像。女孩身穿褶飾服裝，抿著嘴唇，頭戴蕾
絲花邊披肩頭紗，坐在裝飾華麗且帶扶手的
靠椅上，背景是空蕩簡陋的昏暗房舍。

在背景中，氣氛通常代表讀者與主角共
享的情緒反應。在小說中，時期、地點、氣
氛、角色和行為不斷相互妨礙，相輔相成，
彼此制約，相互矛盾並互為創造。

> 我確實認為角色是從地
> 點衍生出來的。地點可
> 以發生許多事情。作家
> 可以從某個地點挖掘很
> 多東西，比如敘述者的
> 聲音、大大小小的隱
> 喻、角色和衝突等等。
> ——愛爾蘭演員安德
> 魯·史考特（Andrew
> Scott）

　　海倫娜在薩爾瓦多租的公寓有很高的天花板、大理石地板和
巨型窗戶。即使傍晚時分，巴西炎夏的炙熱緩緩潛入，室內總是
顯得涼爽宜人。她若靠著陽台，可以看到昔日的女修道院環繞屋
前的死胡同。從對面建築物的紅瓦屋頂上方望去，可眺望港口通
向大海的水道。
　　——美國小說家勞倫·格洛夫（Lauren Groff），〈薩爾瓦多〉
（"Salvador"）

在上面的節錄中，時期、一日的某個時刻和地點與各個細節相互
搭配，營造出主角眼中明亮而寧靜的氛圍：很高的天花板、巨型窗
戶、對面、通向大海。在唐·德里羅的《地下世界》中，某個角色懷
著矛盾的心情觀察一日情況：

　　老修女黎明時起床，感覺每處關節都在疼。她從擔任神職人
員起，日日黎明起床，然後跪在硬木地板上祈禱。她會先拉起簾

子。外頭是神創造的世界，有小顆的青蘋果和傳染病。

　　請各位注意兩件事：首先，這段文字內容豐富，有效傳遞訊息，同時融入該角色、背景和氣氛。其次，可以操縱背景來引進預期或意外情況。在下一段中，英國小說家 J・G・巴拉德描繪了一個角色。該角色看著窗外，打造了充滿樂趣的牢房：

　　他很幸運，牢房朝南，整天都能曬到太陽。他將陽光行經的弧線分為十等分，以精確代表白天時數，用窗台掰下的楔形灰泥塊標記時間間隔。他還將每一等分細分成十二個更小的單位。

　　下面的戰爭場面不同於監獄的矛盾景像，讀者會期待士兵艱辛作戰，但作者運用了細節，依舊能描摩士兵傷心慘目的淒苦情緒：

　　士兵的靴子和襪子裡長了黴菌，雨水餵養了這些黴菌。他們的襪子爛了，腳變白變軟了，用指甲就能摳下皮膚。有一天晚上，「臭哈里斯」被水蛭咬傷了舌頭，醒來時哇哇大叫。不下雨時，低垂的霧氣瀰漫在稻田上，四下景物混合成單一的灰濛狀，戰事顯得冷酷蒼白，令人生厭。

　　——提姆・歐布萊恩，《走在獵者之後》（*Going After Cacciato*）

　　背景和角色情緒若是不協調，便已經有了「敘事內容」，亦即故事的構成。修女的痛苦和她對創世的矛盾情緒，還有士兵面臨的嚴峻

局面，這些都引入了衝突。然而，讀者也可能會認為監獄並非是結構合理的空間；此外，在格洛夫透過故事描繪了一間明亮宜人的公寓，可能過不了多久，某位男士就會現身，從街上望著女主角，讀者即便讀到這裡，也不會感到驚訝。

　　請注意，在前述的段落中，和諧、熟悉和輕鬆或與其相對立的元素，並非根據讀者或作家認為這些地方舒適與否來衡量的，而是憑藉與讀者共享視角的角色來評定的。作家也能讓角色的視角和讀者的視角脫鉤，進而全盤或約略評斷該角色。舉例來說，我的小說《切割石》的背景設在一九一四年的美國西南部亞利桑那州，讀者知道埃莉諾・波德斯特來自巴爾的摩，是名愛爾蘭裔的天主教徒，也是社交名媛，卻被放逐到某個塵土飛揚的沙漠小鎮。為了從教會尋求慰藉，她冒險前往墨西哥區：

　　　　棕色的方形建物蓋滿波紋狀金屬片、木板條和破布。其中一個建物不停傳出女人咒罵的聲音。有一隻公雞，腿部光禿，羽毛半點不剩，用爪子抓撓她首先路經的小屋門檻。馬路對面有一個男童，步履蹣跚，搖搖晃晃，除了肚子中央有個破洞的汗衫，什麼都沒穿。男孩抓緊布門，絲毫不理睬她。一切似乎有點令人熟悉。假使有人問她：在沙漠老舊城鎮的中央大街上會看到什麼？她或許連想都不用想，劈頭就說一隻掉羽毛的公雞和一個穿著破爛汗衫的嬰兒。

在那個陌生的環境中，埃莉諾從自身的偏見找到了「熟悉的景

象」，因此她與讀者之間便有了隔閡。正如各位所料，這部小說描述埃莉諾的轉變，她最終選擇與墨西哥人一起生活。

　　如果未表明的敘事者對背景抱持堅持的態度，也會引起讀者的期待。此時，讀者就是與他站在對立面的人，很可能會去預期故事將發生變化或出現矛盾。下面是英國小說家愛德華・摩根・福斯特《印度之旅》的開頭段落：

　　　　除了二十哩外的馬拉巴山洞，強德拉波城毫無景致可賞。城區未遭恆河沖刷，而是緊鄰河岸，綿延數哩，與沿岸四散的垃圾幾乎難以區隔……。街道平淡乏味，寺廟毫無美感。某些房舍即便華麗，卻隱身於花園或小巷，但巷弄污穢不堪，除非受邀作客，無人願意踏足。

　　作者持續以這種方式敘事，筆調冷酷無情，描繪枯燥乏味的強德拉波城，說「建物以泥巴築成、泥流四竄、城區破舊、單調沉悶、腐爛惡臭且土地隆起收縮，而百姓牲畜，低下卑微，卻韌性十足」。這些描述為片面之詞，譴責之深，無以復加，讀者於是期待（再次猜對了）後續段落會出現神祕和美麗的景緻。同理，維吉尼亞・吳爾芙在《達洛維夫人》中採取反向手法，開篇時語氣肯定，盛讚倫敦和春天之美，表達對生活的熱愛，爾後又再度表達對生活的熱愛！讀者便懷疑（又猜中了）故事是否潛藏

用任何知名城市當作背景來創作都很困難……我寫的是這個地方甜美卻陰暗的心靈，討論居民的生活點滴與周遭發生的事情，而這些是遊客無法窺探的。
——美國作家巴布・強森（Barb Johnson）

死亡和仇恨。

　　可以憑記憶或做研究去建構實際的環境，但必須拓展心靈，方能憑空想像虛構的世界。「很久很久以前，在一個遙遠的地方」、「夢境」、「地獄」、「天堂」、「垃圾滑槽」、「中土」、「霍格華茲魔法與巫術學院」和「潛意識」都可當作絕佳的小說背景。即使是烏托邦小說，將場景設在「無人知曉之地」（Nowhere的字母N要大寫，或者像反傳統的英國作家塞繆爾·巴特勒〔Samuel Butler〕的作品《埃瑞璊》（*Erehwon*）一樣，把nowhere反過來拼寫），事件卻都發生於有明顯特徵的地方。將場景設於外太空之所以讓人感到新奇，正是因為太空的邊境是人類已知世界的邊緣。當然，作者也必須賦予外太空特徵和氛圍，描述也得合乎邏輯。如果要這般創作小說，字裡行間就必須更加深刻營造場景氣氛，因為讀者比較難以憑藉自身經驗去體會太空景象。

　　　太陽逐漸西沉，亮光打在謝維克臉上，將他喚醒，此時飛船已通過「拿瑟拉斯」（Ne Theras）的最後一處高聳關口，朝南轉向……他把臉靠著蒙塵的窗戶，果然，下方有兩處低矮的荒涼山脊，中間有一大片設置圍牆的場地，那裡就是「港口」（the Port）。他急切觀望，想看看起降場是否有太空船。這裡跟烏拉斯（Urras）一樣荒涼，卻仍算是另一個星球；他想看來自另一個世界的飛船，瞧瞧橫越冰冷可怕的深淵而至此的遠航探測器，那是外星人親手打造的機具。然而，港口沒有停泊任何飛船。

　　　　　　　　　　──美國科幻小說家娥蘇拉·勒瑰恩，《一無所有》

讀者可能被帶入甚至連主角都感到陌生的外太空，但這顆星球在某些方面與地球類似，好比「西沉的」太陽、山巒關口、牆壁、場地和山脊，而且讀者身處這樣的新環境，也會跟主角一樣有類似的期待。讀者看到「果然」兩個字，便恍若置身於某個特定而真實的地方。他們就是出於這種特定的真實感，才會著迷於故事情節。

象徵性的地點

自從「玫瑰色曙光」（rosy-fingered dawn）照亮了荷馬史詩《伊利亞德》（*Iliad*）的戰場（毫無疑問，先前亦是如此），詩人和作家時時不斷援用這種修辭風格，運用歷史、夜幕、風暴、群星、汪洋、城市與平原之類的語境營造面對蒼茫宇宙的天問姿態。

偶爾，宇宙會有所回應。莎士比亞在其戲劇中經常將國家與角色的衝突比喻成天體的衝撞。弗蘭納里‧奧康納在〈救人就是救自己〉（"The Life You Save May Be Your Own"）中仿效莎士比亞而刻意運用「自然的力量」，讓背景反映並影響主題。這個經典故事的主角是謝浮理特先生（Mr. Shiftlet），他先向一位殘疾的鄉村女孩求愛，然後拋棄了她，還偷了她的汽車，在某個「又熱又悶」的天氣中揚長而去。謝浮理特向上帝祈禱，希望祂「能突然顯靈，洗淨塵世污濁之物。」大自然的行徑與本篇故事名稱對比之下帶有諷刺意味，顯示謝浮理特詛咒的人可能就是自己。

幾分鐘之後，後方傳來陣陣雷鳴，斗大的雨滴如錫罐蓋一樣砸在謝浮理特先生的車尾上。

然而，讀者先前不會發現這種象徵入侵了作品。整個場景始終顯得自然且令人信服，直到上天雷鳴咆嘯，落下斗大雨滴。

要讓讀者融入故事，確實能運用這種象徵手法。營造象徵是高級技巧，很難上手，莎士比亞和奧康納能運用自如，但初學者最好不要使用這種手法。話雖如此，當作家的好處就是可以創造嶄新的世界。你可以透過文字，讓地點、時間和自然力量去表達情感。查爾斯‧巴克斯特在《燃燒房屋》（*Burning Down the House*）勸告寫作者要朝最高的理想邁進：

> 虛構角色周圍的事物與角色本身具有相同的狀態和能量。要從定義地點的角度去設置場景，因為它不僅是人物行為發生的地方。（地球也不是人類恰好誕生的珍貴地點。）

▶敘事時間的某些層面

文學基於本質和題材，乃是與時間緊密結合，這點是其他藝術難以具備的。繪畫通常代表凍結的時間，觀看時間取決於看畫者的選擇；若要說看過一幅畫，不必滿足任何外部標準。聽音樂要花一段時間，樂句的時間安排至關重要。然而，其時間體系通常是自給自足且獨立的，沒有牽涉外界時間。讀一本書也得花點時間，但讀者能自行掌控閱讀速度，可以隨意掩卷或拾起書本。

然而，在敘事之中，最關鍵的時間關係是「內容時間」，亦即故事涵蓋的時間。寫出一則二十分鐘左右便可讀完且包含大約二十分鐘

動作的故事是有可能的（法國小說家尚—保羅·沙特做過這種「持續現實主義」〔durational realism〕的實驗），但誰都沒說小說非得要這樣寫。有時這段時間會被縮短，有時則被拉長。從開天闢地至今的世界歷史可以用一句話來概括，但只持續四秒鐘的危機卻能用一章的篇幅來描述，甚至可以同時運用這兩種寫法。英國小說家威廉·高丁（William Golding）小說《品徹·馬汀》（*Pincher Martin*）從頭到尾講述的，就是主角開始脫下靴子，一直到溺死時仍穿著靴子。然而，有位學生問道：「這中間到底花了多少時間？」高丁回答：「無窮無盡。」

概述與場景

　　概述與場景是小說處理時間的方法。概述用相對較短的篇幅去涵蓋相對較長的時間，場景則是用來闡述相對較短的時間。

　　概述很實用，通常是必要的敘事手法，可以提供訊息、補充角色背景、讓讀者理解某個動機、變換節奏步調、過渡故事情節，以及瞬間跨越時間。下面這段文字是摘要的範例，橫跨了半個世紀，只用三句話便概述讀者需要了解的情況，並提及相關的背景和歷史：

　　　　五十年以來，絮絮叨叨，嘮嘮喃喃，唸起來沒完沒了。不管姊姊做什麼，我媽都認為不夠好，我爸也這樣想。姊姊遠走英格蘭避禍，嫁給了一個英國人。那個人去世時，她又嫁給了另一個英國人，但這還不夠。

　　　　——美國作家莉迪亞·戴維斯（Lydia Davis），〈我的姊姊和英國女王〉（"My Sister and the Queen of England"）

　　下一行提及讀者想關注的特定場景：「然後，她被授予大英帝國勳章。」

　　概述可謂故事的基石，但場景卻是砌塊。場景是敘事的重要手段，包含動作，可讓讀者與角色一起體驗故事。概述可能是有用的敘事工具，但對於小說，場景始終不可或缺，因為它能讓讀者看見、聽見和感受不同時刻的情節發展。傑羅姆‧斯特恩在《小說創作的藝術》中指出，如果作家想要吸引別人關注，就得像小孩子使性子，要「大吵大鬧」，大張旗鼓創造一個場景，使出全套的看家本領，引入「對話、身體反應、姿勢、氣味、聲音和想法。」

　　完全不用概述而只用一個場景去寫一則故事是有可能的，但不可能光靠概述就能寫出引人入勝的故事。剛入門的小說家最常犯的錯誤，就是概述事件，不將時間分段去詳加描述。

　　下面這段範例出自於瑪格麗特‧愛特伍的《女祭司》（*Lady Oracle*），敘事者從幼女童軍團走回家，其他年紀較大的女孩不斷嘲弄和嚇唬她，說她會受到壞人的威脅。

　　積雪終於化成了雪泥，然後變成了水，形成兩股細流，緩緩流入橋邊斜坡，水流一邊一股，小路泥濘不堪。橋溼潤潤的，發出霉味，柳樹枝早已枯黃，可以開始跳繩了。此後幾天，下午又放晴了。某天下午，伊麗莎白改變了想法，所以沒有跑開，而是跟其他女孩討論是否有可能被男人威脅。不料，真的出現一個男人。

　　他站在橋的另一端，離路邊有段距離，手舉在胸前，握著一

束水仙花。他相貌不錯，不老也不小，穿著很好的粗花呢大衣，既不破舊，也不骯髒。他沒有戴帽子，頭髮為栗色，髮際後移，陽光打在他的額頭上，照得閃閃發亮。

　　第一段介紹了幾個月的情況，然後過渡到某個下午。第二段詳述某個特定時刻。請各位注意，儘管概述讓讀者無法看清角色的動作，但仍然必須加入細節，讓畫面栩栩如生，好比範例中的「積雪、小路、橋樑、柳樹枝和跳繩」。當讀者專注於特定時刻時，這些細節將變得更加清晰。更重要的是，當衝突出現時，就要引入場景。原先被描述為會威脅人的壞男人果真出現了，但他卻溫文儒雅，出人意料，這便暗示故事的轉折，引入女孩之間關係的改變。讀者需要明確看到發生這種變化的時刻。

如果你去印度加爾各答，問當地人什麼是異國情調，他們會說：「愛荷華州！」此時，你那些異國情調的神話就會立即破滅。對人來說，家鄉以外的異域都帶有異國情調。
——美國小說家鮑勃·沙克奇斯（Bob Shacochis）

　　《女祭司》這部小說自始至終都不斷重複這種模式，但這絕非是不尋常的：先用概述去引入情節，然後描寫場景去代表轉折。

　　我的工作非常簡單，就是站在射箭場的後面，穿著紅色的皮圍兜，把箭租給客人。當筒裡的箭快要用完時，我就得走到稻草靶……問題在於，當我們要去靶子那邊取箭時，不知道客人是否都把箭射完了。此時，羅伯會大喊：「請各位『把弓放下』，『取下』上弦的箭。」然而，偶爾有人會有意無意把箭射出去。我就

是這樣被射著了。我們當時正在拔箭，其他人抬著箭筒走回發射線。我在換靶面，剛一彎腰，就被射中了。

這些段落的概述是兩種最常見的類型。第一段的概述屬於連續性的；它按順序描述事件，但將時間壓縮：「積雪終於化成了雪泥，然後變成了水，接著柳樹枯黃了，可以開始跳繩了」。從冬天過渡到春天的這段時期濃縮於一個段落之中。

第二段摘錄的概述是按情況而定的；它描述某段時間內的一般情況，亦即經常發生的情況。敘事者「站在射箭場的後面，然後從箭靶將箭取下，那時羅伯會大喊」。當敘事者又面臨改變自己情況的事件時（「我被射著了」），她將注意力集中於某個特定的時刻：「我在換靶面，剛一彎腰」。

若要釐清概述和場景的區別，請將連續性、視時宜而定和場景與你自己的記憶過程相互比較，因為人的記憶也會大幅壓縮時間。你可能將自己的過去視為時光的流逝：「我出生於亞利桑那州，與父母一起住在那裡，直到十八歲才離開。然後，我在紐約待了三年，最後去了英國」。你也可能記得某段時期的情況：「我們在紐約的時候，經常去百老匯大街吃宵夜，朱迪總是會胡說八道，我們吃完就回宿舍」。然而，當你想到某些改變你生命的事件時，你的記憶就會向你呈現一幕場景：某天下午，波維教授下課之後在走廊上攔住了我。他搖了搖眼鏡，說道：「你有沒有想過去英國讀書？」

無論概述是連續性的或按情況而定的，都是要讓場景更為生動鮮活。它可以運用於場景之前和場景之中，藉此暗示與過去的關係、強

化情緒，或者拖延耽擱，讓讀者更期待後續發生的事情。讀者仍然會在場景中體驗到戲劇效果（發現、決定和可能發生的改變），從而沉迷於故事。以下範例出自於羅塞倫・布朗的《凶殺後》（*Before and After*），達到了上述三種效果。例子講述某位父親看到一名年輕女孩被謀殺而不安，便到漆黑的車庫裡去檢查兒子的汽車。

> 白雪在光線的照耀下成了淡紫色。就像會在天文館看到的怪異燈光，它會改變其他物體的顏色，讓白色燈光成了藍色。雅各和我喜歡去波士頓的科學博物館。那是不久以前，他還是個孩子，聽到男館員用低沉的官方口吻描述炫麗的旋轉行星與難以解釋的反引力現象時，都會激動不已。雅各很容易激動，當然這些都過去了。

請注意，布朗三言兩語便概述過去的情況（按情況而定的）以及事情是如何逐漸變化（連續性的），還提及了時間、天氣，甚至描述旋轉的天體的現象，讓讀者豎起耳朵，聆聽即將發生重大變化的「瞬間」：

> 我還想檢查一下後車廂。我好像沐浴在車庫外被皎潔月色照亮的空氣之中，感到如釋重負。當然，我還是有點疑惑的，但雅各可能沒有殺人。後車廂啪嚓一聲打開了，就像活動橋一樣緩緩升起。我突然感到窒息，差點跌坐在地上，因為我看到了一灘血。

　　檢視你腦海中的這三種記憶（連續性的、按情況而定的和場景），你將會了解小說必須具備場景。你要詳細記住改變你生命的那些時刻。你的記憶會告訴你故事，它非常擅於此道。

空白空間

　　維多利亞時代的小說通常會分為幾章，敘事沒有從中截斷，這種寫作習慣一直延續到二十世紀。這就表示某個或多個角色需要從某個地方移動到另一個地方，才能從某個場景換到另一個場景，無論移動的範圍是橫跨英國或上下樓梯，移動的時間是從夜晚到早晨或從童年到成年，作者必須一路引領著讀者。如果作者在某個段落結尾時，描寫某一家人擠進了汽車，寫道「三個小時之後，他們抵達了……」，這樣收尾是最糟糕的。遇到這種情況時，要運用一點訣竅，以一到兩幅圖像去暗示角色情緒或讓讀者產生距離或時間的印象，藉此快速營造中介空間或時間。以下範例展現福斯特在《印度之旅》中的寫作技巧，表明他如何通往關鍵的場景：

　　　　他們原本打算爬到山頂的石板上，但距離過於遙遠，只好待在這群大洞穴中。他們前來此處時，路經幾個孤立山洞。嚮導說服他們進去探查，可惜無足可觀。他們點燃一根火柴，欣賞柴火於光滑石面反射的光亮，然後喊了幾聲，聽到了迴聲，最後就出了山洞。阿齊茲「很確定他們很快就會發現一些有趣的遠古雕刻圖案。」但他這樣說，純粹是出於希望。

　　福斯特擅長寫遊記，但許多作家卻沒有這種天賦，插入的某些過渡，讀起來就像為了存在而存在，根本毫無意義，只會拖慢節奏。我以前要寫一段同時壓縮和延長時間的段落時，經常寫得滿頭大汗，痛苦不堪。

　　然而，讀者現在常看電影，早已習慣直接「切入場景」，作家已經不必再絞盡腦汁去轉場了。人們看了早期的動態影像，便習慣於從某個場景過渡到另一個場景，前一段畫面緩慢淡出，出現黑幕，或者用下一個畫面劃掉前一個畫面的「劃接」、用特寫或黑背景突顯主角的「強調描寫」鏡頭。到了二十世紀，電影場景會突然轉換，觀眾看到光線或場景的變化，便知道時間跳到了隔天，或者地點轉換成另一處。小說採用「空白空間」（white space）作為敘事的「切入方式」，而讀者知道文字換行讓視線中斷，表示情節重新開始，若從某人的視角來看，地點換到了另一個城市，時間跳到了隔天早晨。

　　下面的文字節錄於印度作家阿拉維德・阿迪加（Aravind Adiga）的《甄選日》（Selection Day），場景做出三種變化，角色也轉換了情緒：單靠簡單的空白空間「切入」，時間便跳躍了幾個小時，地點從板球場轉到一個富人的公寓，視角從小人物轉到主角身上，情緒從凶暴轉為羞愧：

　　　　登納瓦茲正轉過身來再要水，突然發現脖子頂部被什麼東西砸到，就像有人拿大錘打他，壓縮了他的脊椎骨，脊柱尖幾乎要刺穿皮膚。

　　　　球員聽到尖叫聲時，板球比賽便停了下來。

曼朱要他父親暫時先別動，然後替他倆簽了警衛登記冊。電梯在可折疊的格子門後面等候。裡面沒有電梯男孩，只有一張冷板凳。曼朱進入電梯之後按住格子門，讓父親可以跟著進入。

當然，過渡偶爾是故事的一部分，而且包含必要的場景。如果不是這樣，你要是覺得讓角色從這裡到那裡、又要從那時到現在而感到很煩，讀者也可能會讀得很煩，此時不妨借用空白空間去跳躍時空。

倒敘

「倒敘」是小說創作中最神奇的手法之一。相較於其他媒介，在小說中運用倒敘更為容易且有效，因為讀者回憶過往時，速度快於專為舞台或電影設計的東西。作家必須讓讀者順暢地回顧過去，而故事中的人物會藉由時間錯位，隨意前往作家想要的任何年代和地點。

話說回來，許多初學寫作的人還是過度使用了倒敘手法，因為倒敘非常好用，可以提供背景故事，告知讀者某個角色的童年生活或動機，甚至事件的過往訊息。倒敘經常被視為提供背景故事最簡單或唯一的方法，其實不然。對話、概述、引證或細節都能告訴讀者他們需要知道的內容。當前述手法足夠時，使用倒敘便顯得累贅冗長，強迫讀者脫離故事重心所在和關注的當前時刻。此外，這些侵入性的段落（倒敘）往往在故事初期便已出現，那時讀者都尚未被故事情節吸引。

作家需要非常清楚主要角色的背景、經歷、失望或創傷，或許只要三言兩語，便能

> 背景故事只能用來鋪陳前景故事。
> ──威廉·H·科爾（William H. Cole）

告訴讀者他們需要知道的訊息。讀者常看電視和電影，也大量閱讀了書籍和新聞，非常了解敘事手法。作者不必將解釋性的過渡橋段全部納入，讀者馬上便能掌握情節。只要輕描淡寫，兩、三句話便能讓讀者知道一對夫妻的婚姻出了什麼問題、為何另外兩人會接吻、作奸犯科的人何時將遭受懲罰，以及主角何時將面對試煉。

如果很想用倒敘去填補過去，就用日誌去探索背景，寫下你能想到的任何東西，記得要速記，然後仔細推敲，決定可以使用多少、讀者能推斷出多少、如何銳化圖像來暗示過去事件，或者濃縮內心悲痛，僅憑一行話便表露無遺。你要相信讀者，他們有生活經歷，可以從角色的態度、姿態和語氣中了解事件。此外，你也要讓當前的故事情節繼續開展。

若能善用倒敘手法，在適當時間揭示過去事物，便不會讓讀者分心，反而會使其更著眼於故事的核心情節：讀者會在腦海中暫停向前推展的敘事，同時更深刻了解敘事內容。

如果你發現需要回顧過去，從中揭示某個角色為何會有那種反應，或者他為何被周圍的人誤解，甚至想解釋某些激發情感的關鍵點，此時可運用好幾種方法讓讀者融入情節。

提供某種過渡。將現在發生和過去發生的事情聯繫起來，可以讓讀者和角色一樣被轉移目光。

不要明目張膽使用過渡的字眼，好比「亨利回想過去……」或「回憶漾漾蕩蕩，帶我回到過往……」。你要相信讀者足夠聰明，能跟隨你的字句跳躍時空。

穿著高筒運動鞋的孩子踮起腳尖，把球灌進籃框。

喬以前也曾在西摩街邊的球場扣過一次籃，那時他還比魯珀特矮四吋，不過臉上已經長青春痘了。

平穩過渡到過去可以迅速總結必要的背景訊息。下面的範例出自於伊莉莎白・史卓特的〈風車〉（"Windmills"），主角帕蒂想起去世的父親、眼下令人痛苦的事情，以及無意中浮現的點點滴滴與家人的關係：

太陽已經西沉。當帕蒂路經風車、已在回家的半途時，滿月開始升起。她父親去世的那天晚上，也是滿月。每當滿月時，帕蒂總覺得父親在天上遙望著她。她手握方向盤，搖了搖手指，示意向父親問好。爸爸，我愛你……

她在家裡時，開著的燈光讓房子看起來溫暖舒適；她學會如何獨自生活，其中一件就是讓燈開著。然而，當她放下皮夾，穿過客廳時，可怕的回憶自心中湧起，她以前的日子真不好過。萊拉・萊恩讓她煩透了。帕蒂罵她是個賤貨，但她如果向校長告密，該怎麼辦？萊拉・萊恩這個女人可是會這樣幹的。帕蒂的姊姊以前沒有幫過她，也沒有必要打電話給住在洛杉磯另一個姊姊，反正她倆也不曾說過話，哦，還有她的母親。

作者讓主角先遙想父親，然後想起靠近現在的事情，讀者便能做好準備，接受迎面而來的各種事件。史卓特用清淡的筆觸，點出這家

四個女人的關係，與帕蒂對父親的懷念形成對比。

如果你用英文的過去式寫作，要用過去完成式來倒敘（好比：she had driven〔她先前開過車〕和he'd worked〔他先前做過〕），並且再使用兩到三次的「had +（動詞）」結構，然後切換到簡單過去式（比如：she raced〔她跑著〕或he crept〔他爬行〕），如此一來，讀者的思緒就會跟著你的筆觸。假使你用現在式創作，要用過去式來描述整個倒敘過程。

倒敘時不要又再去倒敘。如果你忍不住想用這種拙劣手法，表示你想用倒敘去帶入過多的情節。

結束倒敘時，一定要明確指出你又重回到現在。重複一個讓讀者能夠記住屬於故事基本時間的動作或意象，譬如上述例子中的「她搖了搖手指」和「帕蒂的姊姊以前沒有幫過她」。即使倒敘很久，只要用點字句，便能讓讀者想起眼前情況。如果角色正在一家高檔餐廳吃晚餐，可提到他正在咀嚼的食物、銀器餐盤碰撞的聲響，或者對面顧客的表情，藉此將讀者拉回現實。通常只要在段落開頭寫下「現在……」，就能讓讀者回神過來。

慢動作

「倒敘」和「切入」是從電影借用的術語。我還想借用一個，就是「慢動作」，用來表明敘事時間與重要細節的關聯。

只要情緒高亢激烈時，感官就會格外靈敏，而且會比平時記錄更多的訊息。人在萬分危急時，會有一種奇怪的感覺，覺得時間變慢了，所看、所聽、所聞和所記都會格外清晰。我們可以倒過來，將這

種心理現象套用到藝術：可以用高度聚焦且極為精準的細節去營造強烈的感覺。這種現象非常普遍，已經成為拍攝電影的一種標準慢動作技巧，藉此呈現諸如外力撞擊、槍擊、情欲和極度恐懼。這種技巧也能在小說中發揮得淋漓盡致。

還記得先前舉的羅塞倫‧布朗的作品節錄嗎？他寫道：後車廂「啪嚓一聲打開了，就像活動橋一樣緩緩升起」。

英國小說家伊恩‧麥克尤恩在《時間裡的孩子》展示了這項技巧：

> 事情發生時，他正準備超車。他似乎看得不太清楚，貨車輪子有個裂縫，塵土飛揚，然後有個又黑又長的東西，蛇行了一百呎，向他衝來。那個東西拍打著擋風玻璃，停留了一下，他還沒搞清楚究竟是什麼，它就飛奔而去。然後（或者這是同一時間發生的？），貨車的後頭劇烈搖晃，邊跳邊搖，車體打滑，刮出一大片火花，即便烈日高照，火花依舊十分耀眼。有一個彎曲的金屬物件飛到一邊。史蒂芬總算能換腳去踩剎車，他還看到一把掛鎖在鬆動的輪緣上搖晃，車屁股厚厚的積塵上寫著：「把我洗乾淨。」金屬刮擦地面，發出刺耳的聲音，還新冒出火花，大到足以形成白色火焰，掀翻貨車的尾巴。

我認為只要妥善描繪場景，角色自然會因應而出，各自就位。故事都是出自於場景。
——美國作家安妮‧普露（Annie Proulx）

人只要經歷過事故，讀到麥克尤恩慢動作的描述，必定能產生共

鳴。然而，即便讀者沒出過事故而只能光憑想像，也能理解用慢動作
描述的文字：

> 　　血從我的左腿動脈噴了出來。我看不見血，也不記得自己怎
> 麼知道的……過了一會兒，就只剩我和帕特里克了。我告訴自
> 己，他會好好照顧我，但我沒有說出口，我不再掙扎，我讓自己
> 冷靜，放慢呼吸，定睛在眼前時刻，專注於每分每秒……等待死
> 亡或保持清醒，就像小時候打針一樣，先學會不去想這件事，而
> 是讓自己全神貫注於眼前，放慢呼吸，放鬆肌肉，甚至當護士用
> 酒精棉籤擦拭皮膚手臂時，也放鬆手臂肌肉，去感覺那清涼的酒
> 精，聞它的味道，感覺踩著地板的腳，還有看著牆壁的顏色，心
> 裡只想著這些，在緩慢呼吸之際，陷入恍惚，感覺一秒鐘的長
> 度、寬度和深度。
> 　　——安德烈・杜布斯（Andre Dubus），〈呼吸〉（"Breathing"）

當強烈衝擊或造成創傷的瞬間不是讓身體、而是令心靈受傷時，
慢動作技巧依然能夠發揮作用：

> 　　那時是午夜，他們正在熟睡，寶琳悄悄走進兒子房間，看到
> 床上有兩個人。她打開了燈。房間又冷又悶。讓她感到溫暖的，
> 就是從兒子身上散發的味道，打從生下他以來，寶琳就記得這股
> 味道。這股味道就像母狗記得幼犬的味道，她是不會記錯的。這
> 股味道夾雜著女性腺體散發的愛撫氣味。貓咪像皮毛手套一樣，

蜷縮在薩莎彎曲的膝蓋下面。床上的兩個人睜開眼睛，從睡夢中甦醒，定睛之後，看到了寶琳。寶琳看著兩人，看到他們露在被子外面裸露的肩膀。

　　——南非作家納丁・戈迪默（Nadine Gordimer），《自然的遊戲》（*A Sport of Nature*）

　　運用這項技巧時，關鍵在於要據實接受讓人心驚的事件，同時觀察不起眼、偶爾甚至是隨機的細節。故事角色不會說：「天哪，我們要死了！」或「這實在太過分了！」他們反而會看到掛鎖搖搖晃晃，感受清涼的酒精棉籤，或者看到貓咪依著彎曲的膝蓋捲成一團。

　　初學寫作時常常會忽略設定景場和時間，這可能是他們以前讀過冗長沉悶的描述字句。作者若是不停描繪自然美景或華麗裝飾，讀者當然會讀到打哈欠。然而，只要能營造良好的氛圍，讀者就不會認為那些是描述字句，而會融入情節之中。從寫小說的角度來看，只提供訊息的對話就過於死板，只描述畫面的描述字句也是太沉悶。如果能夠全盤展示地點和時代，描述某個角色的家庭來揭露其性格特徵，或者描述天氣來表達人物情緒，甚至透過季節遞嬗和歷史變遷來鋪陳情節，這些都是作家和讀者樂見之事。一旦掌握操縱氣氛的技巧，便會發現將故事設定在某個特定時間的某個地點，即可掙脫束縛枷鎖，信筆鋪陳情節。

📖 延伸閱讀　呈現故事舞台之精采範例

〈嚴肅的談話〉（ "A Serious Talk" ）

　　　——瑞蒙・卡佛（Raymond Carver）

〈美麗的語言〉（ "The Bella Lingua" ）

　　　——約翰・齊佛（John Cheever）

〈杜塔太太寫了一封信〉（ "Mrs. Dutta Writes a Letter" ）

　　　——切特拉・巴納吉・迪瓦卡盧尼（Chitra Banerjee Divakaruni）

〈混戰〉（ "Battle Royal" ）

　　　——拉爾夫・艾里森（Ralph Ellison）

〈搭車遇禍〉（ "Car Crash While Hitchhiking" ）

　　　——丹尼斯・強森（Denis Johnson）

〈醫生的翻譯員〉（ "The Interpreter of Maladies" ）

　　　——鍾芭・拉希莉（Jhumpa Lahiri）

〈真女人就該有身體〉（ "Real Women Have Bodies" ）

　　　——卡門・瑪麗亞・馬查多（Carmen Maria Machado）

〈巨翅老人〉（ "A Very Old Man with Enormous Wing" ）

　　　——加布列・賈西亞・馬奎斯（Gabriel García Márquez）

〈你也很醜〉（ "You're Ugly Too" ）

　　　——羅麗・摩爾（Lorrie Moore）

〈假面奇蹟最後的立足點〉（ "The Masked Marvel's Last Toehold" ）

　　　——理查・謝爾澤（Richard Selzer）

✍ 寫作練習　挑戰不同的故事背景

1. 思考一下家庭、思鄉病、異域情懷和疏離的概念。將某個角色置於場景，使其因為地點、時間和天氣而在心中湧現這些想法。

2. 寫兩個角色因為環境而發生衝突。一個想留下，另一個想走。你挑選的環境愈有趣，場景便愈有趣。讓這兩個人物的衝突更加激烈。然後化解衝突。誰贏了？如何贏？為什麼？

3. 撰寫一個帶有倒敘的場景，讓過去的訊息對於理解當前情況至關重要。

4. 將某個角色置於被剝奪常見特徵的環境中，好比：沒有海水的海灘、沒有樹木的森林、沒有建物的城市（無論選擇怎樣的地貌都行）。你的角色在那裡做什麼？

5. 幻想遙遠的過去或未來。撰寫一群人爭吵的場景。在那個遙遠的時代，人們如何化解衝突，而解決之道與現今熟知的方式有何不同？

6. 撰寫一個場景，從成年人或老年人的視角回顧童年或青少年時期。讓這些人從眼前已經改變的環境替回憶添加色彩。

7. 幻想一次事故，嚴重程度不拘，好比割破手指、出車禍、打破花瓶或房屋失火，並且寫好幾個版本：用一句話概述、用一段文字去描寫、用一個場景去訴說，或者用慢動作去仔細描摩。從拍攝電影的角度思考，取鏡從全景移至中特寫，然後逐漸拉進距離去特寫，直到大特寫為止。

第六章

塔與網
情節和結構

　　最初傳講故事的人是出於想講故事的衝動而講故事,地點要不是在帳篷裡或仕女閨房,否則就是圍著篝火或在維京人的海盜船上。他們講述各類英雄冒險事蹟,讓聽眾愉悅度過無聊至極或危險四伏的暗夜。這些人善於營造懸疑的氣氛,比如接下來發生了什麼?然後呢?後續又發生了什麼?

　　天生善於講故事的人比比皆是,有人藉此賺得荷包滿滿,有些人的作品高居暢銷書排行榜,有些人的創作改編成電視影集和電影,有人則替漫畫和電玩撰寫故事。然而,人的寫作衝動可能與構思情節的欲望和技巧毫無關聯。你之所以想寫作,因為你天生敏感,習於洞察世事。你想訴說故事,卻無法回答以下的問題:接下來發生了什麼?你跟多數(也是最棒的)當代小說作家一樣,認為這個荒誕的世界不公不義卻美麗迷人,想要記錄自己的抗爭、歡笑和肯定。

　　話雖如此,讀者仍然想知道接下來會發生什麼。除非能讓讀者心生好奇,否則他們不會繼續翻閱你的小說。你必須掌握情節,無論見解多麼高深或啟人心智,只要沒人捧讀你的作品,誰都不曉得你的想法。

　　當編輯不厭其煩給某位年輕作家寫拒絕信時(編輯認為這位作者頗有才華,才會這樣做),內容大意通常如下:「您的大作細膩誘人(頗有見地、生動活潑、原創新穎、內容絕妙、風趣逗人和感人肺腑),卻稱不上是個『故事』。」

　　如何才知道自己寫的是一則故事?如果你並非天生的吟遊詩人,能否四處借鏡去學會如何撰寫故事?

　　有趣的是,當「公式」和「形式」這兩個詞套用到故事時,我們

卻以截然不同的態度看待它們。套用公式的故事是粗劣的平庸作品：要寫一則粗糙的故事，只要在超市結帳處查看貨架上的故事書，讀幾本言情小說、科幻小說或太空冒險，列出編輯接受哪些人物，調動幾乎相同的角色，使其處於稍微不一樣的情境，然後交出作品，等待出版商付錢。相較之下，形式是對藝術最高的禮讚，甚至是景仰，暗示著「秩序、和諧、模式和原型」。

　　「故事」是文學的「形式」。故事就像人臉，有必要的特徵，要呈現必要的和諧感。人臉千差萬別，每張皆有特色。你只要記住了一張容顏，哪怕它有所改變，二十年後，你依舊一眼便能辨認出來。細微的臉部變化能表現出悲傷、憤怒或喜悅。如果你將以色列女演員蓋兒‧加朵（Gal Gadot）和美國阿帕契族貝當可黑部落的歷史知名領袖傑羅尼莫（Geronimo）並列來看，立刻便能發現這兩者的年齡、種族、性別、階級和生存世紀天差地遠。然而，這兩張臉跟腳或蕨類相比，區別並沒有那麼大，但它們卻有截然不同的形式。每張臉都有兩隻眼睛、眼睛之間有一個鼻子，下方是一張嘴，上有一個額頭，旁有兩片臉頰，兩隻耳朵和一個下巴。假使一張臉缺了某個特徵，你可能會說：「雖然這張臉沒有鼻子，我還是很喜歡它。」然而，你還是用了「雖然」這個字眼。你不會說：「這張臉太完美了。」

　　故事亦是如此。你可能會說：「雖然它欠缺引人入勝的情節，我還是很喜歡它。」你不會說：「這個故事太棒了。」

▶衝突、危機和解決

　　描述故事形式的必要特徵時，有效的方法是從故事的「衝突、危機和解決」等層面切入。

　　衝突是小說的基本要素。劇作家兼導演伊力‧卡山（Elia Kazan）將衝突直接描述成「兩隻狗在搶一根骨頭。」美國小說家威廉‧福克納指出，除了「意志的衝突」，小說還能表現「內心的衝突」；換句話說，角色內心與角色之間都會有衝突。在生活中，「衝突」通常帶有負面含義，而在小說中，無論是喜劇或悲劇，充滿戲劇張力的衝突不可或缺。在文學中，唯有麻煩才是有趣的。

> 我喜歡物理學對張力的定義：兩個相等的力量沿反方向互拉。力量之間的張力：「表現」對上「壓抑」。「動態」對上「靜態」。「不知」對上「知道」。
> ——美國小說家黛博拉‧門羅（Debra Monroe）

　　「唯有」麻煩才是有趣的，但現實生活並非如此。大家能暢心交流、和樂融融以及工作有成效，才能感受生活樂趣。然而，描寫這些東西會讓人讀之索然無味。它們可當作危機發生前的鋪墊，作為一種解決方式，甚至當作可怕事件發生之前的預兆，卻萬萬不能用來鋪陳整個情節。

　　假設你去野餐，發現一處美麗的草地，四下無人，附近有一座湖泊，而且天高氣爽，遊伴也很好。餐點非常美味，湖水清澈見底，也不被蟲子打擾興致。有人事後問你野餐如何。你回答：「很好，棒極了！」然而，這成不了故事。

　　假設你下個星期又去野餐，卻誤把野餐墊鋪在蟻穴上。你和遊伴被叮得哇哇大叫，紛紛跑到湖邊沖洗被叮咬的部位。其中一個朋友扶

著塑膠筏，卻不慎飄流得太遠，而膠筏又漏氣。他不會游泳，你得去救他。但你去救他時，踩到了碎玻璃而劃破腳。當你們回到野餐墊時，蛋糕上爬滿了螞蟻，雞肉也被負鼠啃了。就在此時，變天了。你們匆忙收拾東西，準備奔回車子。說時遲，那時快。你看到一頭被激怒的公牛衝破了籬笆。其他人紛紛逃命，但你的腿在流血，你只能一瘸一拐地跑。眼下你只有兩種選擇，要嘛跑得比牛還快，要嘛站著不動，希望這隻牛只會對四處狂奔的目標感興趣。目前情勢緊急，你不知道朋友是否會來救你，也不曉得你剛救他一命的書呆子會不會前來搭救。事到如今，你也不知道牛聞到鮮血的腥味才會攻擊人的說法是否正確。

　　一年以後，假設你要向別人講這件事，你會說：「我來跟你們講去年發生的事。」大夥聽完以後會說：「真是太精采了！」

　　查爾斯·巴克斯特在《燒毀房子》（*Burning Down the House*）中逼真地寫道：

　　　　不管怎麼說，地獄（混亂折磨人的事物）是故事的好素材。如果你想寫一則扣人心弦的故事，就把主角丟到可惡的人群裡。地獄的機制與敘事的機制搭配得天衣無縫，但天堂的歡樂情景卻不適合拿來描述。天堂不是寫故事的好素材。天堂是故事結尾時發生的事情。

　　把野餐寫成一則故事不容易，把其他現實生活的主題（好比：出生、愛情、性愛、工作和死亡）寫成故事亦是如此。下面是一則現實

生活的愜意愛情故事：簡和喬恩在大學相識。兩人相貌出眾、天資聰穎、才華洋溢、人緣很好且生活愜意。這對戀人的種族、階級、宗教信仰和政治立場都相同，床事也很和諧。他們的父母也立即成為好朋友。他們剛畢業就結婚，在同一個城市找到待遇極佳的工作。他們育有三個孩子，孩子都很健康、快樂、美麗、聰明且討人喜愛。這些孩子愛簡和喬恩，也很尊敬他們，一家人和樂融融，令人羨慕。孩子們長大之後，工作順利，婚姻也很美滿。簡和喬恩最終在同一日壽終正寢，享壽八十二歲，死後安葬在一起。

　　簡和喬恩都很滿意上面的愛情故事，這點毫無疑問，但是你無法把它寫成一部小說。愛情故事要偉大，角色就得有激情，而且追求激情時也得遭遇重重阻礙。舉例來說：一對戀人深愛彼此，但他們的雙親卻是不共戴天的仇家（比如《羅密歐與朱麗葉》）或者：雙方彼此愛戀，但男方黑人，又來自外地，而且有個死對頭想要致他於死地（比如《奧賽羅》）。或者：兩人陷入熱戀，但女方卻已婚（比如《安娜‧卡列尼娜》）或者：男方熱愛女方，但是當女方愛上男方時，男方的熱情早已不在（親愛的，老實告訴你，我已經不在乎了！）

　　上述情節都包含強烈的欲望和追求這些欲望時遭受的極大危險。一般來說，這種形式適用於各種情節。我們可以將其稱為「3-D」：「劇情」（drama）等於「欲望」（desire）加「危險」（danger）。才華洋溢的年輕作家常犯一個錯誤，就是創造的主角是個被動人物。這點可以理解。作家會去觀察人的本性和活動，因此會不自覺地和書中的角色一起去觀察、反思和受苦。然而，角色一旦是被動的，其本質便會傳遞到書面，也讓故事變得被動。查爾斯‧巴克斯特感嘆：「在寫

作研討會上，這種故事通常是一種常態，而非例外。」他將其稱之為「指責旁人的小說」：

> 這種小說的情節不斷探尋某個人或某件事，將其斥為讓主角不高興的原因。整篇故事就講這些。找到可究責的人事之後，故事便畫上句點。

這種故事有瑕疵，主角（透過暗示，往往是故事作者）似乎對他想要發生卻沒有發生的事情無須承擔責任。亞里斯多德提出過驚人的宣稱，說道：「人就是本身的欲望」，美國小說家羅伯特‧奧倫‧巴特勒也將小說定義為「表達人類渴望的藝術」，前述的故事寫法與這兩種觀點大相逕庭。

小說主角若要吸引讀者的注意和認同，必須要有渴望，而且是強烈的渴望。角色要的東西不一定非得要強烈或特別；然而，角色必須要有強烈的渴望，方能導入危險元素。女性人物可能跟美國作家大衛‧麥登（David Madden）《自殺者的妻子》（*The Suicide's Wife*）的女主角一樣，只不過想拿到一張駕照；若是這樣，她就必須覺得自己的身分和未來取決於能否拿到駕照，而與此同時，腐敗的公路巡警卻想藉此操弄她。男性人物可能像薩繆爾‧貝克特的墨菲，只想整日坐在搖椅上；若是這樣，就要有個女人整天對他嘮嘮叨叨，要他起身去找份工作。另一個女性人物可能像瑪格麗特‧愛特伍《身體的傷害》（*Bodily Harm*）的女主角，只想放下一切好好休息；然而，她卻因為遊客和恐怖分子而被捲入一樁陰謀，起初忐忑不安，結尾時卻迎來致

命殺機。

　　各位要知道，在現實生活和小說中，最致命的危險並不一定是最引人注目的。年輕作家還經常犯另一個錯誤，就是誤以為採用庸俗作品和電視影集老套的危險情節，好比謀殺、追逐場面、車禍或墜機事件和吸血鬼，將其納入故事之中，便可增加戲劇張力。其實，誰都知道，最會阻礙人去追求欲望的，通常都是來自於家庭或個人的內心和性格，甚至朋友、戀人和家人。父母的漠視遠比陌生人的暴力更傷人；死於槍擊的人少於心臟病發作的人；在早餐餐桌消耗掉的熱情不少於因時間錯位而耗掉的熱情。

　　有一種經常用到的重要批評分類手法將可能的衝突分為好幾項基本類別：人與人的衝突、人與自然的衝突、人與社會的衝突、人與機器的衝突、人與上帝的衝突，以及人與自己的衝突。故事通常都落於這些範疇之內，而且在文學課堂上，這些分類也能提供討論和比較作品的有用方法。然而，強調範疇分類，可能會誤導剛入門的作家，使其誤以為文學作品內的衝突是發生於這些抽象無垠的維度之中。作家要講述具體的故事。如果你要寫「人」與「自然」對立的故事，還不如寫來自紐澤西維霍肯的十七歲詹姆斯·塔克在密西西比圖姆蘇巴林木中與一條長二呎半的大嘴鱸魚拚搏的故事。（我們會不斷回頭強調具體情節是何等重要。）

　　一旦在故事中引發衝突，衝突就必定會導致危機（最終的轉折點）並獲得解決。情節發展順序是文學追求的主要價值，意味著主題終將結尾。現實生活通常不是這樣，但無論小說角色的生命是否終結，故事都會收尾，讓讀者看到故事完結而滿足。

後續要討論幾種看待「衝突─危機─解決」模式的方法（本質上都是隱喻），目的是讓故事的形式及其變化更為清晰，特別是表明危機行動是什麼。

敘事弧

小說家約翰‧休羅（John L'Heureux）指出，所謂故事，就是講述某個角色生命中的某個特定時刻。他選擇之後，人生便從此改觀。構思情節就是要找出導致這個最終選擇的決策點，並且營造最棒的場景去展現戲劇張力。

編輯兼老師梅爾‧麥基（Mel McKee）直截了當指出，「故事就是戰爭，持續了一陣之後，便會進入短兵相接的肉搏戰。」他提出撰寫這種「戰爭」故事的四個必備要素：

（1）讓戰鬥者戰鬥；（2）納入讓他們值得一戰的東西（利害關係）；（3）將戰鬥分為好幾場戰役，最終之戰要規模浩大，危險至極；（4）要讓戰鬥得以收場。

戰爭涉及的利害關係通常是領土爭奪。故事終的「領土」必須像加薩走廊一樣具體和明確。如同國與國之間的戰爭，領土可以代表各種嚴肅的抽象概念，好比自決、統治、自由、尊嚴和身分，但要描繪千萬士兵在特定的曠野上短兵相交，彼此剪屠。

如同小規模的「警察行動」可能會逐漸升級為大屠殺，故事形式會跟隨最自然的順序發展，每次的「紛爭」會比前一次更為激烈。戰

爭通常起於地面衝突，但這種衝突無法決定整場戰爭。然後某一方會派出間諜，另一方則出動游擊隊；這些行動也無法決定整場戰爭。因此，有一方會出動空軍轟炸，另一方則會用高射火砲反擊。有一方會發射導彈攻擊，另一方則發射火箭彈反制。有一方會使用毒氣，另一方則準備發射核子武器回擊。故事便如同這樣鋪陳。只要反派角色有足夠的反擊力量，衝突便會持續下去。然而，到了某個時刻，反派角色會發展出一種武器，打得對手毫無招架之力。「危機行動出現在最後一場戰役，而且結局不可避免。」至於誰會獲勝，早已毫無懸念。雖然只獲得了精神上的勝利，雖持守正義但戰役敗北，還是頗令人爭議與猜疑。到了這個階段，衝突便會結束，導致的改變將是巨大且永難磨滅，從小說的角度而言，這便是「解決衝突」的定義。

　　各位請注意：情節包含了欲望和相對應的危險，但滿足了欲望，故事並非會有幸福的結局，反之亦然。故事的寓意愈複雜，便愈難琢磨輸贏的概念。哈姆雷特想要殺掉克拉迪烏斯國王，卻屢屢受挫，不是受其他角色阻撓，就是礙於他人詭計而受挫，甚至因為內心的天人交戰而無法動手。他最後成功了，但主要角色都因此殞命，連他自己都難逃厄運。雖然主角「贏得」特定的「領土」，這齣戲卻是悲劇。在美國小說家卡洛斯·威廉斯（Carlos Williams）的〈使用暴力〉（"The Use of Force"）中，戰爭開打是為了爭奪某位小女孩嘴巴上的「領土」。身為主角的醫生與小女孩搏鬥，只為了讓她打開嘴巴來檢查白喉。從第一段開始，戰鬥便縮至嘴巴那片領土。醫生接連使出招數，先好心勸說，然後拿出壓舌板，

> 只要具備了結構，便能輕鬆發揮想像。
> ──美國作家安·派契

再用沉重的匙棒，最後大發脾氣，宣稱要「拯救這位搗蛋的小鬼」才順利得逞，不過卻把臉丟到家了。在瑪格麗特・愛特伍《身體的傷害》中，女主角最終鋃鐺入獄，卻發現了自身的力量並對正義的獻身，讀者便知她已經自我救贖。約翰・休羅要作家捫心自問：我的角色輸了鬥爭，卻贏得了什麼？或者，我的角色贏了鬥爭，卻輸掉了什麼？

力量的模式

　　小說家麥可・夏亞拉曾在寫作課上將故事描述為均衡勢力之間的爭鬥。他認為，每個反派都要能力抗主角，才能讓讀者推斷不出結局。讀者可能會非常認同某個角色，甚至認為他會贏得勝利。然而，對抗的另一方必須具備實力，足以帶來威脅，而作者運用對抗陣營力量的此消彼長，便能讓情節變化複雜。最終，某個行動將會發生，使力量傾向某一方而不可逆轉。

　　「力量」有各種形式，譬如身體的力量、魅力、知識、道德力量、財富、所有權和階級等等。最明顯的是殘暴勢力運用的力量，好比獨裁者或幫派所使用的暴力。沒有人認為自己是不公不義的，因此孰是孰非，複雜萬分，難有定論。以下文字節錄於美國作家萊斯里・馬爾蒙・西爾科（Leslie Marmon Silko）的小說《死者年鑑》（*Almanac of the Dead*），講述匪徒馬克斯・布魯（Max Blue）：

　　　　馬克斯認為自己是「僅此一晚」表演的執行製作人，表演是在夜晚涼風拂面的加州舉行，場景是長灘市中心的一個電話亭。麥克斯所做的，只是撥打一個號碼，聽受騙的那個人不停地問：

「喂？喂？喂？喂？」，直到他聽到 .22 口徑手槍發出的碰！碰！聲響，他才掛斷電話。

別忘了，「力量」有很多種形式，有些看似軟弱無比。只要你曾經被病人的各種要求所折磨，便能體會這點：疾病偶爾會產生巨大的力量。軟弱、需求、被動和表面上不想麻煩他人的願望，這些都可以被巧妙用來阻止故事主角滿足自己的欲望。無論讀者是否認同殉道，它都會產生極大的力量；將死之人能吸引旁人的全部精力。

在許多故事中，軟弱的力量引起了核心衝突，契訶夫《凡尼亞舅舅》和田納西‧威廉斯《玻璃動物園》之類的劇本便是如此。下面這段文字輕描淡寫便活靈活現描繪了這種力量：

> 有這種陰森的氛圍，完全歸功於泰勒太太。她眼眸深陷，身形高大，彎腰駝背，整日坐在客廳，菸不離手，盯著窗外，表情哀淒，難以言喻，彷彿看透了俗世凡胎。她偶爾會把泰勒叫過來，用長長的胳膊摟著他，然後閉上眼睛，用沙啞的嗓音低聲說：「特倫斯！特倫斯！」接著依舊閉著雙眼，撇過頭去，用力把他推開。
>
> ──托比亞斯‧沃爾夫，《這個男孩的生活》（*This Boy's Life*）

聯繫和中斷聯繫

有些學生和評論家反對將敘事描述為戰爭或權力鬥爭。他們認為，若從衝突和危機、敵人和交戰派系的角度來看世界，不僅會限制

文學創作，也會宣揚激進和敵對的觀點。

娥蘇拉·勒瑰恩談論「小說鬥爭觀」時寫道：

> 小說家告訴我們，人是倔強的，生性好鬥，總是愛惹麻煩；人不僅會自我天人交戰，也會和別人爭鬥，一生的故事充滿與他人的鬥爭。然而，要說那就是故事，便只用生存和衝突的單一層面去涵蓋或掩蓋其他層面，但它既沒有包含、也不理解這些面向。

《羅密歐與朱麗葉》講述兩個家族之間的衝突，情節涉及這兩個家族成員的衝突。這就是全部內容嗎？《羅密歐與朱麗葉》沒有包括其他層面嗎？這兩個家族的宿仇原本只是無關痛癢的瑣事，難道不是因為其他因素，這些情節才被轉換成一場悲劇嗎？

劇作家克勞迪婭·強森提出這項（我認為是至關重要的）見解，進一步指出故事的「其他內容」，令我受益匪淺：雖然紛紛擾擾的權力鬥爭早已獲得認可，敘事卻也是透過角色之間聯繫和中斷聯繫的模式來驅動，而故事之所以扣人心弦，正是源自於此。在故事發展的過程中，甚至在規模較小的某個場景範圍內，角色會彼此建立或打破信任、愛戀、理解或認同的情感紐帶。聯繫可能跟吻一樣明顯，也可能像瞥見一樣微妙。中斷聯繫可能跟搧對方一記耳光一樣明顯，或者跟皺一下眉頭一樣細微。

例如，在《羅密歐與朱麗葉》中，蒙塔古和卡普萊特兩個敵對家族之間的聯繫全然是中斷的。即便如此，這對相戀的年輕人依舊建立

聯繫。在整齣戲裡，兩人分分合合，與家族斷絕關係，只為了與愛人聯繫，而最終離開塵世，希望兩人永不分離。羅密歐與朱麗葉死後，本為宿仇的兩個家庭又重新聯繫起來。

克勞迪婭・強森如此解釋：

故事無論虛構或紀實，其基礎便是更深層的變化模式，亦即聯繫和中斷聯繫的模式。衝突和表象事件如同波浪，但底下潛藏的卻是情感浪潮，乃是人們之間聯繫的潮起潮落。

在某個作品中，衝突或聯繫的模式可能主導一切，但故事只描述衝突的話，就會顯得淺薄。作者必須讓讀者更深入了解角色，不僅要藉由善與惡的衝突，也要透過一善與另一善的衝突來達成：男人應該從軍報效國家或留在家裡撫養和保護小孩？作者要致力於將藝術帶入崭新的境界，讓故事不僅描述不可避免的麻煩，或涉及善與惡的衝突，更要討論忠誠與忠誠、誠實與誠實、愛與愛之間的衝突。

> 你只會在結構很爛的小說裡看到結構，然後稱它為「公式」。
> ——史蒂芬・費希爾

人的意志會衝突；人也需要有歸屬感。

心理學家討論人類行為時，會從「塔」和「網」的模式來切入。人需要攀爬（暗示衝突）、需要同伴、需要勝過他人，以及需要別人接納。這兩股力量也推動了小說的發展。與衝突及其複雜性一樣，聯繫及其複雜性可以產生變化的模式，雙方都能促成記錄於場景和故事的變化過程。

以打勾號呈現的故事形式

　　十九世紀的德國評論家古斯塔夫·弗萊塔克（Gustav Freytag）從包含五個動作的金字塔分析了情節：先是一個佈局解說，然後是劇情發展（情況「打結」），導致一項危機，接著是一個「跌落行動」（falling action，轉機或轉折）或反高潮，最終帶來解決（「結被解開」，結局）。

　　在緊湊的短篇小說中，「跌落行動」可能很短暫或根本沒有，而危機本身通常暗示解決，作者無須明說，讀者已了然於胸。

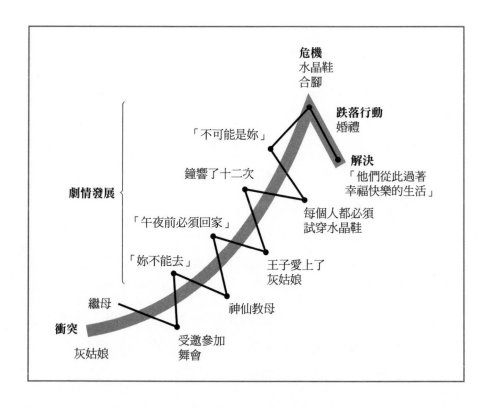

　　為了便於講解，不要將故事結構視為邊長相等的金字塔，而是要把它看成是倒置的打勾號。如果以家喻戶曉的童話故事《灰姑娘》為例，並用這個模型來描述故事裡的權力鬥爭，便可看出各種元素是如何呈現於這則簡單的童話故事。

　　故事一開始，讀者便知道基本的衝突：灰姑娘的母親去世了，父親又娶了一個蠻橫的女人，還帶了兩個尖酸刻薄的女兒。灰姑娘被迫去做最骯髒和低賤的工作，只能在煤渣旁哭泣。繼母既醜陋又邪惡（無論在現實生活或文學作品中，這兩個特質力量強大）。她帶著兩名女兒，人數不僅占優勢，還有身為母輩的權威。灰姑娘美貌善良，而（在現實生活或文學作品中）這兩種特質的力量也很強大。

　　雙方起初爭鬥時，繼母顯然占據上風，但故事的第一個事件（行動，戰鬥）便是王子發來了請帖，帖上清楚寫著，所有女士都受邀參加舞會。我們應該注意，灰姑娘的願望不是要戰勝繼母（儘管她最終會得勝，讓讀者感到滿意）；如果她有這種想法，灰姑娘就不會顯得那麼心地善良了。她只是想擺脫繼母對她的虐待。她希望受到公平對待，而王子的邀請明確讓她與繼母及其女兒有了平起平坐的權力，此時權力又轉移到灰姑娘這邊。

　　然而，繼母狠心奪回了權力，說道：妳不能去；妳要替我們梳妝打理，讓我們去參加舞會。灰姑娘打理好她們，繼母三人便出發去參加舞會。

　　接下來發生了什麼？神仙教母現身。魔法要施展到灰姑娘身上了。神仙教母給她提供了一套禮服、一雙水晶鞋和一架四輪馬車，馬匹和車伕都備妥。灰姑娘此時擁有從未有過的力量。

可惜魔法並非萬能。魔法一旦消失，霉運就會到來。魔法只能持續到午夜（不像繼母的權威），因此灰姑娘必須在時鐘敲響十二次之前離開舞會，否則就會事蹟敗露，慘遭敗北。

後續又發生什麼呢？灰姑娘參加了舞會，王子愛上了她（在文學作品的「戰爭」中，愛情比魔法更為強大）。在某些版本中，繼母及其女兒看到身穿華服的灰姑娘，認為她是她們素未謀面的公主，對其美貌讚歎不已，而這是對灰姑娘的新力量的一種諷刺。

然後呢？魔法消失了。鐘敲了十二響，灰姑娘穿著舊衣跑下樓梯，去找她的老鼠和南瓜車，半路掉了鞋子，身上的魔法消失殆盡。

在那之後呢？王子派出一名信使，攜帶水晶鞋，手持法令文告，要求每位女性試穿鞋子。這又帶來戲劇性的高潮，如同先前發帖邀請全境女士參加舞會。灰姑娘藉由皇家法令，再次獲得了權力。

接下來發生什麼呢？在多數優良的版本中，繼母還是利用她的權威，把灰姑娘藏了起來。然後，發生了怪誕的喜劇情節，繼母的兩名女兒為了穿上水晶鞋，一位把腳趾砍斷，另一位把後腳跟砍了，讀者因此稍後才能滿足期待，讀到灰姑娘戰勝繼母的情節。

之後，灰姑娘試穿鞋子，剛好合腳。這就是危機行動。魔法、愛情和皇室，共同展現了女主角的真實自我；邪惡的繼母人數占上風且具有權威，此時也拿灰姑娘沒轍。至此，權力鬥爭已經定案，結局無可改變。一旦鞋合腳，任何行動都無法剝奪灰姑娘的願望。一切都已改變：相關人物的生活都將有重大的變化，永不可扭轉。

這則故事有一個簡短的「跌落行動」或「從鬥爭中遠離」：王子將灰姑娘抱上白馬，疾馳而去舉行婚禮。故事以經典的喜劇形式來收

尾：他們從此過著幸福快樂的生活。

如果我們也從聯繫／中斷聯繫的角度來檢視這個故事，便能清楚看到權力鬥爭的模式。第一個痛苦的中斷聯繫是灰姑娘的母親去世了。她的父親另娶了一個女人（與她聯繫），而這個女人對灰姑娘冷漠無情（與她中斷聯繫）；王子的邀請提供了聯繫；繼母的殘忍再度中斷這個聯繫。神仙教母以朋友身分施展魔法，幫助了灰姑娘，從而與她建立聯繫。然而，灰姑娘喪失了馬車和禮服，讓她暫時與盛大華麗的舞會以及她和王子的婚姻斷了聯繫。如果我們細讀這個故事產生的情感（包括憐憫、憤怒、希望、恐懼、浪漫、期待、失望和勝利），便會看到反對角色／主角之間的鬥爭以及疏離／聯繫的模式都是必要的，不僅可以引入行動，也吸引讀者，使其關注行動的結果。傳統的幸福結局是宏大的聯繫，亦即婚姻；傳統的悲慘結局是最終的疏離，也就是死亡。

> 每個有戲劇張力的故事都在追求某種事物。無論追求過程多麼複雜，通常都會聚焦於某個角色，該角色會試圖實現一個最主要的宏偉目標……。順沿情節發生的每件事情總合起來，追求便會以成功或失敗告終。
> ——美國劇作家威爾·鄧尼（Will Dunne）

《灰姑娘》和所有童話故事一樣，都是從「講述」開始，會直接設定情況。然而，功力高深的作者只用幾句話，便能暗示複雜的關係，其中蘊含複雜的聯繫和中斷聯繫的糾葛牽連。在美國小說家佩吉·雪納（Peggy Shinner）的〈稅務時光〉（"Tax Time"）中，敘事者看著稅務會計師的指甲，便概略講述自己與父親、繼母和母親的關係，令人想起《灰姑娘》的故事：

　　我注意到史蒂夫的手指。當他看著電腦潦草寫下一些數字時，那些手指就纏繞在鉛筆上。它們就跟我父親的手指一樣，短小腫大，但修剪整齊，無可挑剔。史蒂夫是自己修剪指甲嗎？他會這麼虛榮去做指甲美容嗎？老爸以前跟蘿絲約會時，就曾請人修剪指甲，我當時認為這種行徑就是跳船。老爸試著抹上指甲油，拋棄自己的階級去迎合蘿絲的身分。蘿絲這個女人會定期去聽交響樂團演奏，也曾阻止老爸說出雙重否定的句子。此外，老爸那時也會打扮自己，我心想母親以前還活著時，老爸是否也曾為她梳理過外表。

　　亞里斯多德的《詩學》是現存的西方首部文學批評著作，亞里斯多德在書中將悲劇的危機行為稱為peripeteia，亦即主角境遇的轉折。評論家和編輯一致認為，無論是喜劇或悲劇，某種程度的轉折對所有的故事結構都是必要的。主角不必失去權力、土地或生命，但必須以某種顯著的方式被行動改變或打動。亞里斯多德指出，這種轉折之所以出現，乃是由於hamartia。數百年來，hamartia一直譯成主角性格的「悲劇缺陷」（tragic flaw），通常被認為（或定義成）「驕傲」。然而，近期的評論家將這個詞定義得更為狹隘，將其翻譯為「身分錯誤」（mistake in identity），而轉折發生，則是出於「認識」（recognition）。

　　無論是喜劇或悲劇，在出現各種危機行動的情節中，「認識」場景雖然不多，卻扮演舉足輕重的角色，而且讓故事顯得更為可信。在現實生活中，你不可能會認錯你的母親、兒子、叔伯，甚至是朋友。

然而，傳統的情節就仰賴這種誤判來導入轉折點。話說回來，如果將「認識」的概念擴展到更抽象和更細微的領域，它就會是有力的隱喻，足以暗示「體悟」的時刻。換句話說，文學作品的「認識場景」可能代表生命中的某一刻，那時我們「認識」到自己先前認定的好人其實是壞人，先前認為不重要的事情其實至關重要，先前以為脫離現實的女子其實是個天才，先前夢寐以求的東西其實是有害的。《灰姑娘》就是透過這種象徵手法來呈現一種「認識」場景。「讀者」都知道她是一位公主，但在王子認定她為公主之前，讀者都被吊足了胃口。

愛爾蘭作家詹姆斯・喬伊斯（James Joyce）論及他所謂的「頓悟」（epiphany）時刻時，提出過類似的想法，這些都被記錄在他的筆記本和故事之中。喬伊斯認為，頓悟是腦海中的危機行動，在那個時刻，會用全新的視角去光照某個人、某件事或某樣東西，彷彿未曾見過這些人事。在這個「認識」時刻，觀看者的內心世界已經被徹底改變，無法扭轉。

在許多現代最好的短篇故事和小說中，發生鬥爭的真正場域是主角的內心，因此真正的危機行動必須在那裡發生。然而，我們得理解為何喬伊斯要用「頓悟」去代表這種轉折時刻，而這個字表示「超自然存在的體現」（a manifestation of a supernatural being）——在基督教義中，指的就是基督對外邦人的體現。擴展意思之後，短篇小說出現的任何內心轉折都必須加以體現；它必須由行動來觸發或顯現。水晶鞋必須合腳。如果讓繼母幡然悔悟，放棄爭鬥，故事便沒有亮點。假使讓王子偶然發現灰姑娘就像他朝思暮想的人，那也是不行。「認識」的那一刻一定要由行動來體現。

　　危機必須透過行動來體現或外在化，這一點非常重要。故事的鬥爭發生在某個角色的內心世界時，偶爾很難捕捉到這個行動。舉例來說，在提姆・歐布萊恩的故事〈負重〉中，年輕的中尉亟欲想成為堅強的領導者，這種欲望體現於他焚燒照片、心愛女孩的來信和某個村莊。

　　從復仇故事便很容易看出衝突如何轉變成危機。從《哈姆雷特》到電影《黑豹》之類的一般復仇情節都是採取下列的形式：對主角很重要的某個人（自我、父親、妹妹、情人或朋友）被殺害，但礙於某種原因，本應主持公道的政府當局卻無法或不願給死者一個交代。然後主角和對手就必須發生衝突，而危機行動體現的方法不是互射弓箭、開槍對幹，就是威逼吞下毒藥，無論用哪種手段，都非置對方於死地不可。

　　假設故事講述兩個兄弟釣魚時發生的爭鬥，主角原本一直瞧不起哥哥，到了結局才發現，自己和哥哥之間竟然存在源自家庭歷史而難以割捨的親情，這就是一種改變。這種改變顯然是一種頓悟，可謂心理的轉折。如果作家沒有深刻體會危機行動的本質，或許會寫一段文字來表示這種改變，一開頭便

> 衝突不比愛更死板……。變化是無窮的；牽涉的人物可能溫柔聰明，無法隨手便獲取自動武器。然而，他們有欲望，為了滿足欲望，就會爆發衝突。
> ——美國作家嘉里・格羅納（Cary Groner）

寫道：「拉里突然想起了他們的父親，發現傑夫非常像他。」除非這項記憶和這份體悟是透過一項行動來體現，否則讀者便很難感同身受而被故事人物打動。

傑夫抓起舊漁網，輕巧裹住鱒魚，然後四處晃著，趾高氣昂，說道：「捕到魚了！我們得手了！」鱒魚翻過身，使勁掙扎，發出一股混合雜草、河水和肥沃泥土的氣味。傑夫的指關節沾滿污泥。他看著這些指關節，聞著濃郁的河水氣味，不禁回憶起他們初次一起釣魚的場景，那時父親也用雙手握著同一張破洞累累的漁網。

上述文字描述了一種頓悟，透過回憶去導入體悟。作者利用一個行動來觸發這種頓悟，同時細膩描繪感官感受，讓讀者感同身受，讀者此時或許能體會角色的頓悟。

然而，諸多偉大的小說和眾多嚴肅的現代小說都表明，生活中沒有清楚或永久的解決方法，亦即角色、關係和宇宙的衝突永遠無法徹底解決。套用美籍俄裔作家拉迪米·納博科夫（Vladimir Nabokov）的話，很多故事結局時「沒有明確劃上句點，卻有生命的自然律動。」誰也無法用「他們從此過著幸福快樂的生活」或者「他們從此過著悲慘不幸的生活」來結尾。

然而，故事形式需要有解決方法（結局）。有沒有不是解決方法的解決方法呢？有的，而且它有非常具體的形式。讓我們回頭檢視「故事就是戰爭」的隱喻。試想以下的場面：爆發小規模衝突、游擊戰、空襲、毒氣襲擊和核武浩劫之後，兩個倖存的戰鬥人員，左右各一個，各自從防輻射掩體探出頭來。他們爬了出來，步履蹣跚，走到柵欄隔開的邊界上。兩個人都奮不顧身，用血跡斑斑的手猛力抓住有刺的鐵絲網。這場戰鬥的「解決方法」是沒有一方會放棄，也沒有一

方會獲勝。根本就沒有解決方法。這就是對開幕場景的一次明顯轉折（讓讀者在腦海中體悟）。在開場中，似乎會進行一場陣地戰。在描述衝突時，某一方似乎可能獲勝，然而到了結局，卻說沒有哪一方會贏。這就是特徵鮮明的轉折和強而有力的變化。

這種故事會讓讀者頓悟，體悟主角沒有看到的事物。這種角色通常都處在改變的邊緣，但不夠成熟或缺乏勇氣，無法縱身一躍而參透體悟。在伊莉莎白·史卓特的故事集《奧莉佛·基特里奇》中，首篇名為〈藥房〉（"Pharmacy"），主角是人人希望遇見的好人：他親切、鎮定、謙遜，樂於當個藥劑師，卻無法自我檢視或擁有自知之明。他備受家人忽視，不了解妻子為何經常暴怒，也不明白兒子為何鬱鬱寡歡。然而，他無法克制性欲，無論在故事開頭或結尾都一樣，都在提議他和妻子應該要邀請某對夫婦來家裡，而他是著迷於那名妻子。當然，他的妻子會替他們做飯。這點雖未闡明，讀者卻了然於胸，加上結尾時的那句話「我們要快點請他們過來」，這一切無不表明，藥劑師無法改變，也永遠不會改變。有人討論過（還可以再討論），如今社會困苦、文化喪失，不是解決方法的解決方法（不是結局的結局）應該是文學故事該採取的形式，短篇小說尤其如此。

▶ 故事和情節

截至目前為止，我一直交替使用「故事」和「情節」這兩個詞。人們經常認為這兩個詞是一樣的，因此它們往往被當作同義詞。如果編輯說「這不是故事」時，他不是說故事缺乏角色、主題、背景或事

件，而是指故事沒有情節。

　　兩個詞有區別。這種區別不難，卻會導致敘事技巧上的諸多細微差異，也迫使作家做出非常重要的決定：敘事應該從哪裡開始？

　　簡單加以區分：所謂故事，就是按時間順序記錄的一連串事件。所謂情節，就是刻意安排的一系列事件，從中展現戲劇張力、主題意含和人物情感。故事只告訴讀者「接下來發生了什麼」，而情節關注的是「什麼、如何與為何」，藉由情景安排來表達因果關係。

　　下面是非常典型的故事：一個穩重、勤奮卻相當呆板的年輕人遇見了夢寐以求的女人。她美麗聰明，為人熱情且富有同情心。更棒的是，這個女人也愛那位年輕人。他們打算結婚，而在婚禮前夕，他的朋友為他舉行了單身派對，大家戲弄他，拚命給他灌酒，然後把他拖到妓院，讓他最後一次放縱性欲。他搖搖晃晃走進隔間……看到的卻是自己的未婚妻。

　　這個故事有趣的地方在哪裡？劇情從哪裡開始的？

　　你大可從這個年輕人搭乘五月花號來美洲的祖先講起。然而，果真如此，讀者根本搞不清楚故事的來龍去脈，可能讀到十九世紀中葉時就會把書本闔上。你也可以從他第一次遇見那個不同凡響的女人講起，卻得花好幾頁的篇幅來描述至少好幾個星期或者好幾個月發生的事情。換句話說，你必須概括總結和略過某些細節，絞盡腦汁讓故事讀起來可信且吸引讀者的注意力。從單身派對講起？那樣更好。如果是這樣，就得透過對話或這位年輕人的回憶，讓讀者或多或少知道過去發生的事情。你只需要描寫一個晚上的內容，讀者很快便會讀到故事的衝突點。假設你從隔天早上去切入故事，那個男人在結婚當天從

妓院的床上醒來，帶著宿醉，頭痛欲裂。這樣落筆是最好的嗎？此時
會立即導致衝突，迅速引爆驚人的危機嗎？

　　愛德華‧摩根‧福斯特區分過情節和故事。他如此描述故事：

　　　　把冗長的時間截短……按照先後順序描述事件。情節也是在
　　敘述事件，但強調因果關係。「國王龍馭賓天，爾後皇后亦崩。」
　　是一則故事。「國王駕崩，爾後皇后哀慟而亡」則屬於情節，雖
　　保留時序，因果關係卻更突出。假設「皇后仙逝，無人知其緣
　　由，日後方知，皇后因國王駕崩，過分悲慟而逝。」這種情節便
　　帶有神祕色彩，乃是能盡情發揮的故事形式。它隱藏了時間順
　　序，盡可能游離於故事之外。從皇后仙逝這件事來看，如果是個
　　故事，讀者會問：「然後呢？」假使是情節，讀者會問：「為什
　　麼？」

　　人想明白「為什麼」的欲望與想知道「接下來發生什麼」的欲望
一樣強烈，這是一種深層的欲望。一旦讀者知道了事實，就會想方設
法尋找事實之間的關聯。唯有找出這些關聯，讀者才會滿足，因為他
們總算「理解了」。在理科課堂上死記硬背，誰都會厭煩。唯有我們
理解為什麼「運動中的身體會一直運動下去」以及這種現象對生活會
有多大影響時，我們才能真正理解，並且因發現真理而快樂。

　　同樣的道理也適用於故事的事件。隨機事件既不能打動讀者，也
無法啟人心智。讀者要知道為何某件事情導致了另一件事情，從中感
受必然的因果關係（即便其中一項原因純屬偶然也無妨）。

下面是按照時間順序排列的事件，令人感到索然無趣。

阿麗亞德妮做了一個噩夢。

她醒來後疲憊不堪。

她吃了早餐。

她去上學。

她看到了勒羅伊。

她在樓梯上跌了一跤，把腳踝摔斷了。

勒羅伊說會幫她做筆記。

她被送去了醫院。

這一連串的事件無法構成情節。如果你想把它們組成一個情節，就得告訴讀者這些事件之間有意義的關聯。首先可以設想，阿麗亞德妮因為做了噩夢而有起床氣，而勒羅伊看到她摔斷了腳踝，所以要幫她做筆記。但阿麗亞德妮為何會摔倒呢？是因為她看到勒羅伊嗎？這是否暗示阿麗亞德妮夢到的是勒羅伊？她是不是因為勒羅伊在夢中拒絕了她，所以才沒有把雞蛋打進平底鍋裡？勒羅伊提議幫她做筆記會產生什麼結果呢？他原本可以翹課，開車送她去醫院拍X光，結果卻沒有。這是一種優越感或是另一種禮貌的拒絕？這些事件非常普通，有了因果關係，才能展現情感和戲劇張力。唯有呈現這種關係，才能建構出情節。我在這裡稍微組織這些事件，將其轉變成一個情節，但也請各位注意，我同時引入了衝突以及關聯／中斷關聯的模式。

你可以按照時間順序來講述阿麗亞德妮的故事：它只涵蓋一到兩

小時的內容，用短篇小說的形式便可濃縮處理。然而，即使寫短篇小說，你也必須融入情節。從她跌得皺眉蹙額時去開篇，會不會更引人入勝？勒羅伊跑來幫她，淡黃的T恤映入她的眼簾。她感到一陣劇痛，瞬間又回到昨晚的噩夢……。

如果故事「什麼也沒發生」，表示讀者無法感受先後事件的因果關係。假使故事真的「發生了某件事」，這是因為短篇小說或小說的結局描述了某個角色在生活上的變化，而這是先前事件導致的結果。這就是為何亞里斯多德如此強調「開頭、中間和結尾」的簡單結構。故事可以傳達許多意義，要表達意義，首先要選擇結構（故事的哪個部分構成了情節），讓讀者能夠「理解」，從而感到滿足。

▶短篇故事和小說

許多編輯和作家認為，短篇故事迥異於小說。我卻認為，短篇故事和小說就像故事和情節，兩者的區別也非常簡單，而許多深刻的差異出自於簡單的因素：短篇故事內容短，小說篇幅長。因此，短篇故事要惜字如金，通常只能聚焦於一個或少數幾個人物的視角。它只能敘述一個核心行動，或者講述一個或數個主角生活上的重大變化，不能偏離主題，浪費篇幅去描述不直接影響核心行動的事情。短篇故事要努力營造美國作家埃德加·愛倫·坡所謂的「單一效果」，亦即單一的情緒衝擊，讓人突然理解某事，儘管這裡講的衝擊和理解可能非常複雜。短篇故事的優點在於文字密度很高，因為它只聚焦於一個「如果……會怎麼樣」的問題，而小說可能會牽涉很多這類問題。如

果一則短篇故事「情節緊湊、條理清晰、文字簡潔、結構合理和情感真摯」，就算是佳作，因為它充分展現短篇小說的特點，就是篇幅短小。

小說若具備上述的特質，仍然值得稱讚，但小說內容可能是全面的，涵蓋廣闊的範疇且提供全景視野。一部小說可能鏗鏘有力，不是因為它用詞精簡，而是它兼具廣度和深度，小說的優點就是篇幅長。一部小說可能牽涉許多意識想法，橫跨許多年的時間，以及涵蓋好幾代人，視角甚至遍及五湖四海。它可能涉及一個行動的中心路線以及包含一個或多個次要情節。許多角色可能會改變，而讀者受到各種影響之後，會獲致最終的理解。我們可以容忍小說出現許多旁枝末節，只要這些題外話不會破壞整體平衡，而且最終讓讀者獲得略為不同的理解。

我偶爾會在寫作工作坊上遇到新手作家，正在按照「衝突—危機—解決」的形式來創作。這些初學者可能會想：如果故事缺乏其中的某個元素，就「一定是小說」。這種想法非常誘人，但這樣通常只是在規避如何組織情節，但組織情節是不可避免的，因為小說不僅要有規模宏大的情節結構，而且每個章節或片段內容通常都得根據「衝突—危機—遞增變化」的模式來撰寫，藉此鋪陳情節。

此外，沒有哪種文學形式比較出眾，小說家幾乎都先從短篇故事著手，然後才發表小說。篇幅限制愈多，愈需要掌握好節奏、文義與密度。寫短篇故事時，要應付種種挑戰，得留意形式、「展現情節」和不斷製造高潮。累積了這種寫作經驗，日後創作小說時，便可大量節省寫作時數和濃縮篇幅。

小說等同於擴展的故事，要有衝突、危機和解決之道，本書探討的各種技巧都適用於撰寫迷人的小說。

短篇故事既非微不足道、倉促而就，也不該被視為深奧微妙、難以捉摸。如今已經進入二十一世紀，人們或許比以往更容易分神，卻更能理解暗喻和習於推理。因此，民眾重新熱衷於閱讀短篇故事。無論播客（podcast）、部落格和線上雜誌，處處可見短篇故事。小說也經常被改編，內容縮減，分段呈現，在電視上播出。現場說書重新獲得新血注入，既能吸引校園常客，也能在大城市的戲院廣受聽眾喜愛。早在一九七〇年代和一九八〇年代，傑羅姆·斯特恩（Jerome Stern）等人就發表「無線電廣播」（radios），廣播便重新播放這類小品，而《美國人這樣生活》（*This American Life*）之類每集約一小時的電台節目如今已廣受歡迎。從寫作計畫到出版，然後再到作家，中間可能有回饋回路，如此一來，現在會比以前發表更多的故事，而「故事中的小說」[13]已成為眾人追捧的創作框架。愈來愈多的作家，好比美國短篇小說家瑞蒙·卡佛和加拿大作家艾莉絲·孟若，認為自己擅長寫短篇故事，沒必要去創作長篇小說。

> 你會愛上某些角色，因為他們跟你一模一樣，或者在某些方面很像你。你也會出於相同的原因而討厭某些角色。無論如何，你可能不得不讓自己喜歡的某些角色遇到壞事，否則你將讀不到太多的故事。
> ——美國小說家安妮·拉莫特

13「故事中的小說」（novel in stories），此為一種短篇故事集，各短篇之間彼此有關聯。

▶小說的類型

　　故事都需要角色、情節、場景和特定觀點，但不同類型的小說會強調不同的元素，並且以特定的方式去構思這些元素。

　　喜愛類型小說的讀者期待小說有特殊的情節、角色、背景和主題，而每種類型都遵循自身的體例和規則。文學小說迥異於類型小說，前者由人物驅動故事，後者則由情節驅動故事。類型小說有種強烈的傾向（雖然並非強制規定），暗示人生是公平的，男女主角歷經千辛萬苦，最終都能贏得勝利。文學小說反其道而行，設定人生並不公平，人無法全面獲勝，快樂也是短暫的，人生充滿模稜兩可之事，男女主角最終難逃一死。文學小說還會創造出人意表或不尋常的角色，採用各種行為模式以及讓讀者吃驚的事件轉折，甚至善用啟人心智的辭藻，從中揭示故事的意義。

　　言情小說源於英國勃朗特姊妹的作品。在此類小說讀者的心目中，一定有一位剛毅堅強卻命途多舛的女主角、一位英俊神祕卻有不可告人祕密（通常牽涉女人）的男主角、一棟大宅院、一片樹林（女主角會在某個時刻穿著單薄的衣裳逃進這片樹林），以及女主角躺在男主角懷抱的歡樂結局。

　　其他類型的作品也是從曾經是主流並反映重大社會問題的小說發展而來。早期的言情小說討論嚴肅的問題，亦即描寫女人婚後如何兼顧生活穩定和愛情需求，以及如何在性規制嚴苛的社會中既獨立又安全。隨著人們對於科學愈來愈感興趣，同時衷心期待可以合理解釋暴力事件和神祕事物，偵探小說便應運而生。西部小說用矛盾的筆觸，

講述到美洲的大量歐洲人向西部墾荒時的心境，描寫這些人想讓西部擺脫野蠻狀態的欲望，以及描繪他們對於西部被「馴化」後將不再是清淨樂土的擔憂。

　　科幻小說這個文類較晚問世，目前仍在發展。它也採用矛盾的筆觸，探討科技發展，訴說人類如何藉由科學達成了近乎奇蹟的成就，以及講述科技對人類情感、靈性和環境造成的危害。奇幻小說之所以流行，可能是人們懷念昔日不受科技束縛和危害的時代，因為許多奇幻小說都將場景設定為中世紀，並且透過魔法去解決問題，而科幻小說則將背景設於未來，透過人工智慧與科技去解決問題。這樣的設定有其道理，因為科幻小說處理的議題通常都能在現代文化中找到（譬如：太空旅行、星際間的密謀、人工智慧、用機械置換人體器官和基因操作），而奇幻小說的情節都在討論已經消逝或遠古的創傷（邪惡的霸主和惡魔降生等等）。

　　同理，吸血鬼小說又重新流行，可能表示人們擔憂或害怕被「他人」欺凌和拒絕，甚至擔憂會出現「殭屍」，人類可能慘遭滅絕。

　　包括冒險故事、間諜故事和驚悚片在內的其他小說類型都有專屬的一套規則，用來設定角色、用字遣詞和描述事件。這裡要再說明一下，如此命名這類小說，表示要逐步縮小敘事範圍，將其限定於特別的領域。

　　青年文學小說及其適合中年級學生閱讀的少年文學小說類別並不算真正的小說類型，而是出版商採用的行銷手段。書商想要攀附英國童書作家克瑞希達・科威爾《馴龍高手》和J.K.羅琳《哈利波特》暢銷系列的熱潮，希望帶動慣於使用科技產品的新世代去培養閱讀習

慣。青年文學小說早已出現過，只是以往不這麼稱呼，好比馬克‧吐溫的《哈克歷險記》、路易斯‧卡羅的《愛麗絲夢遊仙境》、麥德琳‧蘭歌的《時間的皺摺》，以及Ｃ‧Ｓ‧路易斯的《納尼亞傳奇》，這類經典作品林林總總，族繁不及備載。

　　許多教小說寫作的老師不接受類型小說的稿子，他們認為寫文學小說可以教人如何寫出好的類型小說，但寫類型小說卻無法教人如何寫出好的文學小說。此處所謂的教人「如何寫出」，指的就是用字遣詞要有創意以及能夠傳達意義。

　　某些教師則採取不同的立場。他們告訴學生，想寫吸血鬼或神怪故事無妨，但要記住，創作這類作品時，依舊要知道讀者對於好故事有哪些期待，包括角色塑造、可信的情節、生動的場景和細節，以及細緻入微的主題等等。

　　所謂寫實主義，就是描繪真實的生活畫面，讓讀者能夠認同某個或數個角色。若想日後創作文學小說，可先嘗試寫一些這類作品。寫這種作品要力求逼真，這便如同運用科學的觀察和驗證方法。寫實主義是一種寫作慣例，並非初學寫作的唯一方法。然而，它就如同學習繪畫時練習描繪靜物，可從中學習寫作技巧，日後無論描繪是否寫實的複雜畫面時都能得心應手。

　　無論如何，近代文學的發展趨勢是擺脫死板的分類，轉向鬆散或交叉的故事類型，亦即所謂的「打破類型」（genre-busting）或「類型混合」（genre-bending），類型小說不斷向文學小說靠攏。許多作家都渴望寫出融合不同類型元素的作品，用創作文學小說的野心和意圖去創作仿類型小說。英國作家約翰‧勒卡雷寫過文學諜報小說，英

國作家安潔拉‧卡特和美國作家羅伯特‧庫佛寫過文學童話。美國作家菲利普‧狄克、娥蘇拉‧勒瑰恩、英國作家多麗絲‧萊辛、瑪格麗特‧愛特伍、南非小說家羅倫‧布克斯、詹姆斯‧斯米特和法裔美籍小說家阿麗葉‧德‧博達德都曾寫過文學科幻小說。美國作家丹‧卓恩（Dan Choan）出版過文學恐怖小說；英國小說家凱特‧阿特金森和美國小說作家麥可‧謝朋寫過偵探小說（謝朋寫的甚至是福爾摩斯探案小說）。美國作家加斯汀‧柯羅寧（Justin Cronin）寫過吸血鬼故事。我們可以舉出類型轉彎的案例，好比托比亞斯‧沃爾夫的〈腦中子彈〉，這部作品以銀行搶劫案為背景，然後轉變成探討失落和語言的故事。也有許多「混種小說」的例子，讓小說結合其他媒介或類型，譬如攝影、詩歌、戲劇和回憶錄。英國作家亞當‧索普（Adam Thorpe）的小說《烏爾弗頓》（*Ulverton*）以電影劇本的方式結尾。在珍妮佛‧伊根的小說《時間裡的癡人》中，有一章是以Power Point呈現。「超文本小說」（hypertext fiction）是一種與讀者互動和非線性鋪陳的文學小說。

魔幻寫實主義套用寫實主義的技巧和手段（場景逼真、人物和背景尋常、讀者熟悉的心理狀態），搭配不可能發生或奇特的事件，但總離不開寫實主義的基調和技巧。魔幻小說試圖用驚人的魔法來吸引讀者，但魔幻寫實主義小說卻反其道而行，讓讀者相信不尋常的事情會隱藏於普通的情境中。馬奎斯被讚譽為魔幻寫實主義的大師，《百年孤寂》為其顛峰之作。在美國後現代主義小說家唐納德‧巴瑟姆（Donald Barthelme）的小說《死去的父親》（*The Dead Father*）中，孩子們旅行時依舊承受負擔，飽受「死掉卻未死透的」父親拖累。在

卡倫・羅素的〈聖露西的狼女之家〉中，礙於現實，那些以狼為父母的女孩被帶往寄宿學校。在布倫娜・戈麥斯（Brenna Gomez）的〈科佐〉（"Corzo"）中，讀初一的女孩移除了父親的心臟，滿身沾滿鮮血卻從容鎮定。

很難定義何謂實驗小說，因為根據定義，「實驗」就是無人期待或無法預測的。然而，有許多種類的實驗小說已經被歸入文學小說的範疇。例如，「後設小說」的旨趣是探討小說寫作本身，關注寫作技巧，認為正在發生的事情就是故事正在被寫作和閱讀。故事的寫作通常被比喻為人類的某種鬥爭或努力，如同美國小說家約翰・巴思（John Barth）所寫的故事。

所謂極簡主義（minimalism），指的是一種單調簡化且有節制的寫作風格，其特點是累積（偶爾顯然是隨意的）細節，讓人讀起來感到情緒麻木。寫作觀點往往是客觀的或接近客觀的，沒有解釋描述的事件，事件不斷累積，但故事接近結尾時，情節益發緊張，令人不安，卻沒有個了斷。美國作家瑞蒙・卡佛是極簡主義的代表作家。

小小說（short-short story）是少於二千字的故事。微小說（microfiction）和閃小說（flash fiction）是指字數低於二百五十字的故事。美國短篇小說家南希・哈德斯頓・帕克（Nancy Huddleston Parker）指出，這類小說「將所有短篇故事的基本元素（亦即壓縮、暗喻和改變）推向極致……這些故事被壓縮到極點，幾乎要爆炸了。」微小說有時也稱為混合小說，因為通常很難去區別這種極短篇和詩有何不同。成百上千的作者以這種形式創作，最出名的就是美國作家莉迪亞・戴維斯（Lydia Davis）。

📖 延伸閱讀　衝突典範之作

〈幸福結局〉（"Happy Endings"）

　　——瑪格麗特・愛特伍（Margaret Atwood）

〈銀水〉（"Silver Water"）

　　——艾米・布魯姆（Amy Bloom）

〈舊愛已逝〉（"We Didn't"）

　　——斯圖亞特・迪貝克（Stuart Dybek）

〈科佐〉（"Corzo"）

　　——布倫娜・戈麥斯（Brenna Gomez）

〈她走了多遠〉（"How Far She Went"）

　　——瑪麗・胡德（Mary Hood）

〈凡興者必合〉（"Everything That Rises Must Converge"）

　　——弗蘭納里・奧康納（Flannery O'Connor）

〈雙目視覺〉（"Binocular Vision"）

　　——伊迪斯・佩爾曼（Edith Pearlman）

〈從街角數起的第二棵樹〉（"The Second Tree from the Corner"）

　　——E・B・懷特（E. B. White）

〈使用暴力〉（"The Use of Force"）

　　——威廉・卡洛斯・威廉斯（William Carlos Williams）

〈腦中子彈〉（"Bullet in the Brain"）

　　——托比亞斯・沃爾夫（Tobias Wolff）

✎ 寫作練習　讓衝突發生

1. 寫一個場景，讓兩個角色發生衝突：一個想要某件東西，另一個卻不想給。讓衝突升溫。哪個角色用了計謀而得逞？誰贏了？

2. 下一個主題相同卻比較複雜：兩個角色各擁有某件東西的一半，但缺了另一半，這一半就毫無價值；每個人都想要對方手上的另一半。他們會聯繫或中斷聯繫？

3. 寫一個場景，讓兩個角色為一樣小東西或一件瑣事爭吵。讓讀者知道，這兩人其實是爭搶另一個更重要的東西（例如，他們不是要爭搶遙控器，而是爭取控制權和遠端操控權）。

4. 使角色與自然界的事物發生衝突；可以小到像蚊子那樣，也可以大到像雪崩一樣。平衡各方力量，直到危機行動發生時，才讓讀者知道哪一方會「獲勝」。

5. 寫一個不超過三頁的故事，讓主角得不到想要的東西，但故事卻有快樂的結局。

6. 選擇一個場景或類型小說（幻想的王國、西部酒吧、發現屍體或其他熟悉的故事形式）的場景。撰寫一個場景，讓實際行動是發生在角色的腦海中。

7. 在明信片上寫一則短篇故事。把它寄出去。這則微小說篇幅很短，如果想要掌控好衝突、危機和解決之道，寫作就必須立即引入衝突。

第七章

叫我以實瑪利

敘事視角

　　「視角」是最複雜的小說元素。我們可以用不同的方法來標記和分析視角。然而，無論如何描述，視角最終還是牽涉作者、角色和讀者之間的關係。

　　首先得區分「視角」和「看法／觀點」，好比「我的看法是，他們都該被槍斃」。要撇開這兩個術語是等量齊觀的看法，可改用更直接的同義詞「有利地勢／有利觀點」（vantage point），亦即誰站在「哪裡」看著場景。

　　我們畢竟是舞文弄墨的，不妨將這些問題轉換為：誰在說？向誰說？以何種形式？離多遠的距離敘事？

▶誰在說？

　　作家落筆時首先要確立視角，就是要選定「人稱」。選擇誰來說是最簡單和最基本的細分法。你講述故事時，可以：

1. 從第三人稱講起（她當時走進刺眼的陽光裡）
2. 從第二人稱講起（你當時走進刺眼的陽光裡）
3. 從第一人稱講起（我當時走進刺眼的陽光裡）

　　從讀者的角度而言，以第三人稱和第二人稱描述的故事是由作者講述，第一人稱的故事則由扮演「我」的角色講述。

第三人稱

第三人稱就是由作者來講故事，可以根據作者對故事的掌握程度加以細分。

全知視角

「全知作者」掌握一切訊息，可直接引導讀者如何思考。全知作者如同無所不知的上帝，可以：

1. 客觀敘述故事進展。
2. 進入任何角色的內心世界。
3. 替讀者解釋某個角色的外貌、言語、行為和思想，即使該角色本身都無法做到也無妨。
4. 自由遊走於時空，讓讀者從全景、遠景、微觀或歷史角度去觀物覽事，告訴讀者某處發生了什麼，過去發生了什麼，還有未來將發生什麼。
5. 提供綜合的反思、判斷和事實。

透過這些層面，讀者會接受全知作者告訴他們的一切訊息。如果作者說：「露絲是個好女人、傑里米並不了解自己的動機、月球將在四個小時後爆炸，或者每個人都會過得更好」，讀者都會相信這些。下段文字明確展示上述五種層面的內容：

　　（1）喬瞪著那個哭叫的嬰兒。（2）嬰兒看到他臉色陰沉而嚇到，倒吸了一口氣，哭喊得更大聲。喬心想：「我最討厭嬰兒哭鬧。」（3）然而，他並沒有感到厭惡。（4）兩年以前，他自己就曾這樣尖叫。（5）嬰兒無法分辨厭惡和害怕。

　　這段例證的文字被壓縮，無法適切展示一切，但文筆高超的作者可在不同的知識領域自由切換。托爾斯泰在《戰爭與和平》的第一幕如此描述安娜·舍雷爾：

　　　　安娜社交時總要顯得古道熱腸，即使偶爾心裡百般不願，也得假裝熱心助人，免得讓熟人掃興。她經常露出淺淺笑容，但姿色已衰，與這款淺笑並不相稱。她就像被寵壞的孩子，深知自己不討喜，即便不希望如此，卻無法也無意去改變。

　　托爾斯泰只用兩句話便告訴讀者安娜的想法、熟人對她的期望、她的長相、什麼適合她，以及她能做什麼、不能做什麼。托爾斯泰還表達自己對嬌生慣養的小孩有何看法。

　　古典史詩（古希臘神話中的梅列阿格[14]身處遙遠之地，被蒙在鼓裡，卻感受體內器官如火燒般灼痛）、《聖經》（於是，耶和華降瘟疫於以色列人；民間死了七萬人[15]）和十九世紀多數的小說（提托伸手

14　梅列阿格（Meleager）曾被預言以燃燒原木作為其生命終點，曾因除去卡呂冬野豬而聞名於世，最終因其母燃燒原木而犧牲。

15　這段文字出自於《舊約聖經·撒母耳記下》第二十四章第十五節。

去幫他，但人心變化迅速，當他感覺對方的罪孽被赦免時，突然感覺如此助人令他厭煩）都採用全知的視角去敘事。然而，現代文學逐漸讓故事人物降階，從描繪英雄人物轉為描寫普通人物，從敘述外部動作轉而探究內心世界，紀實小說的作者通常不會用全知作者的觀點來創作，只讓自己限定於某些知識領域。

有限全知視角

所謂有限全知視角，就是作者擁有全知作者的部分敘事自由，縱橫穿梭於故事之中。最常用的形式是作者用有限的全知視角去客觀看待事件，並且探究某個角色的內心，但無法窺探其他人物的心思，也不具備明確的判斷能力。有限的全知視角特別適用於短篇故事，因為可以迅速確立人物視角或感知手段。短篇故事篇幅極短，幾乎沒有時間或空間去鋪陳一種以上的意識想法。堅持從外部觀察和緊扣一位角色的思想有助於聚焦，避免拙劣的視角轉換。有限全知視角另有一項優點，就是它模仿了個人的生活經歷，亦即人是無法窺探別人的內心世界和動機，如此便會導致衝突或爭鬥，從而建立聯繫，激發創作小說的靈感。

寫小說時經常採用有限全知視角，好比蓋爾・戈德溫的《怪女人》（*The Odd Woman*）。

同一天晚上十點，長期住在山上的居民按例做事且滴酒不飲。簡卻獨自一人坐在廚房，乾淨的桌上擺著一杯蘇格蘭威士忌，愈來愈陷入連她都感覺陌生的情緒之中。簡無法形容這種感

覺，她既恐懼又滿足，就像放手讓人帶到一個不知名的地方。她努力回想，想弄明白：這一切是何時開始的？

作者顯然只有有限的全知視角。她不會告訴讀者簡究竟在想什麼，也不會向讀者揭露連簡都無法描摹的心境到底是什麼。作者能隨意交代事實，也知道簡的想法，如此而已。

用有限全知視角描述，好處在於能直截了當。讀者跟簡一樣，只能了解她自己的想法和感覺，因此必須與她一起去探索真相。在這個過程中，作者與讀者達成了一種牢不可破的默契。如果作者此時介入並回答簡的問題（「這一切是何時開始的？」），指出「簡絕對記不得這件事，其實當她兩歲時，這一切就發生了」，讀者便會覺得很突兀，認為作者這樣介入是不必要的。然而，作者雖然自我設限，依舊保有讓行文流暢和採取不同敘事手段的自由。

客觀視角

從客觀視角寫作，就是只從外部事實來描述，可能是透過某個人物的視覺、聽覺、嗅覺、味覺和觸覺來感受到這些事實。海明威創作〈白象似的群山〉時，只記錄一對爭吵夫妻的言行，既沒有直接透露人物的思想，也沒有去論斷。

「我們喝點什麼？」女孩問道。她已經脫下帽子，放在桌上。
「天氣熱得很。」男子說道。
「我們喝啤酒吧。」

「來兩杯啤酒！」男子對著窗簾，用西班牙語說道。

　　那個女人端來兩杯啤酒和兩個氈墊。她把氈墊和啤酒放在桌子上，看著男人和女孩。女孩正在眺望山脈的稜線。山在陽光照耀下是白色的，而鄉野則是褐色的，四處乾巴巴的。

　　隨著故事的發展，讀者光靠推斷便會知道這個女孩已經懷孕，而她感覺自己被這個男人強迫墮胎。然而，小說從未提及懷孕或流產的事情。敘事簡潔嚴謹，只描述外在事實。海明威想藉著這種客觀手法達到什麼效果？讀者要去發覺故事原委。故事角色迴避話題、言詞閃爍且裝模作樣，但舉手投足、話語重複且不時說漏嘴，在在暴露自己的真實想法和感受。讀者是在作者的引導下，猶如在現實生活中專心藉由推測去探究事實，竟然發現自己比人物本身更了解他們自己，從而感受閱讀的喜悅。

第二人稱

　　第一和第三人稱是文學作品最常用的敘事視角；第二人稱仍然是特殊的實驗性視角，但某些當代作家熱衷於此道，因此它仍然值得一提。

　　在韓國作家韓江的小說《少年來了》中，不少章節重複運用第二人稱敘事，可以用來說明作者如何透過這種技巧將讀者融入故事角色。

「好像下雨了。」你喃喃自語。

如果真的下起傾盆大雨，我們該怎麼辦？

你稍微睜開眼睛，只讓一小束光線滲入眼簾，然後凝視著省廳前的銀杏。似乎在樹枝之間，風將呈現出可見的形式。彷彿雨滴懸浮在空中，在暴落之前屏住呼吸，不停顫抖著，像珠寶一樣閃閃發光。當你睜開眼睛時，樹木的輪廓就會變得暗淡模糊。你很快就要戴上眼鏡……。也許你現在的視力已經不好了，或者你根本就不必戴眼鏡？

作者讓你（也就是讀者）具備特定的特徵和反應，使你融入角色，因此（假設你跟角色性格相符）你會更深入去探究這個故事。

有些作家會用第二人稱來描述創傷，因為那種輕微的疏離感會避免誇大的戲劇效果，同時反應出震撼感。某些作者則用第二人稱將特殊的個人體驗轉化為普世經驗。

> 我真正想營造的是那種親密的氛圍，讓讀者感覺自己不是在讀小說，而是一直參與其中。
> ──童妮·摩里森

「唯有某個角色」被稱為「你」的時候，第二人稱才算故事的基本模式。當某個角色在信裡或獨白時稱呼「你」的時候，敘事者仍然是「我」這個角色。當全知作者用「你」稱呼讀者時（你會記得約翰·多德林被困在多佛的峭壁上來回搖晃的景象），這是所謂的「直接稱呼」，但並沒有改變整篇故事第三人稱的基本敘事模式。只有作者把「你」當作故事的角色時，這樣的故事或小說才算以第二人稱來描述。

與第三人稱或第一人稱視角不同的是，第二人稱視角會吸引讀者注意，不過卻很難維繫，因為一不留神，便會退回到第三人稱或第一

人稱視角。此外，某些讀者可能會排斥第二人稱視角，因為他們無法從故事角色身上找到共鳴。（你很快就要戴上眼鏡。）第二人稱視角不可能像第一人稱和第三人稱視角那樣，成為主要的敘事方式，不過它確實是吸引人的實驗性手法。

第一人稱

故事的某個角色與故事的行動和事件有所關聯時，作者就會使用第一人稱去講述。「敘事者」偶爾泛指任何說故事的人，但嚴格來說，唯有某個角色用第一人稱講故事時，故事才有敘事者。這個角色可能是主角，亦即「我在講我的故事」，該角色就是「中心敘事者」；這個角色有可能在講別人的故事，此時他就是「外圍敘事者」。

無論如何，要儘早告訴讀者敘事者是哪種類型，讀者才知道誰是故事的主角，好比美國小說家保羅·貝提（Paul Beatty）《背叛者》的第一段：

> 我是個黑人，從未偷過任何東西，這點很難讓人置信。我從不逃漏稅或盜用信用卡。我不曾潛進戲院偷看電影。藥房店員會不管有沒有賺錢，或者只領最低工資，有時會多找零錢，我發現了也會把錢退回去。我不曾闖空門，也不曾持槍搶劫烈酒販賣店。

作者立即將重點放在故事的「我」身上，讀者就會知道「我」就是主角，其欲望和決定會促使行動發生。下面的範例出自於勞倫·格

洛夫的〈鬼怪與空虛〉（"Ghosts and Empties"），讀者可推斷出故事中的「我」肯定會惹上麻煩：

> 我已經變成會大吼大叫的女人。我不想成為大吼大叫的女人，因為小孩會在旁邊走來走去，用冰冷的面孔注視著我。我只好在晚飯後穿上跑步鞋，走到街上陰暗的地方散步，讓我老公給孩子們脫衣洗澡、教他們讀書唱歌以及替他們蓋好被子睡覺，因為我老公不會大吼大叫。

艾米・布魯姆反其道而行，不採用上面自我引導的描述手法，在〈銀水〉中讓紫羅蘭這位角色成為外圍敘事者，從旁觀察和保護姊姊羅絲，而描述羅絲優美歌聲的辭藻將她演繹得活靈活現：

> 我姊的歌聲如同銀壺裡的山澗小溪，清澈蔚藍，沁人心肺，令人飄飄欲仙。在我十二歲和她十四歲那年，我們欣賞完《茶花女》之後，我姊在停車場用手肘推了我一下，說道：「你瞧瞧。」她張大嘴巴，歌聲流瀉而出，清澈明亮，看完歌劇的觀眾剎時定在車前，無法掏出鑰匙或打開車門，全都凝神聆聽。待她唱完一曲，眾人便瘋狂歡呼。
>
> 這就是我喜歡回憶的事，我把這個故事告訴治療她的醫生。我希望醫生認識我姊，讓他們知道姊姊並非全然是他們所見的模樣。

顧名思義，中心敘事者就是位於情節核心的人物。外圍敘事者不位於核心，其他位置都有可能，他可能是第二重要的人物（如同上例的紫羅蘭），也可能從頭到尾都在旁觀。第一人稱敘事者甚至可能是多人，如同美國小說家威廉・福克納的作品〈給艾蜜莉的玫瑰花〉（"A Rose for Emily"）。敘事者是作為故事場景的小鎮裡「我們」的其中一位。在美國小說家斯科特・布萊克伍德（Scott Blackwood）的作品《我們同意在此碰面》（*We Agreed to Meet Just Here*）中，第一人稱敘事者反覆出現於各個章節。

> 這就是我們想像奧迪消失那晚發生的事：他和露絲爭執該如何做化療，奧迪說他不懂為何要那樣，而露絲則一如往常，有煩心的事就會開車去魚市場，吃炒蝦配綠芒果咖哩。

請注意間接對話和概述是如何用來暗示通常會發生什麼，亦即「我們」能夠猜到的事情。

敘事者既可能是中心人物，也可能是外圍角色，角色既能講述自身的故事，也能透露別人的事情，這是廣為接受且符合邏輯的。然而，作者兼編輯魯斯特・希爾斯（Rust Hills）在其《總體寫作和短篇故事創作》（*Writing in General and the Short Story in Particular*）中卻舉出例外範例，文字風趣且有說服力。希爾斯認為，敘事視角不對，通常是因為作者鋪陳故事時運用的感知與被驅策或改變的角色所採取的感知不同。即使敘事者看似外圍觀察者，講述的也是「關於」別人的故事，發生改變的其實是敘事者，而且敘事者也必須改變，讀

者才能與其共鳴，從而獲得滿足。

　　我認為，成功的小說皆是如此：要嘛讓被劇情改變的角色成為視角人物，要嘛讓視角人物成為被劇情改變的角色。這就是希爾斯法則。

當然，這種觀點並不是說我們必須拋棄外圍敘事者的小說創作手法。希爾斯使用名著《大亨小傳》的例子來解釋他的觀點。尼克‧卡拉威是外圍敘事者，他觀察和講述傑伊‧蓋茨比的故事，然而，到了最後，尼克卻因為觀察到的事情而改變了一生。同理，華裔作家任碧蓮（Gish Jen）的作品〈不再說或許〉（"No More Maybe"）劈頭便明確指出故事焦點落在敘事者的公婆身上：

　　我婆婆自從來美國以後就很忙。首先，她要吃很多的藍莓。因為藍莓在中國賣得很貴！在這裡，它們比較便宜。然後，她要呼吸乾淨的空氣。我的丈夫吳吉和我已經在這裡住了五年，很習慣此地的空氣。但是我婆婆想快步走，要走很多步。呼吸，呼吸。她說，要試著去清理她的肺部，試著把所有健康的氧氣吸到體內。她還要仰望天空。

然而，到了故事的結尾，敘事者卻流下了眼淚。她不斷在諷刺衰老的公婆，卻發現公婆衰老後，只有迎來（死亡）這麼一種結果。

安東‧契訶夫（根據美國作家托比亞斯‧沃爾夫詮釋）指出：

「敘事者逃不出他所講故事的結局。如果他能逃脫，那就不是故事了，而是一則佚事、傳聞或別的東西。」

　　無論第一人稱敘事者是中心或外圍敘事者，請務必記住，他跟普通人一樣會受限，無法全知全能。敘事者只能據實轉述他知道的事情，即便他可以詮釋劇情、發表言論和預測未來，卻跟凡人一樣，難免會出錯。讀者得全盤接受全知作者的詮釋、言論和預測，卻不必照單接受第一人稱敘事者的看法。作家可能想讓讀者相信敘事者，而最難辦到、也是衡量故事成功與否的標準，就是說服讀者去相信敘事者。另一方面，作家追求的一項重要目標就是讓讀者排斥敘事者的觀點，從而建立自己的想法。如果「誰在說？」的答案是「孩子、偏執狂、吃醋的情人、動物、精神分裂者、殺人犯和騙子」，就表示敘事者描述時會有所限制，而讀者卻無法理解這些限制。敘事者若是展現或透露這些限制，他就是不可靠的。本章後頭會進一步討論這點，內容位於「離多遠的距離敘事？」的標題之下。

▶向誰說？

　　作者選擇視角時，不僅暗示說故事者的身分，也指出讀者的身分。這個故事是講給誰聽的？

講給讀者聽

　　小說通常都是講給「讀者」聽的。讀者打開書本，便默認自己是其中一位觀眾，不會問道：你為什麼要告訴我這些？講故事的人（無

論是全知作者或敘事角色）最常假設讀者是個普通人，心胸開放，為人和善，而且認為無需任何理由便能講故事。

> 使用視角，是要讓讀者立即且持續接觸故事的核心，並讓他們持續待在那裡。觀點就是舞台口，也是一扇透明窗口，讓讀者透過它去觀看故事。
> ——美國作家湯姆·詹克斯（Tom Jenks）

> 我出生那一刻，我的母親就去世了，因此在我的一生之中，在我自己和永恆之間沒有站立任何人。我的背後總是吹著陰冷的黑風。我降臨塵世時，不知道會是這樣，當我活到了半百，才了解這一點，那時我已經不年輕，知道自己昔日大把擁有的，已經愈來愈少，而以前幾乎欠缺的，卻愈來愈多。
> ——牙買加·琴凱德，《我母親的自傳》

說給另一個角色聽

故事可能是說給另一個或另一些角色聽，讀者只是「無意中聽到」內容，講故事的人就當讀者不存在。

在書信體小說或故事中，敘事內容完全是某個角色寫給另一個角色的信件文字。收信人可能是陌生人，或者密友或親友之類的人，比如在李·史密斯《聖誕節家書》（*The Christmas Letters*）中幾乎每年都會讀書信的角色。

> 首先，很抱歉去年沒有寫聖誕信（不回電話、也沒回信等等）。我其實有很長一段時間什麼都做不了。這並非什麼大不了的事，也沒什麼，我只是受到驚嚇，無法動彈。後來，我又特別

忙，做了太多事情。瑪麗貝思也經歷過這種事，那時寫信告訴我，說道：「別做任何重大的決定。」建議是不錯，可惜我沒聽她的。我同意了分居協議，隨後立即同意結束這段無過錯的婚姻，然後又同意桑迪立即賣房子的計畫。我只是想結束這一切，就像你有時會突然控制不了衝動，想去整理衣櫃一樣。

故事常見的另一種方式是獨白，由某個角色大聲講給另一個角色聽：

這些是辦公室，這些是小隔間。那是我的隔間，這是你的隔間。這是你的電話。千萬不要接電話。讓語音信箱去回答就好。這是你的語音信箱系統手冊。不准打個人電話，但發生緊急情況時例外。如果你要打緊急電話，先問過你的主管。如果找不到主管，就去問坐在那裡的菲利普・斯皮爾斯。他會詢問坐在那裡的克拉麗莎・尼克斯。如果你沒問人就打緊急電話，有可能會被開除。

──丹尼爾・奧羅斯科（Daniel Orozco），〈新進人員訓練〉（"Orientation"）

行文變化是無窮的：敘事者可能是私下跟朋友說話，或者和情人親密告白，甚至向陪審團或一群暴民陳述事情原委；角色可能正在撰寫一份專業的福利報告，不能讓文字洩漏個人情緒，也有可能在寫一封情書，含情脈脈，傾訴衷腸，其實他（和讀者）都知道，那封信永

> 一如既往,我發現自己寫的東西是在探討令人厭惡或社會不允許的行為和心態,但這些根本不存在於我的生活中;然而,我怕人們在讀我寫的東西時,會很自然地把這些東西歸咎於我。
>
> ——麥可‧謝朋

遠都不會寄出去。美國作家羅賓‧海姆利（Robin Hemley）的小說〈全部回覆〉（"Reply All"）通篇都是電子郵件。

無論是上述的哪種情況,這種敘事方式迥異於直接講給「讀者」聽的故事所採取的描述方法。聆聽者和講話者都參與了劇情;作者沒有假設讀者在現場,而是假設他們不在現場。讀者只是在偷聽,與角色的關係顯得既親近又疏離。

對自己說

如果角色的故事跟日記一樣涉及祕密或隱私,是要對自己傾訴,不希望故事內外的人聽到,就會用更私密的方式去表現出來。

寫日記或日誌就是記下自己的所思所想,但不希望作者之外的人讀到。下面的文字節錄於我的小說《貪得無厭》,內容是競選經理的私人日記:

八月十一日

我總有一天會掐死那個女人。扭斷雞脖子的美味幻想,她什麼都不像,最像雞了。不過,這種比喻會誤導人,也是我自己意志的產物。絕對不能受它誘惑。

今天下午,我抬頭看到她站在士里夫波特布克‧T‧中學的露台上,透過兩扇門就可以清楚看到她。跟亞歷克斯在自助餐廳

的記者只要後退兩步，就可以看見她了。

這個角色顯然靠寫日記來發洩憤怒，並且不希望別人讀到日記內容。話雖如此，他還是刻意表露了內心想法。

內心獨白

作者有權窺探某個角色的內心世界，因此讀者也有權偷聽該角色的想法。偷聽到的想法一般分為兩種，比較常見的是「內心獨白」，通常都是依循角色的思想順序。

> 我必須恢復神志。我必須，就像人們所說的，讓自己振作起來，把這隻貓從大腿甩開，稍微動一下，沒錯，就是這樣。下定決心，動一下，就去做。但是要做什麼呢？我的意志就像這間屋子裡蒙上灰塵的玫瑰色燈光：柔和、散漫和慵懶。它讓我做……任何事……什麼也沒做。我的耳朵聽到不小心聽到的聲音；我吃擺在我面前的東西；我的眼睛看到了撞進我眼珠的東西；我的思想不是思想，而是夢境。我時而空虛，時而充實……看情況而定。我無從選擇。我把手指伸進蒂克的毛裡，撓牠的後背，直到牠酥爽到把後背弓起來。我低聲說，蒂克先生，我必須恢復神志，我得讓自己振作起來。然後蒂克先生翻了個身，肚子朝下趴著，口吐著氣。
>
> ——美國作家威廉・霍華德・加斯（William H. Gass），〈在美國心臟地帶的心臟地區〉（"In the Heart of the Heart of the Country"）

這種內心獨白如同人類思想，林林總總，樣式不一，從感官印象到自我告誡，從貓到光到眼睛和耳朵，從特定物到普通物再轉回特定物。然而，這些事物之間還是有邏輯關係的。心智會遵循邏輯和依照語法去「思考」，猶如角色試圖去表達自我思想。

意識流

根據「意識流」的說法，人類的心智不像前面引述的內心獨白那樣，會以有序和清楚的方式運作。我們對意識流的運作知之甚少，卻仍然知道它會跳躍和省略，可以形成或打破意象，其跳躍速度之快，跳躍距離之遠，非言語所能表達。心智隨時都能多工，同時完成許多任務，這些任務卻無法同時被傳達出來。你讀這句話時，部分的心智在理解句子；部分的心智在引導你的手去握著書或向下拉動視窗；部分的心智在扭轉你的脊椎，讓你坐得更舒服；部分的心智仍然停留在剛剛讀到的有趣文字，「蒂克先生翻了個身，肚子朝下趴著」，讓你想起以前也養過一隻貓，牠也會這樣吐氣。你突然想到牛奶快喝光了，必須趕快看完這一章，免得商店打烊，買不到牛奶，諸如此類的事情。

在《尤利西斯》中，喬伊斯試圖運用意識流手法來捕捉快速運作且變化多樣的心智。這種手法很難運用，而且往往吃力不討好：思維遠比書寫或說話更快，而意識流要揭示心智的過程和內容，因此比普通語法需要「更嚴格（並非更寬鬆）篩選和安排文字」。然而，喬伊斯和其他極少數作家擅於駕馭意識流，從中捕捉心智運作，行文熱情奔放，讀之令人興奮。

我確信我不會替他從街上招攬房客，如果他有這樣一棟有觀景樓的房子，我就願意跟某位聰明且受過教育的人長談一番，那我得穿一雙舒適的紅色拖鞋，就像那些帶著土耳其帽的土耳其人以前經常兜售的拖鞋，黃色的也行，還有我得穿一身我很想要的半透明晨衣，或者穿一套桃色晨衣，就像很久以前沃爾普斯的那件，只是尺寸要8/6……

──詹姆斯・喬伊斯，《尤利西斯》

前面的兩個例子分別是內心獨白和意識流，是用第一人稱寫的，讓讀者可以偷聽到敘事者角色的思想。讀者還能透過第三人稱全知和有限全知作者的敘事手段去聽到故事人物的心聲，好比美國作家約翰・愛德嘉・魏德曼的傑作〈鈴鼓女士〉。魏德曼順暢結合第三人稱敘事手法與意識流，即便「誰在說？」這個問題的答案是「作者」，讀者卻認為視角人物在腦海中湧現彼此相關的連珠炮思想：

她在想大概還要多久你才會結束禱告，想著當你還在自言自語的時候，這個世界是怎樣消失和不見的。媽媽教過她的話，她媽媽說她媽媽教過她的話，這也是某些人常說的話，世界無窮無盡，阿門。上帝是不會忘記祂的子民的……

▶以何種形式？

故事的形式有助於呈現整體視角。無論是「書面或口頭」故事，

從形式便可能指出它是一般性的「故事」，或者「新聞報導、懺悔告解、內心獨白或意識流」，甚至明確指出它是「獨白、演說、日誌或日記」。形式有千百種，不只這些。你可以用目錄或電視廣告的方式來講述故事，只要設法賦予它故事的形式即可。

形式對視角很重要，因為講故事的形式便可表示敘事者自我意識的高低。這又會影響選詞用字、讀者與人物的親密程度，以及故事的真實性。總體而言，書面描述會比口頭陳述顯得不那麼真誠，而口頭陳述又比腦中思維更不真誠。當敘事者給祖母寫信時，可能不如他向朋友大聲講出相同事實時那麼真誠。

透過敘事建立的敘事者與讀者之間的某些關係，會比其他關係更容易產生某種故事形式。然而，若要回答「誰在說？向誰說？以何種形式？」等問題，可以隨意組合出任何答案。如果你是用全知作者的口吻向傳統文學的「讀者」訴說故事，讀者會認為你的形式是傳統的「書面故事」，但你可能會如此寫：

　　等等，你過來一下。那個角落裡的是什麼？就是塞在床柱和牆壁之間的東西。那是抹布？還是，一條內褲？

如果你這樣做，至少會暫時切入不同於書面故事的口頭描述，達到的效果事是立即將讀者拉進了現場，稍微改變了整個故事的視角。中心敘事者可能正在思索，因此「自言自語」，而其實是怒氣沖沖，正在向另一個角色表達想法。反過來說，某個角色可能正在給另一個角色寫信，卻讓有意識的書寫動作洩漏了內心的想法。像上述的這類

複雜情況都可能改變和影響整體的視角。

▶離多遠的距離敘事？

小說的視角如同化學家的顯微鏡和塔樓上的瞭望台，總會牽涉觀察者和被觀察事物之間可遠可近的距離。距離可以屬於時間或空間，涉及角色與被敘述事件的距離。

> 那年春天，我潛力無窮卻身無分文，於是當了管理員。我當時年少輕狂，花錢揮霍，幾乎每晚都會沉沉睡去，幻想自己的潛能某天會突然爆發，自己就會一夜成名，出版的自傳將會擺在許多包著防塵書套的書籍上面。
> ——美國作家詹姆斯・艾倫・麥克弗森（James Alan McPherson），〈黃金海岸〉（"Gold Coast"）

在上述的範例中，距離有幾十年，敘事者採取面對年輕自我的視角。讀者被引導去認同書寫文字的較年長自我，並且暗暗嘲諷敘事者年輕時預期潛能會爆發的期待並未實現。

縮小讀者和角色之間的距離，也可縮小無形的距離，如同我的小說《生絲》（*Raw Silk*）裡的一段話：

> 我非常害怕寫另一個種族的角色。我以前從未嘗試過，也很擔憂寫的東西會變成某個白人寫自己腦海中黑人女性應該是怎樣的作品……但我義無反顧，便寫了下去。
> ——美國作家麥可・康寧漢

　　她的臉離我的臉只有半吋。窗簾拍打著開啟的窗戶，她的瞳孔隨著來回的光線而跳動。我瞭解吉兒的眼睛；我描繪過它們。它們散發激情卻寂靜沈默……如同玻璃罩下內爆。

「作者距離」偶爾稱為「心理距離」，乃是讀者一方面感覺自己與角色有多親密和認同他們，另一方面又是讀者認為自己和角色有多麼分離和疏離。若要營造距離感，可運用抽象名詞、概述、樹立典型和表露客觀性。在其他語境中，這些技巧可能被視為寫作瑕疵，但在下面的範例中，作者卻刻意使用它們，透過一連串的細節讓讀者疏離角色，從而大幅扭轉情節。

　　一切是從後院開始。男人起初手持長叉，留心高熱和煙塵以及突然冒出的火焰。妻子們把印著鐵軌條紋的圍裙遞給男人，圍裙正面寫著「HOT STUFF, THE BOSS（東西燙，大老爺）」的口號，意在鼓勵他們努力幹活。然後，輪到該誰洗碗時，情況就有點混亂了。你不能總是指望用紙盤子吧？大約在那個時候，女人就厭倦了做奶油糖巧克力方塊蛋糕以及有烤紅蘿蔔和小棉花軟糖的果凍沙拉，想要出去賺錢，一件事情接連引發另一件事情。

　　　　　　　　　　——瑪格麗特・愛特伍，〈慢燉〉（"Simmering"）

也可反其道而行，描述具體細節、場景和角色的思想等等，讓讀者更親近和認同角色。

　　她幻想自己還不是三個孩子的母親。她用手捏緊花朵，好像掐死了三歲、四歲和五歲的幼小生命。剎那之間，她因自己的迷信而羞愧和害怕。她第一次去找牧師，眼神勉強擠出些許謙卑，彷彿牧師就是上帝差遣的聖徒。她會想像上帝的模樣，認為祂是一個黑人小男孩，膽小怯懦，拉著牧師衣服的後擺。

　　　　　　　　——愛麗絲・華克，〈羅絲莉莉〉（"Roselily"）

　　綜合運用各種技巧，可讓讀者同時產生認同和疏離的感覺，這是常見的喜劇效果，如同下面的例子：

　　我在一家餐館當洗碗工。我不想給任何人留下印象，也不想吹噓，這就是我的工作。這不是人們嚮往的工作。當然，你賺了大錢，人人都會仰慕你，尊敬你，但你就得承擔很多的責任。你會感到壓力很重，逐漸感到精疲力盡。我猜想，如今這個光景，大家都想幹洗碗工，但他們把這種工作想得太美好了。

　　　　　　　　——羅伯特・麥克布萊迪（Robert McBrearty），〈洗碗工〉（"The Dishwasher"）

　　你身為作者，可能會要求讀者去完全認同某個角色，並且完全譴責另一個角色。某個角色可能會嚴厲批判另一個角色，而你身為作者，可能會暗示讀者應該要附和那項批判。如果還有一個敘事者，他可能會認為自己比別人道德高尚，但讀者背地裡可能會認為這個敘事者道德低下。此時，你就在敘事中營造了一種「道德距離」，也同時

創造了一位「不能信賴的敘事者」。

下面是第一人稱的敘述，故事中的女人盛氣凌人且尖酸刻薄，從她的視角去敘事：

> 我一直、一直想要做對的事情並幫助別人。這是我對社區和對上帝的責任。但是我現在可以告訴你，你們不能受到幫助以後不知心存感恩！……以前有個又邋遢又老的肥女人，人高馬大，住在對街上，常來我的教會。她每個月都和不同的男人鬼混！我向牧師告狀，說她跟很多男人有一腿，這個女人就對我發飆！我在履行我的責任，她卻因為這樣而生氣！我告訴她，總得有人當社區的中流砥柱，如果這個重責落到我的頭上，乃是我誠心所願！她說我是個討厭鬼，還拉里拉雜講了很多事情，而我也把這些一五一十告訴牧師。這個女人很快就要搬走了。真是太棒了！我喜歡乾淨清白的社區！
>
> ——J·加利福尼亞·庫珀（J. California Cooper），〈守望者〉（"The Watcher"）

讀者不會相信這個女人的每一項批判，卻相信作者正在操縱敘事者的語氣來揭露她醜惡的行徑。範例中暴怒的言語充滿諷刺意味，但敘事者沒有意識到這點，因此這些諷刺是針對著她的。讀者從字裡行間，會聽到她將打擾別人的生活描述為履行責任。當她用陳腔濫調吹噓時，讀者會認為她不是中流砥柱（pillar），而是討人厭的傢伙（pill）。當她濫用《聖經》用語時（"so be it!"〔誠心所願，偶爾譯成

「阿門」〕），讀者會懷疑連牧師都不會認同她。說到標點符號，敘事者自以為是，過度使用驚嘆號（！），給人感覺她口氣未免過於強硬。讀者可能會喜歡那個「邋遢又老的肥女人」，也心知肚明那個女人為何想要搬家。

敘事視角摘要

誰在說？		
第三人稱：作者 1. 編輯式全知視角 2. 有限全知視角 3. 客觀視角	第二人稱：作者	第一人稱：角色 1. 中心敘事者 2. 外圍敘事者
對誰說？		
第三人稱：讀者	第二人稱：「你」 1. 作為角色 2. 作為由讀者轉變的角色	第一人稱：自我或另一個角色
以何種形式？		
故事、獨白、書信、日誌、內心獨白和意識流等等		
離多遠的距離敘事？		
完全認同	到	完全否定
在說話者和讀者之間（在時間、空間、智力、道德、措辭和理智之類層面的距離）		

在這種情況下，敘事者完全不可信賴，讀者不太可能認同她的批判。然而，敘事者也可能在某些領域讓人信賴，到了其他領域又變得不可信。馬克‧吐溫的《哈克歷險記》就是著名的範例。哈克決定解救他的黑奴朋友吉姆，但他發現湯姆‧索耶同意這項計畫時感到驚訝。

> 這個孩子受人尊敬，還有教養；還有品格；還有他的家人也有品格；還有他很聰明，人不會死死板板；他懂很多的事，不是無知的；還有他做人不壞，又很友善；但是他卻來到這裡，沒有抱著驕傲正義或其他想法，墮落到要幹這檔事，打算讓自己和家人在別人面前蒙羞。我完全搞不懂他為什麼想這樣做。

這段節錄瀰漫諷刺意味，指出奴隸制度應由可敬的、光明的、有學養的、善良的和有品格的人捍衛。讀者不會認同哈克對湯姆的評論，也不接受哈克暗地對自己的看法，認為他無足輕重，就算解救奴隸（吉姆）失敗，也沒什麼好損失的。哈克的道德直覺比他本人能理解的更好。（順道一提，請各位注意，作者用選詞用字、語法結構和拼寫錯誤來表示哈克沒念過書。）因此，作者用哈克當作敘事者時，讀者雖會和哈克在思想上背道而馳，卻會在道德層面上認同他。同理，可信賴的「不可信賴」敘事者，其扭曲的觀點精準描繪了限制他們想法的社會制度，這些角色包括：「酋長」波登，美國作家肯‧凱西《飛越杜鵑

> 對於多數作家而言，如果時間足夠，視角選擇會變得直觀。聽到內心的聲音，就去跟隨它。
> ——伊莉莎白‧史卓特

窩》的敘事者；以及在美國作家夏綠蒂·柏金斯·吉爾曼一八九二年的故事〈黃色壁紙〉中，那位不准寫作的「歇斯底里」妻子兼病人。

　　不可信賴的敘事者（目前已是現代小說中最受歡迎的角色）絕非文學界的新角色。早在小說問世之前，這類角色就存在了。每部戲劇都有表達自身觀點的角色，讀者會或多或少與其維持一段距離。因此，讀者會欣賞希臘神話中弒父戀母的悲劇英雄伊底帕斯的才智，卻會因為他缺乏直覺而憤怒。讀者會認同莎劇四大悲劇之一的主角奧賽羅的道德感，卻不相信他的邏輯。讀者會認為《星艦迷航記》的主角之一史巴克有頭腦，卻不認同他的內心想法。正如前述例子所暗示，不可信賴的敘事者經常向讀者展示前後矛盾的情況，透過劇情呈現諷刺意味，因為讀者總是比他更「了解」故事角色、事件以及這兩者代表的涵義。

距離以及作者與讀者之間的關係

　　作者和讀者之間不必有任何距離。

　　許多初學寫作（和經驗豐富）的作者會感到挫折，因為明明想把主角塑造得細心敏感，讀者卻認為主角自怨自艾。明明想把主角描繪得聰明機智，讀者卻認為她膚淺庸俗。會出現這種情況，表示作者距離或心理距離拿捏不當：作者沒有深入了解角色，好讓讀者認同其提出的論斷。我想起在寫作課上遇過一位學生，他適切運用了意象與場景，講述一位年輕人愛上一位貌美如花的女孩；然而，當他發現這個女孩做過乳房切除術時，卻從愛戀轉為驚恐。班上最支持女權主義的學生很喜歡這個故事，稱其為「展示了一位下三濫」。從作者的角度

> 你要描述那個事件。你是故事的主角。但是……你得深深掩飾事物。
> ——艾拉・伍德（Ira Wood）

來看，這是誤解了他的作品。他原本是想把這個年輕人塑造成富有憐憫之心的人物。

作者還可以運用時間、空間、語氣和諷刺手法去營造距離感或親密感。置身事外的敘事者講述的一則發生於千里之外的古老故事，與故事人物講述的發生在當前的故事相比，兩者的感覺鐵定不同。故事的語氣和諷刺的意味也能引導讀者該如何看待角色及其處境。前面引述過丹尼爾・奧羅斯科的〈新進人員訓練〉，礙於敘事者的口吻，讀者不得不拉開距離去看待辦公室的員工，並且隨著距離拉遠，那個口吻依舊單調呆板：

　　阿曼達・皮爾斯還有一個老公，是位律師。他讓她不斷經歷愈來愈痛苦且屈辱的性愛遊戲，但阿曼達出於無奈，不得不屈服。她每天早晨都精疲力盡，才剛受傷，胸部擦傷、腹部瘀青、大腿後側有二度燒傷，痛得她齜牙裂嘴。

對作家而言，選擇適合的心理距離來迎合故事最為困難。新手作家經常要考慮這些問題而不知所措，但好消息是，選擇視角如同情節和主題，很少需要考慮和事先規劃。隨著故事的發展，視角會以有機方式發展，作者通常可以跟著直覺去寫完草稿。唯有故事發展順利，對其特定視角進行分析才有用，而其他作者的反饋可能會特別有價值。

▶視角的一致性：一點提示

　　設立故事的視角時，可以制定自己的規則，但規則定案之後，就必須遵循。作家好比詩人，詩人可以選擇寫不受格律限制的自由體詩（free verse）或民謠節[16]。要寫民謠節，就得按規矩押韻。同理，作者一旦向讀者表達了視角，就必須堅持下去。初學小說的人會隨意改變視角，這既不必要，也會妨礙讀者閱讀。

　　　　利奧的脖子被制服的毛領扎得通紅。他專心弄著鈕釦，不去看樂隊指揮的臉，而指揮似乎不生氣，反而很開心。

　　這種視角轉換很蹩腳：讀者剛感受到利奧的尷尬，突然又被牽著鼻子去感受指揮的感覺。要修正這種視角轉換，可以從描述利奧的心境轉而切換到他所做的觀察：

　　　　利奧的脖子被制服的毛領扎得通紅。他專心弄著鈕釦，不去看樂隊指揮的臉，而指揮卻在笑，讓他很驚訝。

　　改寫之後更容易理解，因為當利奧發現指揮不生氣時，讀者仍然停留在利奧的思緒裡。這也能進一步暗示利奧沒有專心弄鈕釦，從而

---

16 民謠節（ballad stanza），四行詩節，第一行和第三行為四音步，不押韻，第二行和第四行為三音步，要押韻。

突顯他不知所措。

　　除了善用重要的細節，小說家要掌握的重要技能，莫過於掌控視角。偶爾可能很難發現敘事已經從某個視角跳到另一個視角。寫作坊的學生讀別人的故事時，經常礙於視角轉變而倍感困擾，卻無法發現自己寫的故事也有視角轉變的問題。還有一些情況是，作者想要盡量去探索場景，這點無可厚非，但他們卻誤以為只有改變視角才能做到這點。的確有些技巧嫻熟的作家會打破「視角維持一致」的規則，以便達成新穎和原創效果。話雖如此，這項總則仍然顛撲不破。寫作時若無意之間切換了視角，而且沒有獲得任何效果，就表示功力尚淺，仍屬業餘作家。一旦確立視角，作者和讀者之間便有了默契，要費很大的勁才能打破這個默契。如果你花了五頁的篇幅，潛進詹姆斯・洛德利的腦海中，描述他如何觀察格魯姆斯太太和她貓咪的舉動，假使你突然跳進格魯姆斯太太的腦海，告訴讀者她對詹姆斯有何想法，如此便破壞了你與讀者建立的默契。萬一你又突然告訴讀者貓咪是怎麼想的，讀者就會感覺你在捉弄他們，馬上就會打破和你建立的默契而讀不下去。

▶探討文化挪用

　　在二十一世紀的前十幾年，人們不斷抗議文化挪用，亦即書寫另一個種族、性別或族群，特別是從這些其他群體的視角去書寫。這些人（特別是中產階級、西方人或白人，尤其是男性作家）有權去寫其他群體的生活、欲望、恐懼和希望嗎？而這些群體（尤其是黑人、穆

斯林、受害婦女和移民）則是被殖民、慘遭征服、生活在貧民窟，以及飽受歧視。

這些問題牽涉既深且廣。毫無疑問，目前存在文化盜竊的現象，亦即某種文化尚未被人得知的藝術（譬如：吟遊歌手、黑人剝削電影、挖苦岳母哏；還有貓王？或嘻哈音樂？）遭人盜用來賺取名聲和金錢。也有人認真學習外國文化，想將其宏揚出去或跨越不同文化（譬如：雷村黑斧合唱團〔Ladysmith Black Mambazo〕、冷爵士〔cool jazz〕和《黑豹》）。通常很難區分這種差異，論及小說尤其困難，因為故事的特定意圖就是潛入另一個人的腦海，但這個人不是作者，而是作者創造的產物。這種意圖是刻意為之，其本質是有感情移入的，可以被扭曲，變得粗魯低俗。倘若如此，那便是低劣作品，不能算藝術。我們必須指出來並予以譴責。

然而，這種感情移入的效果既是必要又很緊迫。我們需要想像彼此。世界的種族和族群愈來愈融合，愈來愈多作家必須透過想像，更加深入潛進種族紛呈社會中不同人士的內心世界和生活。美國劇作家林恩‧諾塔奇（Lynn Nottage）宣稱要拆除「白人男性眼光」（white male gaze），創作獲頒普立茲獎的戲劇《汗水》（*Sweat*）時將場景設在賓州里丁的鋼鐵廠。為了呈現種族和階級差異的議題，她不得不從白人和黑人、男性和女性以及移民和原住民的視角去寫作。美國記者兼作家安妮‧普露創作《咆哮之森》（*Barkskins*）時，為了撰寫美國的森林遭受破壞，必須

> 當然，寫小說還附帶一些優勢。例如，你可以離開自己的身軀，經歷具備你身體特徵的人無法實際經歷的事。
> ──美國短篇小說作家黛波拉‧艾森柏格（Deborah Eisenberg）

「化身為」數十名架設陷阱的法國獵人、美洲原住民、強壯的伐木工人、頑固的剝削者和精明的女企業家，藉此展現歷史進程。從遠古以來，這些必要的想像是想像藝術（imaginative art）的要求。「挪用」和重現他人的心智已經是（也將益發如此）作家要想像事實時必須做的事。然而，除非未來各種族群的經驗可以相互分享與平等互惠，否則人們仍將提出文化盜竊並質疑文化挪用的議題。

　　我們生長在這個有缺陷的星球上，我認為似乎只有一種前進的方向，亦即擁抱言論自由概念的平行主張：想像力在本質上是自由的，無法加以審查。作者的想像力和語言一樣不能受限制，除非作者語帶威脅、宣揚仇恨或煽動暴力。作者要能隨心所欲想像任何人和任何地方，無論是過去或未來，甚至探入未曾存在的時代。作者要能將小說設定在他未曾造訪的國家或者他只去過一次的城鎮。然後，就像自由發表的言論一樣，想像力可能會受到批評：這個是對的、你弄錯了那個、你精準掌握了它、你根本不了解、你怎麼會知道呢？你的想像力太薄弱了。作家面對想像力時，永遠的課題就是要「幻想得更精采」。

📖 延伸閱讀　高明運用視角的名家手筆

〈強暴幻想〉（"Rape Fantasies"）

　　——瑪格麗特・愛特伍（Margaret Atwood）

〈獅鷲〉（"Gryphon"）

　　——查爾斯・巴克斯特（Charles Baxter）

〈嫉妒丈夫以鸚鵡模樣回歸〉（"Jealous Husband Returns in Form of Parrot"）

　　——羅伯特・奧倫・巴特勒（Robert Olen Butler）

〈故事〉（"Story"）

　　——莉迪亞・戴維斯（Lydia Davis）

〈白象似的群山〉（"Hills Like White Elephants"）

　　——歐內斯特・海明威（Ernest Hemingway）

〈誰是愛爾蘭人？〉（"Who's Irish?"）

　　——任碧蓮（Gish Jen）

〈愛和忘〉（"Love and Lethe"）

　　——薩繆爾・貝克特（Samuel Beckett）

〈新進人員訓練〉（"Orientation"）

　　——丹尼爾・奧羅斯科（Daniel Orozco）

〈勝利環遊〉（"Victory Lap"）

　　——喬治・桑德斯（George Saunders）

〈遊覽〉（"The Excursion"）

　　——喬伊・威廉斯（Joy Williams）

✎ 寫作練習　嘗試各種視角轉換限制

1. 寫一段關於你自己的文字，但內容顯然是虛構的：我有一條寵物蛇、我每晚總把自己的雙腳拆卸下來，或者我上週盜竊了兩百萬美元。描述離事實愈遠愈好。繼續寫下去。開始去鋪陳會讓這種描述正確的人有何個性。你可能無法因此寫出一則很棒的故事，卻能釋放想像力，遠比你從「我」這個身分（其實是你自己）落筆時更為自由。

2. 描述一個場景，討論任何事物（人物、植物、動物、機器、計畫或激情）的生死、起落或明滅。使用全知作者的五種知識領域。務必提出多個角色的想法，告訴讀者至少一個他們不了解角色的事情，包括過去或未來，同時傳達一項普遍的真理。

3. 使用你先前寫過的場景，從另一個視角去重鑄它，不僅要改變人物，也要變換感知的方法，讓讀者從嶄新的角度去看待原本的事件。

4. 用第二人稱描繪一個場景，讓讀者成為傻瓜、偏執者、罪犯或某種不三不四的人。試著說服讀者讀下去。

5. 從任何非人類的視角（動物、蔬菜、礦物質、神話怪獸、天使）去描繪一個場景。試著幻想自己跟這種生物一樣，使用其術語、參照體系、道德標準和語言。

6. 從某個角色的視角來描繪一個場景，但讀者要完全拒絕該角色的觀點。

第八章

是與否
比喻

▶隱喻和明喻

閱讀不過是自欺：讀者「相信」一則故事，卻知道它是杜撰的。人會深信故事內容而引起身體反應，包括流淚、顫抖、嘆息、倒抽一口氣和頭痛。讀者只要相信小說情節，便知自己是心甘情願陷入其中，如同英國詩人塞繆爾‧泰勒‧柯勒律治（Samuel Taylor Coleridge）所言，讀者此時「暫時信以為真」。如果某位父親把尖叫的六歲兒子帶到電影大廳，怒道：「這只是電影而已。」這位父親就是相信（電影改編的）小說，但孩子卻非如此（誤以為電影情節為真）。

文學內容與技巧會讓人相信故事內容並明瞭情節為虛構，所謂的「藝術情趣」便源自於這種「是與否」的角力。例如，讀者透過情節，會知道某些發生的事情並未發生，某些不存在的人曾做出某種舉動，而在小說中，生活的事件（人人皆知，在現實生活中，這些都是隨機、彼此無關和沒有結果的）是必要的、有規律，而且會有結局。要從藝術獲取樂趣，就得沉迷於藝術的幻覺，但心知肚明那只是幻覺。

每種藝術技巧都會讓人感受同時存在和虛構的事物所帶來的張力。詩歌正是如此，比如押韻：tend（趨向）聽起來像 mend（修補），但並不完全一樣，因此饒富趣味。音樂亦是這般，其情趣藏於主題的變化，而這正是隱喻的基本本質，文學便是從隱喻衍生出來。

隱喻是一種文學手段，可透過它告訴讀者某個東西是（或類似）另一個截然不同或不完全一樣的東西。隱喻是一種展示方式，將某個東西比喻為另一個東西，從而凸顯那個東西的本質。好的隱喻會讓人

驚豔，因為它比喻兩個不同的東西，又令人相信它們確實類似。在這個過程中，隱喻還能闡明故事的含義及其主題。然而，差勁的隱喻既不能讓人驚豔，也無法說服人，因此無法闡明含義和主題。

隱喻和明喻的類型

各種比喻之間最簡單的區別（通常是最先學到的第一個區別）就是區分隱喻和明喻。明喻會用到「類似」或「宛如」的字眼，而隱喻則不然。這種區別偏向技術層面，卻並非微不足道，因為讀者要更願意接受作者觀點才能體會隱喻。如果你說「女人是玫瑰」，就是要求讀者極度信以為真；然而，假使你說「女人像玫瑰」，就表明這句話隱含人為巧思。

無論是隱喻或明喻，比喻能否有效產生共鳴，端視比喻的兩個主體其共有的本質或抽象特徵。作家說「房屋的眼睛」或「靈魂的窗戶」時，將眼睛比喻為窗戶，其中包含在軀體內外之間傳遞視覺的概念。我們說「萬獸之王」時，並不是說獅子真的頭戴王冠和端坐於寶座之上（在童話故事中，獅子經常這樣，不過是為了暗示原始的形體類似之處）。我們的意思是，國王和獅子都具有權力、力量、地位、自豪和風範的抽象特質。

在隱喻和明喻中，實體的相似之處可衍生出抽象特質。因此，「女人」就「是一朵玫瑰」或「像一朵玫瑰」，意義就不在於外貌的相似之處，而是在於這種相似性所暗示的基本特質，譬如纖細、柔媚、芬芳、美麗和色彩，也許還隱含荊棘傷人的威脅。

我目前引用的隱喻和明喻，不是陳腔濫調，便是過時無趣的說法

（人們非常熟悉這種比喻，它便因此有了嶄新的含義）。這些比喻昔日或許曾因用法恰當而讓人驚豔，但時光飛逝，物換星移，民眾早已對它們無感。我希望使用熟悉的範例，藉此說明比喻要引起共鳴，端賴比喻的事物靠相似之處傳達了多少抽象特質。好的隱喻會圍饒本質發揮，這便是作者作出選擇的原則。

美國作家弗蘭納里・奧康納在〈好人難尋〉中，將那位母親描述為「有一張像白菜一樣寬闊且單純的面孔」。足球的大小和形狀大概類似於白菜；教室裡的地球儀也一樣；路燈也差不多。然而，如果作者說那位母親的臉跟這些東西一樣寬闊且單純，她將完全變成另外一個女人。白菜沉重、密實且便宜，令人想起農村，因此可以傳達那個女人完整複雜的抽象概念，從中暗示其階級和心態。另一方面，在納旦尼爾・韋斯特的《寂寞芳心小姐》中，從史賴克的臉上絲毫看不出單純的模樣，因為「他三角形的臉猶如一把斧頭，深埋於她的脖子」。

> 除非你運用隱喻時得心應手，除非你受過適當的詩歌訓練而能善用隱喻，否則你會處處感到危機四伏。
> ──美國詩人羅伯特・佛洛斯特（Robert Frost）

若要讓比喻適切，有時可從與要比喻的事物相關的領域去切入。查爾斯・狄更斯在《董貝父子》中，將船舶儀器製造者所羅門・吉爾斯描述成「有紅色的眼睛，像小太陽一樣，會透過霧氣看著你」。這種明喻還暗示著海景。然而，肯・凱西在《飛越杜鵑窩》中，把接受「震撼」療法而變遲鈍的萊克力描寫成有「一雙眼睛，裡頭好像保險絲炸掉一樣，煙霧四散，灰濛濛一片，滿地廢棄荒涼」。然而，隱喻可能與要比喻的事物天差地遠，但傳達的抽象特質仍然足夠強烈，讓

人感覺它還是很恰當。威廉・福克納在〈給艾蜜利的玫瑰花〉中將艾蜜利・格里森（Emily Grierson）描繪成有一雙「傲慢的黑眼睛，臉上肌肉緊繃，橫跨太陽穴且觸及眼窩附近，燈塔看守員的臉，應該就是那副模樣」。艾蜜利小姐與大海牽扯不上任何關係，但這個隱喻不僅讓讀者感覺她為人嚴厲且妄自尊大，而且她還離群索居，關在一間閉鎖的屋子裡。同樣的角色變老之後，眼睛「看起來就像兩個壓進一塊麵團的兩顆煤球」，這種形象傳遞出她被時光馴化，眼神已經失去了亮光。

可以擴展隱喻和明喻，表示作者繼續呈現比喻事物相似之處。

> 白霧籠罩……猶如某種固體，站在周圍。到了八點或九點，霧氣便像百葉窗一樣升起，消散無影。我們瞥見參天大樹與枝椏纏結的茂密叢林，而烈陽炙熱，如同一顆小球，高懸於頭頂。一切皆靜止不動，爾後白色百葉窗又落了下來，柔緩滑順，彷彿順著抹油的凹槽滑了下來。
>
> ——約瑟夫・康拉德，《黑暗之心》

請各位留意，康拉德從「某種固體」的概括意象轉為「像百葉窗一樣升起」的具體明喻；然後寫道「白色百葉窗又落了下來」，再度用隱喻重申前面的明喻，並且擴展隱喻，說得更為具體：「彷彿順著抹油凹槽滑了下來」。

此外，康拉德將範圍較廣的自然現象與範圍較小的人造物件（百葉窗）相比較，藉此強調死板僵硬的霧氣。這是當代作家表現喜劇

效果和深刻意味的手法，例如美國小說家弗雷德里克‧巴塞爾姆
（Frederick Barthelme）撰寫《兄弟》（*The Brothers*）時，將一名年輕
女子的生命形容為「如同許多未出租的錄影帶，在她面前依序伸展
開來」，也把某個男子的頭描繪成「猶如一根巨大的棉花棒，上下晃
動，背後襯著一小塊黝黑的天空」。

　　在更常見的隱喻技巧中，較小或較普通的意象會與更重要或較強
烈的意象進行比較。舉例來說，在路易斯‧厄德里奇的〈瑪齊瑪尼
托〉（"Matchimanito"）中，敘事者援引了死於肺結核的阿尼什納比
族印第安人的名字：

> 他們的名字在我們體內成長，讓我們的嘴唇邊緣膨脹，迫使
> 我們在半夜睜開眼睛。我們充滿了溺斃者的死水，黝黑冰冷，沉
> 悶的水波輕拍著我們的舌面，或者從我們的眼角慢慢滲出。他們
> 的名字就像碎冰一樣，在我們體內起伏不定，四處游移。

　　「別出心裁的比喻」既可以是隱喻，也能夠是明喻，將兩種截然
不同的事物相互比擬。套用塞繆爾‧詹森（Samuel Johnson）的話，
就是「用暴力強行將其結合」。這種精心的比喻盡可能跳脫「馬鈴薯
的芽眼」之類的純粹感性比擬，它要比喻的兩個事物截然不同，或者
讀者無法立即理解其相似之處。因此，要提出別出心裁的比喻，文句
非得冗長不可。作者必須向讀者解釋（偶爾得連篇累牘）為何比擬的
事物是相同的。英國玄學派詩人約翰‧多恩（John Donne）將跳蚤比
喻成「聖三位一體」時，這兩種意象毫無共同的參照之處，因此無法

讓讀者理解。約翰必須向讀者解釋，這隻跳蚤咬了詩人及其愛人，體內便共存三種生物的血液。

　　詩歌會比散文呈現密度更高的意象，因此比較常出見別出心裁的比喻。話雖如此，小說依然可以運用這種技巧去達到良好的效果。納旦尼爾‧韋斯特在《蝗蟲之日》中便運用精心構思的比喻，藉此堅定貶低愛情。劇中編劇克勞德‧埃斯蒂指出：

　　　　愛情就像自動販賣機嗎？嗯，說得不錯。你投入硬幣，用力壓下操縱桿。販賣機內部的腸子就會觸發某種機械性的活動。你會拿到一小塊糖果，面對著骯髒的鏡子對自己皺眉頭，調整帽子，牢牢抓住雨傘，然後走開，假裝什麼都沒發生。

　　「愛情就像自動販賣機」就是別出心裁的比喻。如果作者沒有解釋，讀者就得絞盡腦汁去想為何要這樣比擬。因此，納旦尼爾繼續用意象去描述自動販賣機，但暗示的不是「愛情」，而是齷齪的性愛。最後一張意象「假裝什麼都沒發生」與自動販賣機毫無關係。讀者會接受這句話，完全是因為心中已經將愛情和自動販賣機的概念融合為一體了。

過時的隱喻

　　與別出心裁的比喻遙相遠望的，就是「過時的隱喻」。人們非常熟悉這種死氣沉沉的說法，它就不再是一種隱喻。它喪失了起初比喻的力量，卻獲得了嶄新的定義。福勒（Fowler）編纂的《現代英語用

法詞典》（*Modern English Usage*）用「篩選／細查／精選」（sift）一詞去說明過時的隱喻，指出這種比喻「被過度使用，無論說者或聽眾，都知道不能按照字面去理解所用的單字」。

　　因此，在「這些男人在篩選餐點」中，就是按照字面意思去使用「篩」這個字；在「撒但想要得著你們，好篩你們像篩麥子一樣」，此處的「篩」就是鮮活的隱喻。人們讀到「細查證據」的說法時，非常熟悉其中隱喻，所以無論用「sifting」或「examination」（檢視），他們的腦海都不會出現篩子的圖像。

　　過時的英語隱喻真是多到滿出來。這種說法本身就是個過時的隱喻，人們聽到這種言詞不會想到液體溢出的畫面。某個人競選公職（runs for office，run是「跑」的意思）時，我們不會想到跑步的腿；當我們想到某人的目標（aim）時，腦中不會出現箭的畫面。當我們經歷磨難（ordeal）時，不會想到有試煉意象的石頭。最初的隱喻確實會殘留些許共鳴，但我們的頭腦不會浪費精力去體察隱含其中的力道。英語的隱喻比比皆是（fertile）（這句話的fertile〔豐富的／富饒的〕就是個例子。還有那些馬鈴薯的eyes〔芽眼〕），這些比喻已經死亡，復活之後化身為成語，亦即「說話的方式」（manner of speaking）。說英語時，難免會用到過時的隱喻，因此非母語者學習英語時會感到困難重重。

> 發明隱喻也許是人類最棒的潛力。隱喻的效果接近魔術，上帝創造人類時，似乎將這項工具遺落在人的身上。
> ——西班牙哲學家荷西・奧德嘉・賈塞特（José Ortega y Gasset）

　　語言學家兼哲學家史迪芬‧平克（Steven Pinker）在《語言本能》（*The Language Instinct*）一書中指出，過時的隱喻無處不在。他指出，人們說話時，好像「思想是物件，句子是容器，而交流就是在傳遞」：

　　　　我們會「收集」（gather）想法，將它們「放」（put）「入」（into）單字，如果我們連篇的文句不是「空的」（empty）或「中空的」（hollow），我們可能會「傳遞」（convey）或者「把」（get）這些想法「傳達」（across）「給」（to）聽眾，聽眾會「解開」（unpack）我們的話來「提取」（extract）裡面的「內容」（content）。

　　同理，在我的小說《生絲》中，女主角試著在日本用英語和人交流，卻發現英語中有不少被當作成語的過時隱喻，造成了溝通障礙：

　　　　你生氣了嗎（Are you put out）？你跟人上床了嗎（do you put out）？我讓他昏迷（I put him out），他留我過夜（he put me up），他取消會晤（he put it off），你被疏離了（you are put off），握個手吧！（put 'er there），他打岔了／入港了（he put in），他報名／登記了（he put it in），他怪罪我（he put it to me），手舉起來（put 'em up）。有誰學得了英語，連英國人都搞得迷迷糊糊。

應避免的隱喻錯誤

比喻並非胡亂瞎湊而成，而要費盡心思去構思。某些十八世紀的哲學家把人的心智比喻為「白板」，上頭記錄、比較和分組感官印象。現代人更有可能將心智比喻成電腦，可以「儲存」和「處理」許多「數據」。這兩種隱喻指出，比喻是學習和推理的基礎。孩子碰到爐子而燙到手時聽到母親說：「那會燙人。」後來他走向電暖器時，又聽到母親說：「那會燙人。」此時，他就不會去碰機器而燙傷手指。在現實生活中，不直接表明的比喻是要傳達事實，同時教導人如何行事舉止。對比之下，文學的比喻不是要傳達事實，而是要傳遞「觀念」，從而擴展人們的理解範疇。我們說「折磨的火焰」（the flames of torment）時，就是要讓人更能理解和博取同情。

> 隱喻是偉大物理學家用來塑造宇宙新理論的黏土。愛因斯坦首先談論火車和鐘錶，然後擴展意象，將時間和空間交織成單一的（時空）結構。
> ——美國新聞寫作教授傑克·哈特（Jack Hart）

然而，礙於作家追求比喻效果的壓力，某些評論圈將隱喻視為犯忌的字眼。陳腔濫調、混合的隱喻和明喻顯得愚蠢、晦澀且不恰當，甚至死氣沉沉，只會毀了一篇散文佳作，同時把最忠實讀者的耐性消磨殆盡。如果隱喻讓人感覺過於熟悉，便會運作成抽象用詞，無法提供具體細節。假使隱喻過於牽強，會讓讀者注意到作者賣弄技巧而無法專注於其含義，也會在閱讀時感覺卡卡的。好的隱喻恰到好處，能適切融入行文並闡明意義。總之，運用隱喻時，少即是多，若有遲疑，寧可不用。

現在請各位留意，上一段文字充滿過時的隱喻，這些隱喻都將物件或動作的分量化為一種概念，好比：追求（pursuit）、壓力（strain）、死氣沉沉（done to death）、毀了（mar）、消磨殆盡（tax）、運作成（operate）、注意到（calls〔attention to〕）、恰到好處（fit）、融入（fuse）和闡明（illuminate）。每種隱喻都獲得了新的含義，因此會盡可能順暢契合上下文。然而，這些具體單詞依舊迴盪著隱喻的身影，因此比其抽象同義詞更為有趣，譬如：被使用了太多次（used too many times）……，讓散文更為無趣（make the prose less interesting）……等等。我用了一個鮮活的比喻「閱讀時會感覺卡卡的」（a hiccup in the reader's involvement，直譯：〔讓〕讀者參與時打嗝）。我將這個隱喻留著，讓它自行辯白。運用隱喻和明喻時，無需做的肯定比要做的還多，因為好的比喻都運用恰當，而且是原創的。

若想研究好的隱喻，請多多閱讀，同時避免以下情況：「陳腔濫調的」隱喻耳熟能詳，早已喪失最初原創時的文字力量。話雖如此，它們通常是合適的比喻用法。如果它們不合適，就不會被頻繁使用而成了陳腔濫調。然而，它們營造的意象無法讓人驚豔，讀者會怪作者徒然浪費精力卻一無所獲。或者，說得更難聽一點：

「陳腔濫調」是爛文章的「蓋棺定論」，看到各位「光彩年華之士」使用「陳腐不堪的」用語去毀掉自己「永垂不朽的散文」，真是「可恥得不像話」。你們必須「埋頭苦幹」，因為「成功的甜美香氣」只會落在那些「創新求異、自成一家」的人身上。

令人遺憾的是，在目前的文學史階段，你可能不會說眼睛像水池或星星，說眼淚氾濫時也要非常謹慎。前述比喻老是被重複使用，早

已成為描述情感的字眼（第一和第二種情況表示眼眸吸引人，第三種
情況代表悲傷），但聽者卻無法感受到這些情感。作家記錄情感時只
要無法說服他人去感受這種情感，都會在自己和讀者之間拉開難以抹
滅的距離。因此，你寫的角色既不能有老鷹般銳利的眼睛，也不能有
紅寶石般的嘴唇、珍珠般的牙齒、蜜桃兼奶油般的膚色、天鵝般的脖
子，或者像火腿一樣的大腿。他們也不能流下一滴眼淚，或者像鹿一
樣看到大燈驚呆而定在原地。就算你把陳腔濫調用引號框起來，表示
你知道它是陳腔濫調，但你還是不能躲過譴責，因為這樣是公然表明
你缺乏創意。如果你感覺（或可能察覺）時機降臨，需要使用特殊強
度的隱喻，可能必須仔細篩選心中湧現的全部陳腔濫調。或者，此時
可能是自由寫作的時刻，要釋放思緒，任其恣意奔放。你內心的批判
聲音可能會拒絕你使用的比喻，認為它不夠奇特，但你再看一眼，卻
會發現這個比喻不僅新鮮，也很恰當。

　　無論如何，由於水池和星星能捕捉和表現眼睛的某些特質，它們
已經成為描繪眼睛的陳腔濫調。只要眼睛繼續保有液體和光線，就會
有描述它的新說法。新的隱喻甚至可以善用作家與讀者共同熟悉的意
象。威廉・高丁在《繼承者》（*The Inheritors*）一書中描述尼安德塔
人主角最初滴下的眼淚，表示他將朝著人類的方向進化：

　　　　現在，每個洞穴中都有一處亮光，花崗岩峭壁的晶體反射出
　　猶如星光的微弱光線。這些光線逐漸增強，顯得更為清晰明亮，
　　在洞穴下方邊緣閃閃發亮。突然，悄然無聲地，光線成了新月
　　形，熄滅了，每張臉頰上都閃現著條紋。光線再度出現，掩映於

銀色捲曲鬍鬚。它們懸垂，拉長，在捲曲的鬍鬚之間掛著，聚集在最低的鬚尖上。當水滴從臉頰滑落時，兩頰的條紋開始跳動，一顆巨大的水滴在鬍鬚的末端膨脹，抖動而明亮。水滴脫離了臉頰，掉進了銀色閃光之中。

上述的隱喻將眼睛描繪成洞穴，聚焦明確清晰，比擬範圍擴展到極致，高丁讓讀者在心中描繪一系列熟悉的光線圖像：星光、晶體、新月形和銀色。雖然經常牽涉眼睛的光線意象被運用於眼淚水汪汪的意象，作者卻沒有提到眼睛或眼淚。這段描述暗示陳腔濫調，卻沒有陳腔濫調的感覺。高丁重塑了熟悉的意象，使其展現比喻和情感的力道。

無論你是在寫嚴肅的作品或喜劇，只要你能夠用新的方式去探索熟悉的意象，或許能化腐朽為神奇。你可能不會說她的眼睛像水池，卻會說她的眼睛像後面有浮垢的鴨池，讀者會覺得這很可笑，部分原因是他們知道浮垢之下潛藏著「眼睛像水池」這種陳腔濫調的比喻。

然而，陳腔濫調可以作為一種手段，讓作者與角色或敘事者保持一段距離。如果作者告訴讀者「羅馬不是一天造成的」，讀者很可能會想，這個作者根本沒有拓展人類的見解和視野。然而，假使這句話是出自某一個角色（無論他是脫口說出或腦中所想），讀者批判的對象就不是作者，而是那個角色。

在美國作家菲爾·克萊（Phil Klay）的〈金錢堪比武器系統〉（"Money as a Weapons System"）中，一位年輕的外事官員在伊拉克犯了一個錯誤，因為他沒學到用來指稱事情已經「完成」的軍事政治

術語。他有一次收到好幾箱棒球服和一封來自「古德溫代表」的電子
郵件，而這個人也是「北堪薩斯州的床墊大亨」。他提議要教導伊拉
克孩子如何打棒球來安撫伊拉克人。

　　我的意思是，你必須先去改變文化。有什麼比棒球更能展現
美國特色，一個人就能昂揚挺立對抗全世界，手握球棒，準備創
造歷史，每個時刻都是一對一的競爭。打者對上投手。跑者對上
一壘手……但是！！！棒球是一項團隊運動！沒有團隊，你什麼
都不是！！！
　　………就像我們床墊行業所說的那樣。成功＝動力＋決心＋
床墊。

　　故事的結局苦樂參半，這位官員所做的不輸上述的陳腔濫調言
論。他終於學會偽造孩童站在本壘板打棒球的照片來獲取想要的東
西。

在這些日子裡，我只要
幻想她中彈時，總會感
到驚訝。我無法追查隱
喻飛躍的原因。我記得
王維在一千年前說過：
「門開門闔，誰知為
何？」
──美國小說家兼詩人
吉姆・哈里森（Jim
Harrison）

　　「牽強附會」（far-fetched）的隱喻與陳
腔濫調恰好相反：它們令人驚訝，卻不恰
當。「far-fetched」（直譯：從遠處取得的）
便是過時的隱喻，表示思緒必須走得很遠才
能帶回相似性，途中還會丟三落四。一旦這
種比喻確實起作用時，我們會心懷讚美，說
這是「想像力的飛躍」。然而，如果不是這
樣，這種比喻即便創新，卻是失敗的：作者

說這兩件事物是相似的，但讀者卻不買單。尋求原創的優秀作家偶爾會流於牽強附會。海明威不擅長使用隱喻。他很少使用隱喻，一旦使用了，就顯得捉襟見肘。下面這段文字出自於《戰地春夢》，主角逃脫了（對犯人執行槍決的）行刑班的處決，正四處躲避戰事。

　　你已經沒了車子，你的人也沒有了，就像鋪面巡視員因為一場大火而損失部門的存貨，卻沒有保險理賠。你現在逃出來了，不必承擔更多的義務。如果他們在百貨公司大火後開槍打死了鋪面巡視員，因為他們說話時總帶著口音。那麼當店面再次營業時，鋪面巡視員肯定不會回來上班。他們可能會找其他的工作，前提是還有其他工作，警察也沒有抓到他們。

　　嗯，這種比喻行不通。讀者可能會相信百貨公司大火後的庫存損失類似於軍事撤退中的人員和車輛的損失，但是「他們」不會跟義大利軍方槍殺（指揮職）部隊軍官一樣去開槍射死鋪面巡視員。此外，儘管在國外打戰時操外國口音可能會處於不利的地位，但很難想像鋪面巡視員僅僅因為操著口音（他有口音的話，根本就不會被錄用）就丟掉性命。讀者絞盡腦汁，試著找出士兵與鋪面巡視員有任何啟人心智或重要的邏輯關聯，結果根本找不到，主角的處境便因此顯得微不足道。

　　混合隱喻要求讀者去從兩個以上的參照處去比較兩件事物的原始意象，譬如：當你走在人生的道路時，別撞到無知的礁石而沉沒。生命可以是一條道路，也可以是一汪海洋，但不能同時存在。隱喻的重

點是融合兩個意象，使其產生對比。人的心智絕對無法融合三個種意象。

　　單獨的隱喻或明喻若是過於緊密（特別它們若是出自於在意義或氣氛上截然不同的參考領域時），也會跟混合隱喻一樣干擾閱讀。此時，讀者的心智無法跳躍，而是蹣跚跟蹌。

　　　　他們像布魯克林下水道的老鼠一樣在打鬥。然而，她的存在是他心臟幾何的公理，當她不在時，你會看到他在街上走來走去，就像閒散男孩拿著棍子，沿著柵欄拖著拐杖行走。

　　這些隱喻或明喻單獨出來都是可以接受的，但老鼠、公理、男孩的棍子暗示三個不同的領域和氣氛，不能光靠兩個句子就想混用這些意象。指向太多的方向，讀者便會不知所措。作家偶爾會想混合隱喻，然後用「為了要混合隱喻」或「如果能讓我混合隱喻」之類的話去道歉。這樣做沒用。不要道歉，也不要混合隱喻。

> 運用太多的手法，文字讀起來就很可笑。行文介於太多或足夠之間，就會感覺很薄弱，欠缺說服力。請遵循以下原則：如果讀者開始注意「因」，沒有留意「果」，可能就是太多了。
> ──美國專欄作家保拉‧拉羅克（Paula LaRocque）

　　晦澀和誇張的隱喻讓人難以卒讀，因為作者誤判理解比喻的難度，不是讓讀者一頭霧水，就是侮辱讀者的智慧。如果隱喻晦澀，就是作者認定的相似之處無法落實於字裡行間。有一名學生曾說梨果仙人掌的刺跟「胖男人的手指一樣纖細」。這種比擬讓我困惑不已。這是諷刺嗎？表示仙人掌的刺根本不細長嗎？結果不是這樣。這位學生說，

我以前沒看過肥胖的人卻有纖細的手指和腳趾而震驚嗎？問題在於，這位作者知道自己想表達什麼，使用比喻時卻遺漏了基本的抽象訊息，亦即呈現驚人的對比：「梨果仙人掌的刺，就像胖男人意外擁有的纖細手指」。

在上述的情況下，作者沒有解釋明喻，意思才會模糊。然而，作者更常會去解釋顯而易見的事情，因為想急於確保讀者能夠理解。我在小說《生絲》中，讓敘事者描述自己與丈夫的爭吵：「我曾經高舉拳頭，很自信地面對，認為我們馬上會化解誤會。現在是化解不了誤會。我們這對夫婦住在洛杉磯。這裡的空氣就是這樣，受到污染，會毒死人。」我有一位當評論家的朋友向我指出，如果讀者不知道洛杉磯煙霧瀰漫，他們就無法這段內容，而且最後兩個字是要讀者硬生生將比喻吞下去。他講的沒錯。「現在是化解不了誤會。我們這對夫婦住在洛杉磯。這裡的空氣就是這樣（污濁）。」改寫之後，文字更加震撼，因為我既不解釋，也不誇張，讓讀者自行聯想而樂在其中。

隱喻若牽涉熱門的參照物（包括品牌名稱、深奧難懂的物件或名人的姓名），只要能建立聯繫感，還是能起到作用。不要奢望讀者具備他們可能沒有的知識來達成效果。如果你寫道「這群人看起來很像俄羅斯女團『暴動小貓』」，只有年輕的俄羅斯人了解你在說什麼。如果讀者碰巧是貝多芬的粉絲，或者二十年後才讀到你的故事，他們根本就不知道你在比喻什麼。如果寫成「他們擁有和『暴動小貓』一樣的硬骨頭和撼動人心的政治勇氣」，就算沒聽過相關新聞的人也能理解你在說什麼。同理，如果我寫「她和美國默片演員希坦·芭拉

（Theda Bara）一樣漂亮」，你可能不知道我在說什麼。如果我改寫成「她跟希坦・芭拉一樣，眼睛又圓又大，頭髮柔軟光滑」，你大概就了解我的意思。

▶寓言

　　寓言是一種敘事形式，其比喻屬於結構而非文體（風格）。寓言是虛構的，不斷去比喻事件，其故事的鋪陳推演代表不同的情節或哲學思想。這種敘事最簡單的形式是寓言；例如，龜兔賽跑被用來說明「跑得快並不見得會贏」的哲學觀念。這則故事可以視為擴展的明喻，最初的比喻之物被隱藏了：龜和兔代表不同的人，而人也從未被提及，比喻則是發生在讀者的腦海中。喬治・歐威爾的《動物農莊》並非天真的動物寓言，該書探討民主社會的腐敗現象。蘇格蘭小說家繆麗爾・斯帕克的《修道院》（The Abbey）是一則歷史寓言，並未直接提及前美國總統理查・尼克森（Richard Nixon），卻透過寓言講述修道院的詭計，暗喻尼克森任內爆發的醜聞。這類故事的情節獨立自主，卻會參照外部事件或觀念來傳達意義。

　　寓言很難駕馭。出自於義大利中世紀詩人但丁、英格蘭基督教作家約翰・班揚（John Bunyan）、英國著名詩人愛德蒙・斯賓塞、英國詩人約翰・濟慈、法蘭茲・卡夫卡、挪威劇作家亨里克・易卜生和法國作家薩繆爾・貝克特等名家之手的作品卻能傳達最高深的哲學洞察力。然而，多數寓言卻不知所云。天真浪漫的哲學寓言只能傳達簡單的想法，用一個短語便能一網打盡。歷史寓言則要求讀者熟悉歷史

（好比水門事件）或者某地足球隊面臨的困境，因此只能吸引一小部分的讀者。

▶象徵

象徵不同於隱喻和明喻，因為它不必包含比喻。象徵是一種物件或事件，透過關聯便能代表更恢弘或自身之外的事物。某個物件偶爾會被人隨意賦予意涵，好比旗幟代表某個國家和象徵愛國主義。某個事件有時可代表一整套複雜的事件，好比基督被釘十字架代表復活和救贖。某個物件偶爾會因為它和某事件有所關聯而被賦予複雜的特質，例如十字架。這些象徵不是隱喻。十字架代表救贖，但與救贖不同，因為救贖不是木頭的，或者是T形的。在弗蘭納里・奧康納的〈凡興者必合〉中，主角的母親戴著一頂讓她得意洋洋的帽子，結果卻遇到一名黑人婦女，那個女人也戴著相同的帽子。絕對不能說帽子「類似於」種族隔離，但在鋪陳故事時，帽子代表人們依舊懷念昔日風度翩翩的高雅風範，也象徵新黑人中產階級渴望向上攀升，因此暗地裡象徵平等的「融合」。儘管如此，多數的文學象徵（包括前述例子）確實在情節發展時從情感或意識抽象層面的某種相似之處來獲取額外的含義。帽子不「像」種族隔離，但故事情節透露這兩個女人都能選擇並購買那種帽子。這是平等的具體例子，因此代表了更宏偉的平等概念。

英國作家瑪格麗特・德拉布爾（Margaret Drabble）的小說《賈里克年》（*The Garrick Year*）講述某位年輕妻子兼母親的幻滅，因為

她發現自己無法擺脫困境。這本書以那家人到英國的草地上野餐後返
家來結尾。

> 在走回車子的途中，弗洛拉衝向一隻躺在小徑上的綿羊，但
> 那隻羊跟其他的綿羊不同，牠沒有站起來並離開：牠凝視著我
> 們，帶著憤怒，好像患了病而飽受煎熬。弗洛拉很快就跑過去，
> 自顧驕傲，假裝沒看見這隻頑固的羊。我在大衛的攪扶下，緩緩
> 從旁走了過去，細看之下，卻發現羊的肚子上有一條捲曲的蛇，
> 正狠狠地咬住牠。我沒有對大衛講：我不想承認自己看到這件
> 事，但我確實看到了，而它仍然歷歷在目。那是我唯一見過的野
> 蛇。根據我那本講赫瑞福夏的書，英國有些地方經常會有蛇類出
> 沒，但我們只能說：「噢，好吧，那又怎樣？」伊甸園也有蛇，
> 而大衛和我整個下午都躺在蛇類出沒的草地上，享受了一整個愉
> 快的下午。為了孩子，只得繼續假裝沒看到蛇，否則只能待在家
> 裡。

綿羊象徵這名年輕女子的情緒。牠確實和她很像，但僅止於抽象
層面：疾病、憤慨，以及面對致命危險時的屈從接受。此處有一個可
表達這種情況的隱喻（她生病了，跟綿羊一樣默然接受），但象徵的
力量在於，這種字面上的表達並未發生：讀者雖讓綿羊取代了這名年
輕的女人，卻同時去探索更深刻的意涵。

象徵可能從隱喻開始來發展，因此最後會比最初的比喻包含更多
的特質。在美國小說家約翰·厄文的作品《蓋普眼中的世界》（*The*

World According to Garp）中，年輕的蓋普將「undertow」（底流／水下逆流）誤聽為「under toad」（蟾蜍底下），並將危險的海洋比喻為他年幼時幻想的潛伏怪獸。「under toad」貫穿整部小說，化為象徵，代表平凡生活中潛藏的危險。當蓋普自認為是靠自己的力量游泳時，這些東西隨時會將他拖進水裡。同理，《黑暗之心》的非洲大陸也像靈魂野蠻的那一面那樣漆黑。然而，閱讀這則中篇小說時，會了解黑暗會被光明照亮，光明也會被黑暗籠罩，野蠻與文明彼此交融，密不可分，而黑暗之心就是心之黑暗。

　　使用文學象徵的重要區別在於，有些象徵是角色知道的，因此「屬於」那個角色；有些象徵則是只有作家和讀者知道，所以屬於作品。這種區別通常對於角色刻畫、主題和距離很重要。在《賈裏克年》中，敘事者清楚知道綿羊代表的含意，表示她有慧根，能看透世事，最終願意接受自身的景況。讀者也能了解內含的象徵而與她感同身受。反之，〈凡興者必合〉的那位母親並沒有意識到帽子是一種象徵，讀者便無法與她有相同的看法，所以跟她有隔閡。她只是對黑人婦女可以和她打扮成一樣而感到不安和憤怒；然而，對作者和讀者而言，這種「撞帽」巧合象徵更宏偉的融合概念。角色意識到自己的象徵時，可藉此去鋪陳並界定關係。在美國作家麗莎・哈利迪（Lisa Halliday）的《不對稱》（*Asymmetry*）中，一名二十多歲的女子和比她年長許多且惡名昭彰的情人互相打趣，說他是情場高手，玩遍女人，壓根不想安定下來。女子無意間透露自己的怨恨不滿，卻得低頭接受：

　　「我愛你。」愛麗絲輕聲說道。

　　「妳愛止痛藥維可汀，維可汀就是妳所愛。電影看完了。」他去向壁櫥。

　　「那裡頭還有什麼？」

　　「妳不會想知道。」

　　「我想知道。」

　　「有女孩。都被綁著。」

　　「多少個？」

　　「三個。」

　　「她們叫什麼名字？……我猜猜看。凱蒂和……艾米麗？艾米麗在裡頭嗎？」

　　「沒錯。」

　　「還有米蘭達？」

　　「妳猜對了。」

　　「這些女孩無可救藥。」

　　「無可救藥？」他重複道，好像這是她編出來的。

　　這些類型的象徵（無論是角色意識到的象徵或只有作家和讀者看到的象徵）相互作用之後，爾偶可讓故事更為豐富，諷刺效果更加明顯。在《繼承者》中，高丁筆下的尼安德塔人部落有自己的宗教象徵（樹根、墳墓和冰帽的模樣）來代表他們對生命週而復始、生生不息的崇拜。然而，隨著情節發展，洪水、火災和瀑布令人想起《聖經》的象徵，讓讀者可輕易融入額外的宗教信仰，而這些是故事人物無法

辦到的。同理，從上述的象徵交流可知，作為隱喻的小說書名《不對稱》可以無法（或尚未）被故事角色所理解。此外，在〈凡興者必合〉中，那位母親首先認為帽子象徵她的品味和自尊，後來又代表黑人的妄自尊大，讓她實在無法容忍。然而，對於讀者而言，帽子具有相反的意義且帶有諷刺，乃是一種平等的象徵。

　　象徵具有與隱喻相同的缺點，譬如：陳腔濫調、過度使用、晦澀難懂、過於明顯和過度描繪。礙於前述原因，加上「象徵主義」一詞還泛指十九世紀末期法國詩歌興起的一種特殊運動，而且又帶有朦朧晦澀、夢幻和魔幻的意涵，象徵主義有時會遭到鄙視，不容於當代頑固的寫作規範，而平淡樸實的散文卻被認為更加真實而廣受讚譽。

　　在我看來，寫作過程本身就具備象徵性的，這點似乎無庸置疑。構思事件、創造角色、營造氛圍，以及選擇物件、安排細節和運用語言，都是為了讓這些元素打破沉默去帶出更多的事情。如果不是這樣，就沒有挑選原則，隨便寫點其他的事件、角色和物件即可。如果你說「像白菜一樣單純」，這個意象純粹是象徵性的，並未陳述事實，而是被挑選出來去意味更多的東西和代表本身以外的東西。

　　人會不停使用象徵，之所以必須這樣做，乃是因為人很少確切知道自己的想法。雖然我們知道，卻不願意表達；假使我們願意表達，卻詞不達意；即便我們能夠表達，卻沒有人聽見；就算我們的想法被聽見，別人卻不了解。言語不易掌握，表達效果也欠佳，人才會跳過語言，用直覺、肢體語言、語氣和象徵去表達想法。譬如：男方問道：「烤箱應該是開著的嗎？」他對烤箱是否應該開著沒多大的興趣。他其實在抱怨：妳老是忘東忘西，我出外賺錢很辛苦，都給妳打

水漂了。「如果我不先把鬆餅加熱，鬆餅就烤不熱。」女方說這句話的意思是：你沒看到我先前忙活的事！你老是抱怨東西不好吃。我的天啊！老娘可是費盡心思在討好你。男方說道：「我們過去常常在夏天吃尼斯沙拉。」他真正想說的是：瞧妳一副得意洋洋的死樣相。妳還是太浪費。我們年輕時妳上過烹飪課，妳到底有沒有學到東西啊！女方說道：「我們曾經一起整理花園。」她的意思是：你週末總是往外跑，根本沒空理我，因為你不愛我了。你是不是在外頭有小三？男方氣炸了，吼道：「妳到底想要我怎樣嘛！」這對男女心知肚明，烤箱、鬆餅、沙拉和花園早已引爆兩人的怒火。如果你聽到別人說「我們沒有吵什麼」，這就是他們的意思。他們確實沒有吵什麼，只是對著象徵來吵架。

▶客觀對應物

　　小說的衝突不能「無憑無據」。作者必須找出具體的外部事件來體現難以言喻的情感。艾略特（T. S. Eliot）在《聖林》（*The Sacred Wood*）中使用「客觀對應物」的術語來描述這種過程及其必要性：

　　　　要以藝術形式表達情感，唯有找出「客觀對應物」。換句話說，要找到一組物件、一種情況或一系列事件，從中喚起特定的情感。如此一來，當必須止於感官經驗的外部事實出現時，情感才能立即被喚起。

　　某些批評家認為，艾略特的客觀對應物只等同於「象徵」，但根據這個術語及其定義，我們發現幾項重要的區別：

　　1.「客觀對應物」包含並喚起一種情感。不同於其他類型的象徵（科學公式、音符和字母），藝術象徵的目的是要喚起情感。

　　2. 某些種類的象徵（例如：宗教或政治象徵）也能激發情感，但這是因為感受的群眾接受了某種普遍的信仰，不是因為使用該象徵的情境而感動。無論在威尼斯、布宜諾斯艾利斯和紐約，代表基督寶血的葡萄酒都能激發信徒相同的情感。相較之下，藝術象徵會激發作品特有的情感，並且不依賴外界的認同或信仰。作者不能在故事中提到聖餐的葡萄酒來讓讀者感受聖靈充滿的感覺，反而可以運用它來激發讀者截然不同的情緒。

　　3. 故事的元素相互關聯，從而使特定的物件、情況和事件能激發特定的情感。《羅密歐與朱麗葉》和《安娜‧卡列尼娜》或《飄》都能喚起的「浪漫」與「憐憫」，但不同的故事會激發不同的情感，因為每部作品的外部事件（屬於外部，因此「止於感官經驗」）都決定了情感的本質。

　　4. 特定作品的物件、情況和事件包含特定的效果；如果它們不包含所需的情感效果，該作品無論是透過抽象表達或訴諸於外部象徵，都無法激發那種效果。「客觀」的感官經驗（物件、情況、事件）必須與情感「相互對應」，彼此應和，因為唯有這樣，才能以藝術形式去表達情感。

　　文學象徵無法起作用時，通常是這種困難且重要的相互對應關係

失效。舉個典型的例子：在故事的開頭，有個垂死的女人獨自待在房間，身旁有一堆她收集的香水瓶。這個故事追溯她豐富而感性的生活，最後聚焦於一個空的香水瓶上。作者打算讓讀者看到她死去而哀傷，可惜無法奏效。失敗的原因不在於那個香水瓶。照理說，空的香水瓶應該可以傳達出死亡的況味，如同前面提到的帽子足以象徵種族平等，可惜作者沒有善用象徵，因為那個象徵並未融入到故事。正如邦妮・傅利曼在《描寫黑暗的過去》（*Writing Past Dark*）所言：「事物若要成為象徵，必須先是個事物。它必須先乖乖成為世上的事物，然後你才能將你要表達的意義投射到它的身上。」讓我們回到前面的香水瓶，作者必須說服讀者，或許讓他們知道這個女人很看重香水，也要讓讀者知道哪些香水瓶引發她生命中的衝突，或許要讓讀者看到女人胡亂摸找她最喜歡的香水瓶，他們才可能投入感情，將香水的溢出或蒸發視為這個女人精神上的死亡。

　　有象徵性的物件、情況或事件可能會因為未充分融入故事而出錯，因此顯得為存在而存在，而不是從角色的生命中自然散發出來。它們會出錯，也可能是客觀對應物不足以激發相關的情感。它們也可能因為過於沉重或下筆過於刻意而失敗，也就是說，作者不斷向讀者推銷象徵，不停用手輕刺讀者的肋骨，說道：你明白了嗎？無論如何，象徵是「人造的」，這個隱含「虛假」意涵的批判術語很奇特，類似於指控「公式化」的情節，因為「藝術」如同「形式」，就是個讚美詞。所有文學作品都是「虛假的」。當讀者說某部作品是「虛假的」，表示它不夠「虛假」，內含的技巧藏得不夠隱密，無法讓人誤以為它是渾然天成，施展技巧者（作者）得好好再雕琢一番。

📖 延伸閱讀　精采比喻案例

〈歡樂宮迷走記〉（"Lost in the Funhouse"）

　　──約翰・巴思（John Barth）

〈傘〉（"San"）

　　──張嵐（Lan Samantha Chang）

〈鶴童〉（"The Crane Child"）

　　──大衛・萊維特（David Leavitt）

〈離開奧美拉城的人〉（"The Ones Who Walked Away from Omelas"）

　　──娥蘇拉・勒瑰恩（Ursula K. Le Guin）

〈野生動物〉（"Menagerie"）

　　──查爾斯・強森（Charles Johnson）

〈改變之前〉（"Before the Change"）

　　──艾莉絲・孟若（Alice Munro）

〈地底的女人〉（"Underground Women"）

　　──傑西・李・克切瓦爾（Jesse Lee Kercheval）

〈藍狗的眼睛〉（"Eyes of a Blue Dog"）

　　──加布列・賈西亞・馬奎斯（Gabriel García Márquez）

〈白森林之狼〉（"Wolf of White Forest"）

　　──安東尼・馬拉（Anthony Marra）

〈記號與符碼〉（"Signs and Symbols"）

　　──拉迪米・納博科夫（Vladimir Nabokov）

✍寫作練習 辨別陳腔濫調、精進比喻

1. 梳理你的日誌，找出陳腔濫調，用具體的細節或更有創意的明喻或隱喻去改寫。

2. 寫兩個內容為一頁的場景，每個場景包含一個擴展的隱喻。在其中一個場景中，將某個普通物件比喻成某個巨大且重要的事物。在另一個場景中，將某個重要的事物或現象比喻成某個更小和更普通的東西。

3. 列出你可以想到用來描述雙眼的陳腔濫調，然後寫一個段落，從中找出用來描述眼睛的新隱喻。

4. 寫下你對某個童話故事的看法，將它的場景設定為現在去寫一則寓言。你如何將現代技術的構想、政治、人際關係或其他社會問題融合起來，同時又能維持原本故事的核心？

5. 用一個比麵包盒還小的物件去象徵主角的希望、救贖或愛情，也讓它向讀者象徵另一個截然不同的東西。

6. 挑一個過時的隱喻，然後寫一個嚴肅或歡喜的場景，重新讓這個隱喻恢復生機，使其展現起初的比喻力道。（例如：「篩選」證據，隱喻律師使用濾器、茶濾、兩張咖啡濾紙和切蒜器來定案。）嘗試寫以下的場景，或者自創一個你想寫的場景：

   • 巴士總站

   • 實境節目

   • 不要破壞你的午餐

   • 什麼都沒有，只有網子

- 最後期限
- 破碎的家

第九章

山姆，再來一遍
修改與主題

安東・契訶夫說過：「所謂才華，便是持之以恆。」他認為創作過程並非全靠創意，且遠遠不只起初匆促而成的作品。修改（稿子）便是糾正錯誤、提出批判、補充內容和潤色打磨，讓故事盡善盡美。威廉・C・諾特（William C. Knott）在《小說工藝》（*The Craft of Fiction*）中提出令人信服的觀點：「人人皆會寫作，唯有作家能夠反覆重寫。要修改稿子，方能完成作品，可是勞神苦思，沒人能為你代勞。」

▶ 修改

修改令人畏懼萬分。說來各位或許不信，對修改的抗拒心理會比創作的抗拒心理更為強烈。然而，一旦完成了初稿，只要還覺得稿子欠妥，未臻完善，便無法放任不管，非得將它修訂妥當，才會心滿意足。要讓稿子完善，就得再瀏覽一遍，從全新的角度去閱讀故事，善用再次審視的優勢去重新創作。本書討論的所有塑造、豐富和充實小說的方法，全都隱隱要求各位去修改稿子。艾莉絲・孟若在《短篇小說選》（*Selected Stories*）的序言中提到修改時會面臨哪些風險、該做好哪些準備，以及會得到哪些回報。你認為已經完成作品時，卻突然發現：

> 故事岌岌可危，即將喪失活力……它確實呈現我要的，但我的構思卻全然錯誤……我悶悶不樂，只想解決問題。就在此時，解決之道通常會冷不防出現。

然後，我鬆了一口氣。重拾精力。復活再生。

那不是解決之道。或許可從中找到解決之道。我已經寫了不少稿子，通通得丟棄……。好了，都丟光了。到了這個時候，我已經步入正軌了……。我只要繼續努力，就能找到定稿的最好方法。

> 該說的話都說過了，但沒有人在聽，所以必須再說一遍。
> ——法國作家安德烈·紀德

要找到定稿的最好方法，可能不只得「重看」一次。修改時靠自己，也要藉助外力。你需要內心的批評者、創作直覺和信任的讀者從旁協助。你可能需要他們多次協助，但順序不分先後。故事要有所改進，不能光打磨潤飾文字，也不能東改善一下修辭、西提升一下意象，而要敢於冒險、調整結構和重新構思，同時敞開心胸去吸納新的意義。安妮·迪勒使用敲掉「承重牆」的隱喻去描述作家改寫時得拋棄最初激發創作的靈感。這點似乎很極端，但對許多成就斐然的作家而言，這種經歷司空見慣：

> 你要拋棄的不僅是寫得最好的部分；奇怪的是，那個部分恰好是重點。那是起初的關鍵段落，其餘部分都依附在它身上。你也是靠著那個段落，才能鼓起勇氣去創作。
>
> ——安妮·迪勒，《寫作生涯》

有疑慮便擱置

撰寫初稿時，要放逐內心的批評者，現在則要將他請回來。修改

稿子雖是工作，人卻可以長時間專心改稿，投入的時間遠多於寫草稿的時間。我曾經想過，寫初稿如同打網球或壘球，必須做好準備，讓自己精力充沛，同時墊起腳尖，進入警戒狀態，頂多只能寫幾個小時，最後會搞到筋疲力盡。相較之下，修改就像精緻的木匠活，如果已臨近截稿，或者決定要將作品潤飾到完美，便可耗上十二個小時專心改稿。

> 你不必沉著冷靜。你只要不放棄。
> ——大衛・馬密

　　第一輪修改時，可能是讓你顧慮之處浮出水面。專心挑出哪些地方委屈彆扭、過於冗長、表達欠佳、無趣乏味或過於花俏，對其修補濃縮或打磨潤飾。在這個階段，別急著潤色好某一頁或某個短語，更重要的是要去了解你的故事，使其有更多的發展空間。你可能會厭倦，或覺得卡住而無法前行。

　　如果是這樣，把稿子擱在一邊，幾天或幾週都別理它，等到你對它又有新鮮感時再說。除了跟你的小說保持距離，也可以把它交託給自己的潛意識，不要有意識地挑毛病，暫時放點水，別理稿子瑕疵。美國存在主義心理學家羅洛・梅（Rollo May）在《創造的勇氣》（*The Courage to Create*）一書中描述了後續經常發生的事情：

　　　　每個人偶爾都會使用這樣的表達方式，好比「某個想法突然冒了出來」、某個點子「突然湧現」、「慢慢清晰起來」、「似乎從夢中而來」或「突然靈機一動」。說法各有不同，卻描述了共同的經驗，亦即想法是從潛意識破繭而出。

　　根據我的經驗，創作短篇故事或小說時，這種體認會反覆出現。我經常認為，因為我了解我的角色，也知道他們發生了什麼事情，因此我能掌握故事的來龍去脈；然而，我時常發現不是自己錯了，就是我的理解太膚淺或不完整。

　　例如，我在小說《切割石》的初稿中劈頭便寫道：「年輕的波因德克斯特夫婦要前往亞利桑那，眾人喝了一百一十二瓶香檳替他們送行。」在小說的第二頁，某個角色輕聲對另一個角色說，波因德克斯特先生年紀輕輕，便罹患了「肺結核」。這本書我寫了一年（將我的角色帶到亞利桑那，忍受沙漠的炎熱和缺水，我還寫他們酗酒、拋棄宗教信仰，以及培養出採礦和建築的興趣），最後才發現「肺結核」[17]和「香檳」之間的關聯。我理解這種簡單的關聯時，便豁然理解總體主題，知道在肺結核、精神飢渴、消費主義和成癮之間的糾葛，其實都是牽涉到「消耗」（consumption）的議題。當我獲得靈感的那一刻起，這項主題當然就潛藏於我的潛意識裡。

> 感到絕望時，請放下手頭工作。拿出一張空白的紙，寫下當天發生的三件事情，而這些是你想感謝的。別忘了你是閃耀動人的；想想那些相信你的人，然後重新去工作。
> ──高雅竹（Frances Ya-Chu Cowhig）

　　寫完故事之後才發現故事要表達什麼，這樣或許令人沮喪。但不妨去嘗試一下，你會喜歡的。最令人振奮的，莫過於發現自己的腦海已有一套複雜的模式，正等待著去展露開來。

　　在修改稿子的初期，感到疑慮和擱置稿子都是必須的。或許，我

17　肺結核舊稱consumption，該字亦有「消耗」或「消費」的意思。

們會因為困惑而陷入潛意識的場域，從中找到答案。

他人批評與小說研討會

你構思好並寫完草稿，然後竭力將其修改得盡善盡美，這時請別人過目，可以讓你獲得嶄新的視野。要想從批評中有收獲，訣竅在於要完全自私。要貪婪地完全採納批評。寫小說的是你，仲裁者也是你，拍板定案的更是你，你大可考量任何問題和解決方案。人們通常會對自己落筆成文的作品有期待，也會為其辯護，只想聽到別人讚美自己的作品是橫空出世，就算不是，也要算是差強人意。因此，修改的第一要務是要學會聆聽、吸收和接納批評。

小說家羅伯特·史東（Robert Stone）說過：「修改小說就像自己給自己理髮。」你覺得需要改進，卻很難改善自己看不見的盲點。這就是小說研討會最主要的優勢：同行作家可能無法告訴你該如何設計素材去貼近你的故事，但至少可以舉起鏡子，從旁觀者的角度提供意見。聰明的專業作家在此刻會仰賴代理人或編輯（最聰明的作家聽到別人的批評時，仍然會難過），而多數的作家會參與固定的聚會，定期從其他作家獲得回饋。如果你無法參加研討會，就自己開研討會。你可以隨時邀請其他作家與會，或者透過地方報紙或社交媒體去發佈研討會的消息。能面對面交流當然最好，籌組線上交流團體也能有所斬獲。

該如何接納這麼多的意見，更遑論從中挑選有用的看法？首先，找出兩到三位研討會的成員，而你以前通常都認可他們的觀點。然後，你要特別關注這些人的評論。話雖如此，最好的批評（至少是最

有用的批評）只是指出你早已發覺卻想逃避的瑕疵。弗蘭納里·奧康納坦率直言，指出寫小說時，「可以僥倖躲過任何事情，但沒有人能僥倖太多次。」

　　過去常聽人說「建設性批評」和「破壞性批評」，但這兩個詞容易誤導人，暗示正面的言論有用，負面的批評無用。然而，情況通常相反。讀者能提供的最有建設性的批評是「我不相信這點」、「我看不懂這點」和「我不了解這點」，明確指出連你都覺得不妥的段落。這種直接戳到痛處的評論會讓你不悅，卻也會使你寬慰，因為你就知道該從哪裡去調整。讀者能提供的最有破壞性的言論是給你正面的建議（你幹麼不讓那個角色開車時去撞車呢？），但這跟你的構想八竿子都打不著。看到過於誇張的讚美或過於籠統的批判，都要心存懷疑。如果你有想要替故事或你自己辯護的衝動，一定要忍住。要把壞的建議當作好的建議，仔細加以考慮。你可以取其精華，然後棄之如敝屣。擔任阿岡昆出版社編輯的鄧肯·穆雷爾（Duncan Murrell）建議參加研討會的作家：

　　　　要特別留意會讓讀者感到困惑的地方，但通常不要去理會讀者的建議……。讀者若是聰明，就會發覺故事有些地方不對勁，但他們通常搞不清楚哪裡不好，也不知道該如何處理。然而，一旦薄弱的環節被人指出，作者通常能比讀者或編輯更知道該如何解決……。訣竅就是當讀者告訴你該如何修改時，你要咬緊嘴唇，保持緘默，但要記住哪些段落需要修正。

　　參與研討會的作家可能會受益於同行批判，也可能不會。然而，他們思考和表達過對某篇故事的批判意見之後，就能以更客觀的角度去批判自己的作品。你會發現，提出或接受的批評愈是具體，就愈有用，也愈不會讓人感到難過。同理，對小說「亮點」的讚美愈具體，就愈會強化作家的好習慣，也愈會讓他得到人們的信賴。你只要參加過幾個月的研討會，就會發現自己能想像大家會如何批判一則故事，知道誰會說什麼、你會同意誰的看法，以及哪些講法有道理。

> 藝術並非它希望顯得困難而變得困難，而是因為它希望成為藝術所致。
> ——唐納德・巴瑟姆

　　小說家兼劇作家米歇爾・卡特（Michelle Carter）建議，作家參加研討會一到兩天之內，應該試著去「重新聆聽批評」，亦即評估讀者的反應，但是從讀者建議的「修正意見」中可能無法明顯看出這類反應。例如，如果讀者建議將故事的視角從第三人稱改為第一人稱，卡特就會重新詮釋，認為敘事者似乎離角色太遠了，而不是說第一人稱的敘事是比較好的，乃是讀者希望更直接體驗主角內心的掙扎。同理，假使讀者想要「更了解某個角色」，最好不要去加油添醋，提供什麼背景訊息。讀者真正想要的，可能是更深入了解該角色的動機，或者更近距離呈現關鍵時刻。

　　卡特敦促作家就算發現讀者因為理解錯誤而批判時也要堅強。誤解很少是讀者單方面的錯誤：寫作技巧拙劣或強調重點錯誤，都可能讓讀者誤解內容。小說家沃利・蘭姆（Wally Lamb）也強調這一點：

　　讀者通常太放縱作家了。如果文字不清楚，他們會再讀一遍，以便讀懂內容，然後放作者一馬，但作品必須自己站得住腳……。作家要竭力潤飾作品，使其盡善盡美，無需解釋內容，便能讓讀者心領神會。

　　肯尼斯‧阿特奇泰（Kenneth Atchity）在《作家的時間》（*A Writer's Time*）中建議，遇到修訂的關鍵點時必須刻意「放假」，讓批評意見不斷發酵，直到作家覺得自己已經準備妥當（或迫不及待）去重新修改稿子。我再說一次，要懂得擱置作品，當你感覺自己跟作品保持了足夠的距離，也能從嶄新的角度去檢視作品時，才可以回頭重新修改。把你大大小小的計畫都記錄下來。寫日誌時與自己對話，說你想達成什麼，敗筆又在哪裡。釋放想像力，設計新的意象或對話段落。務必保留草稿的書面紙本或電子檔，以便隨時查看，然後放手大幅修訂內容，寫成第二個版本。尤多拉‧韋爾蒂建議分拆書面稿件，用夾子把它夾在一起，如此便能輕易重新組合。我用電腦軟體剪貼文字之前，喜歡把整個餐桌當作剪貼板來重組稿件。有些人記得住內容，可直接在電腦螢幕上組合各個章節，這樣一來，光靠機器便可拼貼小說內容。

修改的問題

　　你打算修改和重寫時，會發現（而你內心的批評家會告訴你）自己故事的特有問題。此外，如果你問自己以下的問題，也能避免常見的陷阱：

　　「**讀者為何會從第一頁翻到第二頁？**」第一句、第一個段落或第一頁是否導入真正的劇情衝突？如果沒有，開頭可能有問題。假使你無法在第一頁便引入衝突，可能要捫心自問，你到底有沒有故事可說。

　　「**有沒有不必要的概述？**」作家經常會有一股衝動，想去提供過多的基本訊息。要刪減概述和不必要的回憶片段，否則會白費力氣，只是「講述」故事，而非「展現」情節。想想看，透過對話、服裝姿態或短暫的思考，可以傳遞多少必要的訊息？

　　「**故事是原創的嗎？**」作家或多或少都會先想到熟悉或已知的事情。想到的角色很老套，描寫的情緒太單調，或者使用陳腔濫調。寫初稿犯這種錯誤無可避免，但屈服於惰性卻是不值得提倡的行徑。優秀的作家會梳理作品，剔除陳腔濫調，也會絞盡腦汁去想出精準、真切和新穎的用詞。

　　「**文字清楚嗎？**」讀者閱讀模糊和神祕的文字可能會從中得到樂趣，但新手作家經常無法區分神祕和晦澀，或者模糊和草率。你可能希望角色充滿矛盾，但必須先告訴讀者最基本的事實，他們才能融入你的想像世界。故事發生在何處？時空背景為何？故事人物有誰？故事場景是何種模樣？故事發生在白天或晚上？時間是幾點？當時的天氣如何？發生了什麼事情？

　　「**寫作時是否自我陶醉？**」對於打掉重練而言，最著名的建議可能是威廉‧福克納的這句話：「讓你引以為傲的用辭都見鬼去！」假使你陶醉於華麗的辭藻、押頭韻而產生的音樂效果、靠靈光一閃而帶來的笑點，或者深刻的洞察力，你可能自己寫得暢快淋漓，讀者卻無

法享受閱讀的愉悅感。果真如此，讀者不會原諒你，也不該原諒你。你只管去講故事，風格自然會應運而生。

「**有沒有過於冗長之處？**」多數人會寫得太長，連頂尖作家都難免如此。寫作時會急於解釋每項細微差異，也會講述角色、劇情和場景的各種層面，結果忘了要精挑細選、寧簡勿繁。小說（尤其是短篇故事）要文字犀利、用詞精簡、清晰逼真和細節生動。不必要的描述都是多餘的。我以前老想道出一切，點滴不落，結果有一位朋友瀏覽了我某部小說的稿子，他幾乎每隔三段，就會劃一條線，把最後一句刪除，然後在頁邊空白處一再批注：「點到為止，無須贅言。」這項建議很棒，可供想寫作的人參考。

「**場景是否太多？**」許多新手作家創作時（尤其根據真實經驗撰寫故事），經常會描寫每個情節的轉折，或者不斷變換場景，殊不知若將某些轉折或場景融合起來，效果會更好。角色晚上甜蜜溫柔，隔天就吵架了？兩人擁抱之後立即發生口角，這樣是否能讓劇情更為風趣或更有張力，或兩者都有？下面的建議很難辦到，卻十分有道理：講述故事時，場景愈少愈好。刪減或融合場景似乎不可能，但只要深思熟慮，總能想出辦法。

「**你的語言鮮活嗎？**」能否讓意象、對話和場景更為鮮明清晰？角色活靈活現嗎？能讓他們顯得更活潑、更憂鬱、情緒更激烈，或者更讓讀者感同身受嗎？

「**哪些地方的角色、情節、意象和主題描寫得不夠到位？**」無論是初稿、二稿或三稿，都會有不可或缺的段落被粗略描繪、整個跳過或約略概述。想想看，漏掉了哪些訊息、哪些情節不完整、哪些動機

我愈是技巧高超便愈難上手。
——美國小說家克里斯多福·柯克（Christopher Coake）

寫得模糊不清，以及哪些意象描繪得不夠準確？哪些情節過於突然，反而失去該有的渲染力？危機有沒有透過場景去展現？

「**故事是否太籠統？**」善用重要的細節，便可兼顧情節原創、用字精簡和清晰明瞭。要學會去抓出籠統的措詞。只要看到「某人」或「一切」之類的名詞，「巨大」或「英俊」之類形容詞，「非常」或「實在」之類的副詞，都得心存懷疑，最好用特定的事物、特定的尺寸或精準的程度。

「從頭開始」令人畏懼，這點確實可以理解，但修改稿子以後，會覺得這樣做太值得了，一切辛苦都沒有白費。作者偶爾只需添上寥寥幾句話或者重現某些細節，死去的角色又會死而復生，歷歷在目。有時只要心靈福至，刪個一、兩句話，原本枯燥乏味的段落就會靈動起來。有時刪除第一頁，將第三頁的文字挪到第七頁，原先架構鬆散的故事便可脈絡清晰。刪除不夠細膩就顯得很外行，刪節精準到位便能讓小說出版，這兩者偶爾（應該說經常或總是）的差別在於改寫階段投入的心血多寡不同。

以下提供幾項修改的建議方法。如果你是用電腦寫小說，至少要從頭到尾再打一遍草稿，可有計畫地或隨性修改內容。電腦功能強大，你會禁不住用「修補」的方式去修訂小說，但東補一句、西插一句，修改的文字讀起來就像拼湊而成的作品。即使小幅度更改也會牽一髮而動全身，影響到整篇故事，若是從頭到尾重寫一遍，這種情況就更有可能發生。

　　將故事草稿修訂兩到三次，每次都針對不同的問題。如果某個角色的行為和對話顯得不自然，可以去放大該角色的動機；或者只專注於設定場景來反映角色情感，或者運用對話場景來串連實體活動。專注於單一目標，便可集中精力。被關注的人事發生改變，其他的情節也會自然而然發展。

　　在《寫小說的二三事》（*Conversations on Writing Fiction*）收錄的某次訪談中，小說家兼教師珍妮・斯米利指出，她會要求學習創作的學生去面對自己的各種「推諉逃避」，亦即學生適得其反的「慣常行為，而礙於這些，他們便不會花時間琢磨選定的主題或角色。」例如，在現實生活中，許多人會覺得衝突難以處理，因此經常會提出很好的藉口去逃避。然而，許多人寫小說時也會迴避衝突，甚至知道透過衝突便能讓將某個角色推入關鍵的危機情況時依舊會選擇逃避。如果你曾經逃避，請回頭檢視你的故事，找出該爆發衝突的地方，亦即角色應該去面對衝突或捍衛自己的段落。這些是否為全面爆發衝突的場景？或者你的角色巧妙迴避了衝突，退到他們私密的心靈世界？另一個角色是否也恰巧在此時敲響了門？

　　沒有清晰描繪事物，而是使用各種隱喻，但不管比喻如何生動，這依舊是「推諉逃避」，可能反映作者認為自己的寫作素材不夠吸引人。

　　愈寫愈古怪和率性而為，同樣表示作者對寫作素材缺乏信心或優柔寡斷；對話過於機智詼諧，藉此賣力去娛樂讀者，可能表示作者意圖炫耀，不願花功夫想出足以反映角色性格的真實對話。

　　不難在別人的作品中發現到「推諉逃避」的情況，因此你不妨請

信得過的朋友或研討會的同學幫你找出你在自己的小說中有哪些地方「推諉逃避」。你修改稿子時若遇到阻礙點（你踟躕不前或不願寫得更具體的地方）便要自問：這樣對小說有好處嗎？還是這只是自己貪圖安逸？

▶ 主題

自問一個大問題：我寫了什麼？

小說是什麼？

極富想像力的創作最終是一種混合物，一部分想恣意飛翔，另一部分則想自我約束。撰寫文學批評時，要盡量語意清楚，直接表達意思。寫小說時，則要創造人物，讓他們做事，而且最好完全「不說出你的意思」。就理論而言，提綱挈領對於撰寫文學課程的論文是合理的，比如：這是我想講的，我將從甲、乙、丙三點來陳述觀點。然而，如果作家創作是為了說明觀點，寫的小說便會太單薄。假使你跟許多作家一樣，先替故事列出大綱，那也應是情節大綱，不是「觀點」大綱。要等到角色向你揭露故事的意義，你才能豁然明瞭箇中緣由。你可能會用某個人物或情況的意象來開篇，而這個人物或情況似乎隱約要體現某件重要的東西。隨著情節鋪陳推進，你會逐漸發掘出那件東西。同理，讀者閱讀時，腦海會逐漸浮現你要傳遞的意義。如同敘事者評論

> 優良的小說從小問題開篇，以大問題結尾。
> ——美國作家寶拉・福克斯（Paula Fox）

《黑暗之心》中馬洛所講的一系列故事，這些意義「不是位於內核，而是處在外部，包覆著將其帶出的故事。」

然而，在修改稿子的初期或晚期，你可能會被主題驅使、承受其壓力或對其產生興趣。你似乎要踏上這段孤獨、嚴峻和曲折之旅，因為你有話要說。此時，你需要（也必須）讓大腦的「篩選—比較—編排」的新皮質去處理故事內容。不要想著去「置入主題」，而是要回顧你一路以來（通常是潛意識地）做了什麼。約翰·加德納在《小說的藝術》如此描述這個過程。

應該注意的是，不該將主題強行加諸於故事，而要從故事中將其誘導出來。作家起初仰賴直覺寫稿，最終是憑藉理智行文。作家要思索故事的構想，確定什麼東西吸引了他，讓他覺得要去講述它。確定感興趣的東西……以及主要角色大致牽涉什麼之後……，作家會嘗試各種講述故事的方式，思考之前所講的哪些內容與（他的主題）有關，思考每個浮現於腦海的意象，反覆掂量，不斷推敲，尋找意象之間的關聯，試著在寫作之前、寫作當下和不斷改稿時找出自己真正的想法……唯有以這種方式去思考故事，才不會寫出另類的事實描述，或者大致來說是模仿自然的作品，而是提出不折不扣的藝術傑作，亦即傳遞嚴肅思想的小說。

因此，主題就是故事要傳達的，但這還不夠，因為故事可能是「關於」垂死的武士、一對吵鬧不休的夫婦或在彈跳床上玩耍的兩個

孩子，而這些並非故事的主題。故事也是「關於」抽象的事物。如果故事很有價值，那個抽象的事物很可能有深厚的含義。然而，有成千上萬的故事是關於愛情、成千上萬的故事是關於死亡，還有成千上萬的故事是關於愛情和死亡。若要傳遞這些概念，小說中提到愈少愈好。

　　問下列的問題，可能就會更理解主題：這個故事如何陳述要講的事情？故事告訴我們什麼，讓我們得知包含在其中的構想或抽象事物？故事暗示了何種態度或批判？最重要的是，小說的元素如何協助我們經歷故事中的構想和態度？

小說元素如何協助鋪陳主題

　　無論故事主題包含何種構想和態度，故事都會以最獨特的模式將其帶入經驗領域。主題涉及情感、邏輯和批判，或者三者皆有，但構成該主題特殊經驗的模式卻是以本書討論過的各種元素所構成：佈局安排、輪廓外貌和情節鋪陳，這些得仰賴角色去表現、透過細節來落實、藉由氛圍加以呈現、透過獨特視角從中觀察，以及藉由意象和語言節奏而表達。

　　挖掘故事主題、在主題自我揭露之前擔憂該如何發展故事、聯繫發生、意象重新出現和模式浮出檯面，這一切都比讀者所能知悉、初學者想要接受或成熟作家願意承認的更刻意為之。作家聲稱自己根本不了解作品的含義，這種說詞早就是陳腔濫調。「不要問我，去讀作品。」「我要

> 有人說你應該寫你知道的東西，但我卻被迫寫我學到的東西。
> ——美國作家阿比・吉尼（Abby Geni）

是知道小說的意義，就寫不出來了。」「小說講什麼，就代表什麼。」作者如此回應時，並非作品沒有主題、思想或含義，而是這些與體現主題的（閱讀）小說經驗模式密不可分。

然而，剛開始寫評論的人反對這類說詞。厭惡文學分析的學生經常問道：「你如何知道作者是刻意為之？」「你怎麼知道那不是偶然發生的？」答案是我們確實無法知道，但落筆成文的白紙黑字就已經明擺在那裡了。作者會比讀者或評論家更能看見小說浮現的模式，而他既有可能也有義務去操控這種模式。當你寫下東西時，只有兩種可能，要不刪除它，否則就全力以赴將它寫好。

描述修改過程

我只能根據自己的經驗來說明修改稿子和發現主題所要付出的心血。當我撰寫這個章節時，我還在修改《印度舞者》（*Indian Dancer*）。這部小說講述一位在一九三〇年出生於比利時的女孩。她在二戰時期逃到英國，後來移民到美國。內容大多描述女孩青春期和成年的生活，但我寫完許多她後期的場景之後，認為應該用她兒時逃難的意象替小說開篇，

> 如果你還沒讓自己驚訝，就表示還沒寫出東西。
> ——尤多拉·韋爾蒂

因為這件事影響了她的一生。我某天早晨醒來，感覺「靈感乍現」，便寫了下面的文字：

　　總是如此，她以前老是記得船上的一幅畫面，雖比記憶更難捉摸，卻比夢境更為真實，猶如從電影放映機剪下來的幾張膠片

畫格。她當時站在船尾,被一個女人從後面抱住。那個女人還用粗毯包裹她。她的鞋子和膝蓋上方的大衣邊緣都溼了。她知道女人很善良,但因為焦慮且太多晚上遺留的汗水味道,她充滿陰鬱黑暗的想法。那天晚上,根本就沒有月亮,這就是重點,但她可以看到船激起的尾波在她們身後逐漸擴張。她還冰冷麻木,知道父親正在岸上流著血,但恐怖的是那片尾波,黑暗黏稠,一直散佈到陸地,好像她是從傷口被沖走的血塊。「我永遠不會回去。永遠不會」。這是悲痛的話,還沒成為誓言。

大約過了一天,我覺得這段文字太誇張,好比:「陰鬱黑暗的想法」、她的父親「正在岸上流著血」、「恐怖」和「黏稠」的海。我還感覺「電影放映機」很突兀,好像我搜索一番之後拿來炫耀的詞語。我認為應該多描述試著安慰她的女人以及船上的其他乘客。用過去式也困擾著我。如果她「以前老是記得」,這項記憶至今還存在嗎?

總是如此,她也站在船尾,有個女人用粗毯子包裹著她,從背後抱住她。她的鞋子和膝蓋上方的大衣邊緣都溼了。沒有月亮──這就是重點──但她仍然可以看到尾波在海峽中逐漸擴張,在甲板上,她的旁邊有個男孩,脛骨斷了,斷骨就像臉頰裡面的舌頭,在肉底下移動。有個男人──她的父親?──把洛登毛呢大衣的前臂塞進男孩的嘴巴,免得他哭泣大喊。儘管他們離岸邊已經夠遠,船槳還在划著,馬達也被啟動了,像心臟一樣劈啪作響。在她的身後,人們擠在一起──分辨不出誰是作戰英

雄，誰是逃亡難民──大家喝著保溫瓶泡的熱茶和蘋果熱酒，海
洋的氣味伴隨著烘焙蘋果的香味。她再也不會見到這些人。那個
女人腋窩托著她的下巴，她感受到溼的舊羊毛和恐懼。她知道父
親已經被拋在後面，卻毫不畏懼，恐怖的是那片尾波──黑暗、
黏稠──似乎用粗糙的尖頂將他們從陸地驅離，好像船是從傷口
被沖走的血塊。

　　「我永遠不會回去。永遠不會」。這是悲痛的話，還沒成為
誓言。

　　我不停修改這段文字，仍不滿意營造出來的氣氛，總覺得本書的
調子比我預期的還要高傲。幾個月以後我才突然醒悟，應該由那個女
人來陳述場景。我認為正是男孩脛骨斷了的意象「像臉頰裡面的舌
頭」，才給了我女人聲音的第一印象。她是英國女人；我把她想成工
人階級，無意中當上祕密抵抗組織的英雄，為人務實且果敢堅毅。這
是我搭飛機得到的啟發（凌虛御風總是讓我想提筆寫作），因為我在
一張黃色便箋紙上寫了筆記。

　　我後來又重新開始，按照時間順序將場景放回原處，但總是不停
追逐女人的聲音，還仔細閱讀當年戰爭的事件，並向住倫敦的兒子詢
問英式說法。

　　我有好幾個月不斷回到這個場景，試圖把它幻想得更完整，讓這
艘逃離魚雷和（二戰德國）U型潛艇的小船顯得更為身處險境，同時
彰顯這位健談女人的務實聲音。然而，我突然自問：她何時說？為何
要說（這個故事）？到底要向誰講？我修訂這個微小卻重要的場景，

Mostly they all run together, but sometimes its the youngsters stick in ~~stick in mind can~~ the youngsters. One I recall, a skinny little thing ~~on her~~, very proper in her coat and collar. This must have been about 'forty, we doing the ~~Ostend Dover~~ run from the Ostend coast ~~Ostend~~ to Dover in Skort Dunahy's trawler, once a month maybe. We had ~~half~~ a dozen crannies of that coast marked out and underground runners all through Flanders ~~and beyond~~ to set up the times ~~but~~. ~~One reason~~ I remember ~~this one that~~ we expected two of them, the girl and her ~~dodder~~ father, and ~~but~~ near as spit didn't wait for them. ~~Hell because the other~~ there was a boy jumped ~~cutcorns~~ squee jaw off the dock and broke a leg landing in the big. ~~Dunahy~~ One of the men gave him a mouthful of ~~loden~~ loden coat to keep him quiet, but it scared us, and Dunahy cast off. Then I her running down the ~~time~~, ~~easy~~ like, when she ~~could have run straight to~~ she shall and I went to coax her into ~~the~~ running straight at us up to her

This must have been about 'forty, the Vicar and I were coming down from Teddington maybe once a month to make the crossing from Dover to Ostend and back again. We had the use of Duck Henley's trawler and half a dozen meeting points along the coast, underground runners all through that part of Flanders setting up the times. ~~Usually~~ they~~came on foot, talk about misery and scared, and~~ they mostly run together, only it's the children that stick out in your mind.

~~Sometimes they were that dumb brave. There were babies never made a peep, and~~ I remember one boy landed squeejaw off the dock and broke his shin so the bone rolled under his skin like a tongue in a cheek. It was maybe the same trip we was expecting a girl and her father and nearly pushed off without when we saw her running ~~all by herself~~ down the rocks, straight into the water up to her coat hem. O'Hannaughy swung his arm signalling her to go round the dock and lowered her down with her shoes full of water. I wrapped her up and she says po-faced, "My Father sends me to come ahead." She says, "My fah-zer."

What I remember ~~about her~~ is, we had a little bunsen and usually when you got out far enough to rope the motors alive, they were glad to hunker down over a cuppa. But this one didn't leave the stern six, maybe eight hours of crossing, looking back where we'd come from. ~~It was black dark—we always picked nights with no moon—but all the same you could see the wake.~~ Very polite she was in her soggy shoes, but couldn't be budged. ~~I knew not to ask about her father.~~ And I remember I tucked the blanket around her, which she let me, and I thought the way we must have looked to God, that greasy little trawler in the black ~~water~~, like a clot being washed ~~out of~~ a wound.

[handwritten annotations:]

They came in all sorts, talk about misery & scared),

I never saw a one of them again.

or maybe another

wake,

in the ~~black~~ dark. ~~with no moon~~.

arrives not. He ~~keeps back but~~ is not able to

來來回回大概弄了好幾個星期，突然想到這個女人可以接受電視採訪，內容作為一部戰爭紀錄片。我沒有描述採訪現場，卻突然能清楚看到她，也能更清楚聽到她的聲音。

這本書如今如此開篇：

過境：奧斯坦德──多弗

在整個春季和夏季，我們帶回了一船又一船的難民。維卡召集我們去救難。他們不介意我是個女人，因為我身強力壯。

我們每個月從泰丁敦渡海，使用達克・亨利的拖網漁船和佛蘭芒海岸（Flemish coast）沿岸的六個會合點。整個比利時的地下逃亡者設置了這些地點。人會記得的事總讓人震驚。我記得有膨脹的巨大空包彈，還有一些可笑的東西，像船隻殘骸一樣在水裡上下浮動。

就好像，我從來沒有穿過褲子，而我不習慣的，就是大腿之間的斜紋布摩擦時會發出唧唧的聲音。那台攝影機開著嗎？請不要拍到我說「大腿」這兩個字，好嗎？哎呀，就是那個和味道。焦油，潮溼木板上的老魚。暈船，那免不了。身體也會散發一丁點金屬的味道，就像煙火的那種酸味。人們常將焦慮形容為「流汗流出子彈來」，我想就是這個意思。

我們運送的人有各式各樣，有錢人、窮人、補鍋匠、裁縫師。我再也沒見過他們。我時不時穿過紐哈芬前往諾曼第買東西，我環顧四周，然後想著：當地人也沒什麼不同，只是現在人們不讀袖珍本書籍，也沒有被太陽曬傷。讓我震驚的是，在泰丁

敦，每個人都因為寒冷而凍到鼻子通紅，也因為烤火而搞到微血管擴張，但那些看上去總是很疲倦的傢伙好像從沒有出過家門，雖然其中的多數人都過著苦日子或者要上夜班。你可能會想，我大概是看了新聞短片而記錯了，我們沒有被「英國電影新聞」記錄到，但我當時說的是：每個人都是灰色的，眼睛像排水孔一樣，色彩都被沖掉了。

腦海中一直留存著孩子們的畫面。有個很小的嬰兒，眼睛睜得很大，嘴巴緊閉著。我記得有一個男孩摔到碼頭，弓著身體，把脛骨摔斷了，斷骨就像臉頰裡面的舌頭，在肉底下滾動。有人將大衣的袖子塞進他的嘴巴，免得他大吼大叫。

就在那次航程中，我們要等待一對父女，但他們沒有出現。我們要拋下他們出發時，卻聽到了狗叫聲，沒人知道那是什麼，可能是巡邏員，也可能是某人養的雜種狗。我想不透的是，那個夜晚沒有月亮，海岸一點光線都沒有，燈塔也廢棄了，四周一團漆黑，伸手不見五指，什麼都瞧不見。突然，眼睛背後咯噠一下，就可以看見了。桑迪福德把木樁推開，維卡說，不，要等下去。達克不願意，因為不知道男孩什麼時候會大喊，然後他也感覺有人，就叫人把船槳撐起來。波浪就像黑色的奶蛋糊一樣濃稠，黑色的海岸，現在，有了！看到了那個女孩，大概十或十二歲，個子嬌小，笨手笨腳，正踏著海水艱難走著，水浸到了她大衣的邊緣。桑迪福德揮舞著手臂，要她繞過碼頭，然後把她拉上船，女孩的鞋子都是水。她一隻手握拳舉著，靠著鎖骨。我拿毯子包裹著她，然後她板著臉說：「我父親沒來。我一個人來。」

她發音不準，說：「我『輔親』。」我知道不該追問下去。

　　渡海——你知道，沒有人會說「U型潛艇」。也沒有人會說「魚雷」。我們通常不會去留意這些東西，那是達克和桑迪福德該管的事，因為我們很迷信，認為說出這些字就會把它們引來。大家都這樣想。我們只希望孩子不知道他們正冒著生命危險。

　　我記得的是，我們有一個小煤油爐，通常當我們離岸夠遠的時候，就會拉繩子來發動馬達，大家會興高采烈坐下來喝杯熱茶。但是，我們艱難渡海大概經過了八個小時以後，這個小女孩還是沒有離開船尾，一直望著我們先前出發的黑暗地帶。她緊握著拳頭，我以為她握著錢，或許是握著珠寶，應該有人告訴她要好好保管。在這種情況下不該有好奇心的，但站著八個小時，實在是太久了，總得想點什麼才好。我記得我把毯子緊緊裹住這個女孩，她沒有反抗，我們一路站著，直到海平面微微亮起。我想，她應該睡著了。她慢慢倒向我，手逐漸鬆開，靠在毯子的頂部。手裡什麼也沒有。沒有任何東西。我用手托著那隻手，摩擦著它，讓它溫暖些。我在想上帝當時把我們瞧成什麼模樣。那艘小拖網漁船，油油膩膩，後頭拖曳著黑色的尾流，好像是從傷口被沖走的血塊。

　　我改寫這段的草稿夾現在塞滿了四十頁的稿紙。或許這樣過於吹毛求疵，但畢竟是本書的開篇，必須寫到完美無瑕。我多年來發覺到，如果不斷挖掘、擺弄或搔撓某個場景，經常會獲得比新意象或生動的動詞更重要的東西。在上述的情況下，我逐漸了解必須用別人的

聲音來描述場景，因為女主角已經不記得那個場景了。她因為逃亡而心靈受創，一直想不起她父親死亡的畫面，直到快年過半百才回憶起來。我理解這點時，就更加了解自己在講什麼故事，以及應該如何去塑造和鋪陳情節。我營造了很好的機會，讓我的女主角在一九八〇年代看到這段電視紀錄片（二十年後的重播），終於靠著那段採訪片段（包含讀者對她的第一個印象）找回了深藏的記憶。

> 你可以在最後一口氣時重新開始。
> ——德國戲劇家貝托爾特·布萊希特（Bertolt Brecht）

結尾

有個孩子學會在一個圓圈上面再畫一個圓圈，然後在頂部加上兩個小三角形，最後在底部畫一條曲線。這種特殊的圖案便誕生出一種完全不同的生物：貓咪！這個孩子又在另一個方形上畫一個方形並連接各個角，原本二維的圖案就成為三維！這些雖是可教導和學習的簡單技巧，本身卻充滿創意，幾個元素結合起來形成的整體，不僅大於各個部分的總和，也成為截然不同的東西。以一套標準模式融合各種元素，乃是創造力的本質，無論萌芽的洋蔥或畢卡索最著名的畫作《格爾尼卡》（Guernica），皆是如此。人類胎兒受孕成形或落筆創作短篇故事時，都是兩種以前從未結合在一起的不同事物（細胞或意象）彼此結合。其他的細胞或意象和點子接著圍繞著前述結合的單元，以刻意為之的模式積攢累疊。這種模式是生物獨有的成形方式。萬一模式不協調，便會流產或夭折。

在文學作品的「有機融合」中，具體的意象並非與人物分離，而

人物是透過「對話」和「視角」來揭示，對話和視角又可藉由「明喻」來展示，明喻又可揭示「主題」，而主題又潛藏於「情節」，猶如水潛藏於蘋果之中。沒有人可以告訴你該如何達到這點，就算你辦到了，也無法清楚解釋自己是如何做到的。優秀的評論家可以指出某個隱喻是否揭露了角色性格特徵，或者角色在某段情節裡是否表現得當。然而，評論家無法告訴你如何將角色描繪得生動活潑、維妙維肖。若要辦到這點，只能去學習哪裡該刪除，哪裡該全力以赴去描寫，從而寫出有機生動的故事，這個故事不能淪為講述主題，而是要能體現主題。

在長篇小說的標準模式中，還有一個可以冠上「魔術」稱號的東西。將一個空洞的詞置於另一個之上，然後再套用第三個詞，從一顆碩大的黑色心臟便可拉出一條燃燒的圍巾或衍生出無窮的希望。這項魔術最神奇之處在於，一旦去解釋箇中竅門，反而就像沒解釋一樣。你愈了解它如何運作，它便愈能展現效果。

任何構想都不是全新的事物，但表達構想的形式會不斷更新。新的形式會替過去被稱為「永恆真理」（eternal verities）的事物賦予新生命。有創意的作家努力去創新，追隨者則試圖加以完善。形式與意義完全融合之後，形式便可表達意義。

📖 延伸閱讀　形式與意義的高度融合典範

〈無窮無盡〉（"Ad Infinitum"）

　　──約翰‧巴思（John Barth）

〈巴別塔圖書館〉（"The Library of Babel"）

　　──豪爾赫‧路易斯‧波赫士（Jorge Luis Borges）

〈曼德布洛特集〉（"The Mandelbrot Set"）

　　──珍妮‧伯羅薇（Janet Burroway）

〈鴨子拉爾夫〉（"Ralph the Duck"）

　　──弗雷德里克‧布施（Frederick Busch）

〈大教堂〉（"Cathedral"）

　　──瑞蒙‧卡佛（Raymond Carver）

〈保姆〉（"The Babysitter"）

　　──羅伯特‧庫佛（Robert Coover）

〈城市和鄉下〉（"Town and Country"）

　　──納丁‧戈迪默（Nadine Gordimer）

〈脫衣舞孃莫比烏斯〉（"Mobius the Stripper"）

　　──加布里埃爾‧喬西波維奇（Gabriel Josipovici）

〈出走〉（"Runaway"）

　　──艾莉絲‧孟若（Alice Munro）

〈有個人告訴我他一生的故事〉（"A Man Told Me the Story of His Life"）

　　──格拉斯‧佩利（Grace Paley）

✎寫作練習　刪減、更改，與抽象概念呈現練習

1. 你寫的故事被出版社接受，可以出版了，但前提是你得刪減四分之一。算出字數並開始編輯稿子。你要大膽且挑剔，刪掉可被犧牲的字詞、融合兩個場景和刪除不必要的段落。你能辦到嗎？刪除文字以後，故事會更精采嗎？

2. 如果你寫了第六章「寫作練習」單元的明信片短篇故事，請回去檢視一下，把它改寫成完整的八到十頁故事。進一步塑造角色、增加對話、加劇衝突並讓危機升高。

　　下面的四項寫作練習是根據難易度來排列，愈後面的愈難。第一個最簡單，你可能會寫得很爛。如果你寫得很棒，不妨去寫更難的東西（給個星號嘉獎，你表現得很好）。第二個應該會讓你寫出更好的作品。如果你選擇做最後面兩件事的其中之一，你可能已經決定要踏上鑽研寫作技巧的不歸路，而且為了決定應該投入多少心血去寫作，你應該會有好幾年過得非常貧窮。

3. 運用簡單但具體的政治、宗教、科學或道德觀念；應該要能用一個句子來陳述這個觀念。寫一則簡短的故事來說明這個觀念。不要說出這個觀念，但是要讓讀者理解它的含義，而且能夠體會它。

4. 用一個常見的諺語或格言當作標題來寫故事，例如：「權力使人腐化」、「溫言在口，大棒在手」[18]或「欲速則不達」。寫一則故事，讓

18「溫言在口，大棒在手」（speak softly and carry a big stick）為老羅斯福巨棒外交時期名言，意欲積極介入西半球事務，主持國際間秩序。

這個標題帶有諷刺意味。

5. 找出你熱切擁抱的信念。寫一則故事去探索這個信念不成立的案例。

6. 寫一篇你一直想整套寫完的故事。然而，你知道它涵蓋的範圍太廣，可能會寫不下去，所以一直沒動筆。你可能會寫不完，但還是去寫吧！

誌謝

　　《長篇小說的技藝》已經改版到第十版，期間承蒙諸多友人提供意見、審核內容和閱讀稿子。若要逐一列名感謝，可能過於繁瑣，也不切實際。伊利莎白和她丈夫內德‧斯特基—弗蘭奇實為良朋益友，不辭勞苦，從專業角度修訂本書。佛羅里達州立大學、西北大學（Northwestern University）和愛荷華作家工作坊的同事和學生也提供了寶貴的建議。本書還得益於作家與寫作專業協會（Association of Writers and Writing Programs）成員提供的意見和該協會舉辦的活動，包括其出版品《作家紀錄》（*The Writer's Chronicle*）和《教學論文》（*Pedagogy Papers*）。此外，本書能夠出版，要歸功於《巴黎評論》（*Paris Review*）的〈小說藝術〉（"Art of Fiction"）訪談、《微光列車》的增刊〈作家提問〉以及《詩人與作家》（*Poets & Writers*）和芝加哥戲劇家（Chicago Dramatists）劇場。羅塞倫‧布朗和桑迪‧維森伯格（Sandi Wisenberg）熱情洋溢，把它引薦給芝加哥的文學界，尤其是我的寫作小組PerSisters，在此略表謝意。

　　這個版本能夠問世，要特別感謝編輯瑪麗‧勞爾（Mary Laur）。她縝密擘畫，聰明機智，促成本書付梓，使其加入芝加哥大學出版社

（University of Chicago Press）的出版行列。我還想感謝提供寶貴諮詢意見的知識財產權總監勞拉・萊希姆（Laura Leichum）、手稿編輯喬爾・斯科爾（Joel Score）和行銷經理勞倫・薩拉斯（Lauren Salas）。此外，審訂者邁爾斯・哈維（Miles Harvey）和斯科特・布萊克伍德（Scott Blackwood）提供了深思熟慮的意見，而我的丈夫彼得・魯伯特（Peter Ruppert）每日從旁呵護，同時適時給予建議，在此一併致謝。

NEW不歸類 RG8047

長篇小說的技藝

美國大學創意寫作課堂人手一本的40年長銷經典，
從下筆、修改，到寫出自己的風格！

Writing Fiction, 10th edition: A Guide to Narrative Craft

● 原著書名：Writing Fiction: A Guide to Narrative Craft（10th edition）● 作者：珍妮・伯羅薇（Janet Burroway）、伊利莎白・斯特基—弗蘭奇（Elizabeth Stuckey-French）、內德・斯特基—弗蘭奇（Ned Stuckey-French）● 翻譯：吳煒聲 ● 美術設計：Bianco Tsai ● 內文排版：張彩梅 ● 責任編輯：徐凡 ● 國際版權：吳玲緯 ● 行銷：何維民、吳宇軒、陳欣岑、林欣平 ● 業務：李再星、陳紫晴、陳美燕、葉晉源 ● 總編輯：巫維珍 ● 編輯總監：劉麗真 ● 總經理：陳逸瑛 ● 發行人：涂玉雲 ● 出版社：麥田出版／城邦文化事業股份有限公司／104台北市中山區民生東路二段141號5樓／電話：(02) 25007696／傳真：(02) 25001966、發行：英屬蓋曼群島商家庭傳媒股份有限公司城邦分公司／台北市中山區民生東路二段141號11樓／書虫客戶服務專線：(02) 25007718；25007719／24小時傳真服務：(02) 25001990；25001991／讀者服務信箱：service@readingclub.com.tw／劃撥帳號：19863813／戶名：書虫股份有限公司 ● 香港發行所：城邦（香港）出版集團有限公司／香港灣仔駱克道193號東超商業中心1樓／電話：(852) 25086231／傳真：(852) 25789337 ● 馬新發行所／城邦（馬新）出版集團【Cite(M) Sdn. Bhd.】／41-3, Jalan Radin Anum, Bandar Baru Sri Petaling, 57000 Kuala Lumpur, Malaysia.／電話：+603-9056-3833／傳真：+603-9057-6622／讀者服務信箱：services@cite.my ● 印刷：前進彩藝有限公司 ● 2022年5月初版一刷 ● 定價460元

國家圖書館出版品預行編目資料

長篇小說的技藝／珍妮・伯羅薇（Janet Burroway）、伊利莎白・斯特基—弗蘭奇（Elizabeth Stuckey-French）、內德・斯特基—弗蘭奇（Ned Stuckey-French）著；吳煒聲譯. -- 初版. -- 臺北市：麥田出版，城邦文化事業股份有限公司出版：英屬蓋曼群島商家庭傳媒股份有限公司城邦分公司發行, 2022.05
面；　公分. --（New不歸類；RG8047）
譯自：Writing Fiction, 10th edition: A Guide to Narrative Craft
ISBN 978-626-310-193-7（平裝）

1. CST: 小說　2. CST: 寫作法

812.71　　　　　　　　　　111001534

城邦讀書花園
www.cite.com.tw